当代中国最具实力中青年作家书系

李浩 著

父亲树

中国言实出版社

图书在版编目（CIP）数据

父亲树 / 李浩著 . -- 北京：中国言实出版社，
2018.8
（当代中国最具实力中青年作家书系 / 付秀莹主编）
ISBN 978-7-5171-2874-8

Ⅰ . ①父… Ⅱ . ①李… Ⅲ . ①中篇小说—小说集—中
国—当代②短篇小说—小说集—中国—当代 Ⅳ . ① I247.7

中国版本图书馆 CIP 数据核字（2018）第 173050 号

责任编辑：代青霞
责任校对：李　琳
责任印制：佟贵兆
封面设计：仙　境

出版发行　中国言实出版社
　　　　　地　　址：北京市朝阳区北苑路 180 号加利大厦 5 号楼 105 室
　　　　　邮　　编：100101
　　　　　编辑部：北京市海淀区北太平庄路甲 1 号
　　　　　邮　　编：100088
　　　　　电　　话：64924853（总编室）　64924716（发行部）
　　　　　网　　址：www.zgyscbs.cn
　　　　　E-mail：zgyscbs@263.net
经　　销　新华书店
印　　刷　三河市祥达印刷包装有限公司
版　　次　2018 年 9 月第 1 版　　2018 年 9 月第 1 次印刷
规　　格　710 毫米 ×1000 毫米　1/16　16 印张
字　　数　176 千字
定　　价　42.00 元　　ISBN 978-7-5171-2874-8

猛虎嗅蔷薇，或者密林里那些身影

作为同行，当我面对这一套"当代中国最具实力中青年作家书系"的时候，心里既有感佩，亦有骄傲。这些当代作家中的佼佼者们，他们活跃在中国当代文学现场，以他们的文字，以他们对时代生活的深刻洞察、对复杂人性的执着追问，以他们对小说这门艺术的理想追求，抵达了这一代人所能够抵达的高度。作为女性作家，当我面对这些男性作家作品的时候，心里既有惊诧，更有震动。相较于女性，他们看待这个世界的眼光是如此的不同。在某种意义上，他们的视野更加宽阔，更加辽远。他们的姿态更加从容，更加镇定。有时候，他们也犹疑，彷徨，踌躇不定，他们在那些人性的罅隙里流连，张望，试图从习焉不察的细部，窥见外部世界的整体图景。然而更多的时候，他们是自信的，确定的。他们仿佛雄鹰，目光锐利，势如闪电，他们在高空翱翔，风从耳边呼啸而过。山河浩荡，岁月绵延，世界就在他们脚下。

在读者眼中，李浩或许属于那种有着强烈个性气质的作家，具有鲜明的个人标识。多年来，李浩近乎执拗地致力于小说艺术的探索，建构起独属于自己的艺术王国。他是谦逊的，又是孤高的，貌似温和家常，其实内心里饲养着野生的猛兽，凶猛而傲慢。

他是野心勃勃的小说家，不甘于通达却庸常的大路，深山密林的冒险于他有着更大的诱惑。

同为"河北四侠"，刘建东则属于藏在民间的高手，大隐于市，是另一种不轻易露相的"真人"。低调，内敛，甚至沉默。他深谙小说之道，是得以窥见小说堂奥的有幸的少数。以出道时间计，刘建东成名甚早。对于创作，他是严苛的，审慎的。他只肯留下那些精心打磨的宝贝，他绝不允许自己有半点闪失。从这个意义上，他是悲观的吧。时间如此无情，而又如此有情。大浪淘沙，总有一些东西终将远去。

骨子里面，或许叶舟更是一个诗人。他在文字里吟唱，醉酒，偃仰啸歌，浪迹天涯。莫名其妙地，我总是在他的小说深处，隐约看见一个诗人的背影，月下舞剑，散发弄舟，立在群峰之巅，对着苍茫天地，高声唱出心中深藏的爱与哀愁，悲伤与痛楚。叶舟的小说有一种浓郁的诗性的气质，跳跃的，不羁的，沉迷的，有时候柔肠百转，有时候豪气干云。

从精神气质上，或许胡性能与刘建东有相通之处。他不张扬，不喧哗，在这个热闹的时代，他懂得沉默的珍贵。他的作品也并不算多，却几乎篇篇锦绣，字字留痕。大约，他是爱惜自己的羽毛的吧。他从不肯挥霍一个小说家的声名。生活中的胡性能是平和的，他只在小说里暴露他与世界的紧张关系。他是复杂的，正如他的小说，又温和又锋利，又驳杂又单纯。

刘玉栋则显然具有典型的山东人的精神特质，沉稳，有力，方正而素朴。他以悲悯之心，注视着大地上的万物。他的文字里饱含着深切的忧思，对故乡土地的深情，对前尘往事的追念，对人间情意的珍重，对世道人心的体察，他用文字构建了一个自足的精神世界，他在这世界里自由飞翔。小说家刘玉栋飞翔的姿势耐人寻味，不炫技，不夸耀，却自有动人心魄的力量。

广西作家群中，田耳和朱山坡是文学新势力的优秀代表，同为七〇后一代，田耳有一种与生俱来的小说家的敏感气质，外部世界的细微涟漪，都有可能在他内心深处掀起惊涛骇浪。他看着那浪潮起起落落，风吹过来，鸟群躁动不安，俗世尘土飞扬，一篇小说的种子或许由此慢慢发芽，生长。他期待着与灵感邂逅时的怦然心动，享受着一个小说家隐秘的不为人知的幸福时光。朱山坡则一直坚持在"南方"写作。他丝毫不掩饰自己的执拗，也不打算解释自己的"偏狭"。南方经验，南方记忆，南方气息，南方叙事，构成了丰富而独特的文学的"南方"。他执着地构建着自己的"南方"，也构建着自己的小说中国。这是一个小说家的自信，也是一个小说家的强悍。

江南多才俊。同为浙江作家，东君、海飞、哲贵却有着强烈的差异性。多年来，哲贵把温州作为自己的精神起源地，信河街温州系列成为他鲜明的文学地标。他写时代洪流中人心的俯仰不定，精神的颠沛流离。他在文字里仰天长啸，低眉叹息。生活中的哲贵，即便是酒后，也淡定而沉着。作为小说家的哲贵，他只在文字里喧哗与骚动。而海飞，文学成就之外，近年来更在影视领域高歌猛进，声名日炽。敏锐的艺术触角，细腻的感受能力，赋予了他独特的个人气息，黏稠的、忧郁的、汹涌的、丰富的暗示性，出人意料的想象力，看似波澜不惊，实则激情暗涌，成为独有的"这一个"。与海飞、哲贵不同，东君的写作，却是另一种风貌。他的文字浸染着典型的江南气质，流淌着浓郁的书卷味道，古典的，传统的，温雅的，醇正的，哀而不伤，含蓄蕴藉。东君深受中国传统文化浸润濡染，深得传统精髓之妙。从某种意义上，他既是传统的，又是现代的。在人们蜂拥"向外"的时候，他选择了"向内"。他是当代作家中优秀的异数。

在同代作家中，黄孝阳有着强烈的探索勇气和激情，他以自己充满野心的文本，努力拓展着小说的思想疆域和艺术边界。他是不甘平庸的写作者，永远对写作的难度心怀敬畏。他飞扬跋扈的想象力，一意孤行的先锋姿态，以及由此敞开的内部精神空间，新鲜的，陌生的，万物生长，充满勃勃生机，挑战着我们的审美惰性，也培育着我们的阅读趣味。

中国当代文学现场，藏龙卧虎，总有一些身影隐匿，有一些身影闪现。无论是显是隐，他们都是这个世界的在场者、亲历者和创造者。他们以斑斓的淋漓的笔墨，勾勒着我们这个时代复杂蜿蜒的精神地形图。或者高歌，或者低唱。或者微笑，或者流泪。他们在文字的密林里徜徉，奔跑。心有猛虎，细嗅蔷薇。

是为序。

戊戌年盛夏，时京城大热

（作者系当代作家，《长篇小说选刊》主编）

目录

爷爷的"债务"

　　对某些事件来说，有时的平静只是一个幻象：看上去，那似乎是一个极为平常的早晨，邻居金峰叔家的公鸡刚刚叫过，黑暗中，疏落的星星还有些冷，仿若凝在草叶上的露水，我的爷爷已经起床，背上他的柴草筐准备上路。在貌似遥远的二十世纪八十年代，或者更早，我爷爷的每日都是如此，他会拾些柴草和牛马的粪回来，所以那日和以往并无不同。我说过，有时外表只是一个幻象，正如，我用这样一个平常的开始作为开始：那日，爷爷在天不亮的时候就已出门，而奶奶，则在半小时后下炕，收拾屋子，为这个早晨烧火做饭。一年三百六十五天，在我爷爷活着的时候他们几乎天天如此。那一日，金峰叔家的公鸡叫得一如平日，黑暗也没有较平日更重，星星也不比平日少或者多。略有不同的是，那日，是辛集的集市。考虑到，三年前自辛集恢复集市以来每五天便有一个集市，这种不同似可忽略不计。

　　然而不能不计。

　　做好了饭，爷爷却没有回来。在以往的时候他早应当回来了。

奶奶在满是烟火和土灰气味的灶膛边坐着，直到气味散尽，直到阳光铺厚了半间屋子，爷爷也没能回来，以往他可不是这样。那一日，我记得我被父亲派去给奶奶送火柴，火柴是母亲在集市上买来的，他叫我早去早回，回来吃午饭——我跑到奶奶家的时候奶奶正在院子里忙着什么，我把火柴递给她的时候奶奶多少有些心不在焉，她没有像往常一样给我半块馒头抹一点儿自家的蜂蜜，而是说，你爷爷怎么还不回来。她说了两遍。

我说了些什么现在早就忘了，在完成必需的任务之后，在确定没有抹了蜂蜜的馒头之后，我也同样心不在焉。气喘吁吁跑回家，吃饭的时候大约父亲问了我，你奶奶如何，你爷爷在家吗，我也随口答了，这些都已了无印象。还有印象的是，那日吃着吃着父亲和母亲就吵了起来，父亲甚至为此摔了一个碗，而母亲也毫不相让，她将手边的两只碗一起挥到了地上——对我来说，对我们家来说，看上去，一切都似乎极为平常。

有时，外表只是一个幻象。生活有那么多的枝条，那么多的线，那么多的头绪和偶然，那么多的埋伏和所谓命运，我们怎么能猜到其中发生的所有事呢。何况，那时我还小，只有六岁。

黄昏，爷爷才拖着疲惫和阴沉的脸色返回家里，他没有吃饭。奶奶重新热过了粥，它已经热过两次了，有一股焦煳的香味儿。可爷爷并没有走到饭桌前，他已经饿了整整一天，要知道他那时还有着惊人的好饭量。奶奶问我爷爷："听说你捡了一个布包，里面全是钱？"爷爷嗯了一声，用鼻孔里的气息。奶奶再问："你当时就给人了？"爷爷又嗯了一声，还是。奶奶发了一阵叹息，感慨，然后又问："听金峰说，有人在集上瘫了，你给送回去了？他说人

当代中国最具实力中青年作家书系

挤没看太清。"

嗯。爷爷还是，用鼻孔里的气息回答道，甚至比之前的更轻，多少带一点儿不耐烦。"那你也不至于不吃饭啊，"奶奶洗着碗，她的手上用着力气，那些碗在锅里发着声响，"咱不稀罕人家的东西，我不是说咱稀罕人家的东西，这些年咱一直这样过不也过来了，那时，咱吃上顿没下顿，也没稀罕过人家的东西……可，你就那样把钱还给人家了？他就，他就……"

爷爷故意关闭了耳朵。黄昏回来的爷爷心事重重，他似乎有什么东西没有带回来，譬如魂儿。奶奶就是这么说的，她对我母亲说："你爹就是不说话，早早就睡了，像丢了魂一样。"母亲说："谁让他那么好心来着，谁让他那么正直来着，现在，事到头上了吧。我就说过不能这样。"

那日发生的事情我是听母亲说的，她在说那日事件的时候带有强烈的个人情绪，这是可以理解的，爷爷使用的和她所使用的不是同一种逻辑，不是同一类"道德"，何况，爷爷的所做也的确给我们家带来了"后果"。在讲述那日发生的事情时，我会尽量减少受她情绪的影响，保持某种的客观。

那日，开始的所有都和往常一样，我爷爷甚至走的也是往常的路线，包括他的基本步幅——在经历了少年、青年时代的诸多荒唐之后，晚年的爷爷渐渐变成了足够标准的勤劳农民，村上的人都如此评价他。那日，爷爷拾满了柴草筐，时间还早，他就在一棵槐树下休息了一小会儿，然后从五队的果园中穿过去，回家——这是他唯一的一点儿改变，平时他都走果园外面的路，那天小有不同。这份小小的不同也是可以理解的，因为他曾在五队当过多年的队长，这些果树是他当队长的时候种下的，那年，已近盛果期，而他的队长也刚刚换掉。母亲说，爷爷在槐树下休息的时候看到一只狐狸，毛色鲜红，它和我爷爷对视了一下，在跑开的时候像人一样重重叹了口气——我不知道这是不是母亲的杜撰，我承认她有这样的习惯，不只是在一件事上。我母亲，一边坚持着她的无神论一边强烈地相信着神秘，她的坚持时常取决于哪一点儿对她更有利——愿我的母亲得到安息。

好，接下来继续那日发生的事：比平时略晚一点儿的爷爷一出果园，就在路旁的草地里发现了一个布包。灰绿色的布包，尽管阳光已经足够强烈，但它在草丛之中并不凸显，仿若草叶的暗影，不仔细看根本看不出来。我爷爷之所以能够发现它，是因为爷爷觉得那片草长得茂盛，出于勤劳的习惯他见不得茂盛的草，他想把草割下来收入自己的筐……爷爷捡到了那个影响到他、影响到我们家和几个人家的灰绿色布包。那时，布包是安静的，它就像某个童话里未被打开的魔瓶，上面只有一层灰土、露水打湿的痕迹和粘得很薄的阳光。出于好奇，是的，像童话故事里的那个人，我爷爷出于同样的好奇将布包打开，里面还有一层纸，再里面，则是，钱——在二十世纪八十年代看来很是不菲的，钱。

尽管那时的早晨已经不算很早，太阳已经冉冉地升起，但路上并没有人。后来，讲述那件事的时候，母亲反复强调："四处无人，一个人也没有，连影子也没有，整条道路空空荡荡。那么多钱，是你父亲三四个月的工资。"母亲的感叹里成分复杂，"也就是你爷爷"，"他要是不等，要是到集市，也许……"

可我爷爷等了。他等了大约一袋烟的工夫，这是我爷爷计量时间的方式，虽然他从五队队长的"职务"上退下来就戒了。他等了大约一袋烟的工夫，终于看到来了一个人，有些慌张的人，骑在一辆旧自行车上。爷爷不急，在树林里盯着他。这个中年人，他似乎在寻找什么，看上去的确如此，而且，在果园的边上他竟然停了下来，东张西望，然后朝草丛中走去——就是他了，肯定是他了。爷爷怀着惊喜，冲他喊了一声。我爷爷，和我的家人，都在事后对他的那声呼喊追悔莫及。

"你在找什么？"

那人用慌张的眼神看着我爷爷。他咬了咬嘴唇。

爷爷笑了笑，努力打消他的疑虑："别着急，你是不是丢了东西了？"

那人咬着嘴唇，慌张的表情没有半点儿的减少。他打量我爷爷两眼，然后轻轻点了点头。

"那你丢了什么？"

过了一会儿，中年男人松开了他的嘴唇："布，布包。"

"是不是这个？"爷爷将它拿到胸前，他点点头。

"那，你说，里面有什么？"

在那个中年男人回答之前有一段较为漫长的沉默，而我爷爷忽略了它，只把它看成是男人的紧张和对他的不信任。这也不能怪他，爷爷认为。"你说，里面有什么？"爷爷将那个包抖了抖，那时，他已确信，这个布包就是面前这个人的。

"钱。"他的声音有些干涩、忐忑，仿佛被什么东西卡了一下喉咙。这一显见的异样爷爷再次忽略了，他想到了别处。"你爷爷就是那样的人，一辈子……太正直了，太容易相信人了，吃了多少亏就是不开窍。要是换作我……"母亲当然有这样的自信，她当过村上的妇女主任，受到过表彰，然后是供销社售货员，经历风浪多多，阅人多多，自然有着超常的自信（打击她自信的事件出在后面，她调到县里，成为供销社一家饭店春华楼的经理。在她的手上春华楼每况愈下，直到工资都发不出来。除了哀叹人心不古、世风日下，她从未对自己的经营有过任何指责，但不指责并不意味她就毫无反思。当然这件事的出现还要晚上十多年）。"没有人能在我手上把包骗走。"父亲使用着鼻孔："哼，是没人。要是你捡到了，肯定没人拿得走，就是失主也不行。"他用报纸遮挡着自己的脸。"你说什么？你什么意思？"母亲的声音高了八度。

在村头，爷爷遇到了真正的失主，而那时，另一袋烟的时间也已过去，他遇到的中年男人早已不知去向。爷爷走到村头时还为刚才发生的事有些愤愤：那个中年男人没有一丝的礼貌，他接过布包，打开，重新包好，没一句感谢也没任何感谢的表情，骑上自行车便飞快离去，爷爷伸长脖子在后面问："你点点看少了钱没有。"然而他竟头也不回，把我爷爷孤单地留在了那里。

那日的秋风有些凉。

等爷爷遇到真正的失主，他的愤愤就不是刚才的愤愤了，他受到了欺骗，而且此刻他面对的是一个……一个痛哭中的老人，一个脸色惨白的老人，一个坐在地上那么无助的老人。"十二家人凑的钱，让我来买线，织网……十二家人凑的钱，让我来买线，织网……我给丢了。我怎么不丢了自己啊？"老人在围绕的人群中反复着这样的话，仿佛自己的舌头被什么拴住了，仿佛，他把一颗硕大的苦果含在嘴里，既不能吐出也无法咽下。人群开始七嘴八舌。这时我爷爷挤了进去，他已经清楚了，已经清楚的爷爷却感觉自己的头脑有些大、有些木。"老哥，你的布包，是什么颜色的？"接下来，爷爷又问，"里面还有包吗？再里面是什么？"越说越是了。爷爷看了一眼那个老人眼里的小火苗："唉，老哥，我受人骗了。我捡到了你的包，但，让一个骑自行车的人骗走了。"他把这句话勉强说完，那个老人，眼里刚刚闪过的火苗突然地就熄灭了，它本来就相当微弱。

"你，你怎么啦，"爷爷喊，"老哥，我给你追回来，我给你……"

"你说你上哪里去追？"母亲说，"你爷爷也真是。有热闹非要去看，你知道自己受骗了，反正也没丢自己的东西，干吗和人家说，那话不说，能憋死你？"她当然要遭到我父亲的反驳，父亲说："咱爹当然没你那么多心计，也没你的心长得那么偏。以你的心来猜他的心，太难了。""我的心怎么了？我的心怎么了？我的心不这么长，这个家还要不要？就你们那点儿心计，饿不死你们！"母亲说的也是实话，她是我们家的恩人，至少她这样自居：在挨饿的那几年，如果不是我母亲……都是些旧事，可她从来不肯忘却。父亲又接了句什么，然后是……他们之间的战争又开始了。

不说这些了，接下来我继续说那日发生的事，我的爷爷，和金果叔、刘海叔一起把那个瘫坐在地上的老人送回了家，他的家，在七里地之外的巩家村。事后，我母亲打听到，他们把老人送回去然后和他的家人一起把老人送到医院，来来回回四五个小时。那个老人除了腿不能动之外意识还算清楚，在这四五个小时里，他除了重复前面的几句话就是对我爷爷他们点头，也许他不准备把我爷爷捡到过布包的事说出来，然而……母亲在叙述到这里的时候用了许多表达情绪的语词，并配合着表情，我将它们都统统滤掉，删繁就简，剩下的主干就是：爷爷主动向人家的儿子儿媳交代，他捡到了布包，却交给了另一个人，那是个骗子。他向人家信誓旦旦地说："我一定把钱给你们找回来，你们放心。我叫某某某，住在辛集村。"母亲仿照金果叔的语调，说："我在后面拉他都拉不住。""这就是你爷爷。"母亲的话里有话，内涵复杂。

"他要是不说，要是管住自己的嘴，哪有后来的那些事哟。"

后来的事，如同旋转起来的涡流，它有一股向下的、内在的力量，它潜在暗处，却有巨大的吸力，让你生出摇摇欲坠的感觉，让你生出某种的恐惧，它在每一个"明日"早晨的门口，蹲着，比金峰叔家的公鸡起得还早——那年，我六岁，只有六岁，但许多莫名的感觉便潜入我的骨头里，经久不散。它甚至让我感觉自己有某种的苍老。何况，我的父亲母亲天天都为此事争吵，发愁。他们的争吵吹走了屋子里的空气和好心情——我小心翼翼，想办法迅速从他们身边消失，然而这些都有些无济于事，"后来的事"就像一张挂在黄昏里的蛛网，把我们罩在了里面。

还是一点儿一点儿、一件一件来说吧。

老人的儿子和儿媳来了。这没什么难度，他们按照爷爷留下的信息找到了我们家。开始的时候他们极为客气，多少显得怯懦、坐立不安："不，不用，不用，真的不用。没事，没……"爷爷和奶奶仔细地听着，他们的叙述有些混乱，前言和后语之间缺少连线，有时只有半句，但最终，意思还是清楚了。老人是村上的会计，憨厚正直，在村上有着很好的口碑，当了十几年的会计从来没算错过一笔账，从来没占公家一分钱，更不用说个人了，所以一村人都相信他（后来，在听奶奶向她复述的时候，母亲用声音表示了她的不信：别听他们的，谁不往自己的脸上贴金，谁会说自己不是）。可他这次，栽进了泥坑里。村里穷，人们想干点什么事总想不出点子，老人一次听到辛集的一个人说村上有人放网，织网的人挣了多少多少钱，他就动心了。十二家人，拿了四百二十块七毛二（母亲再次表示了她的不信，肯定没那么多，他们知道钱没有了，我们也没看里面到底有多少钱，所以就信口多说点，她似乎很清楚他们的伎俩），老人自告奋勇前来买线织网。要知道，老人一生谨慎，从来没丢过一分钱，哪想得到⋯⋯

爷爷一遍遍向人家道歉。他问，老哥身体⋯⋯人家告诉他，病了，在炕上躺着呢，腿一直动不了，现在，嘴也不太会动了，吃饭都得喂。你看你看⋯⋯爷爷直搓自己的手，仿佛他的手上粘着什么不干净的东西。"你们放心，我一定要把钱找回来。你们放心。对不起老哥啊。"

临走，奶奶追在后面问了一句："万一，我是说万一，要是找不回来怎么办？"奶奶问得志忑、小心，含着明晃晃的不安。

老人的儿子仿佛没有听见，他收拾着自己的手推车，显得异常专注。

他的女人回过头，眼里满是泪水："我们的日子真是过不下去了，没法过了。"

她瞄了我爷爷一眼："你们就，行行好吧⋯⋯"

母亲离开条凳上站了起来："行行好？我们不行好，会有这回事？会让他们黏上？都是些什么人啊！"

爷爷哼了一声，而坐在一旁的父亲则直接跳了起来："说的什么话！你看你说的什么话！"母亲挺直胸膛，她没有丝毫的惧意："我说得不对吗，不是人话吗？"

⋯⋯那件事像一种强力的胶，真的粘在了爷爷的手上，他甩不掉，更大的问题是，他不想甩，就没有要甩的意思，这一点儿，让我母亲很是愤怒。"我们就是捡到了，让人骗走了，也和这事没关系了，反正我们没有把钱昧起来，反正我们没有故意也没得到任何好处，他们找我们根本就没什么道理……不理他！爹，我们得过自己的日子，咱们不能让他把自己的日子毁了，你说是不是？"

爷爷没有说是，也没说不是。

他已经，有了自己的计划。这不容改变。

爷爷走村串巷。他向人们打探，听没听说过谁家拾到了一个布包，里面全部是钱；听没听说谁家有一辆旧自行车，当然是"大铁驴"；听没听说谁家突然有钱了；听没听说……爷爷去了巩堤头、苑堤头，然后是东王、韩照、西马。爷爷找到各村的大队，当年他经常参加公社里的会议，与一些村干部还算熟悉，至少面熟。爷爷找了散在各村的亲戚、朋友，到人家里坐一坐，然后言归正传，"你知不知道谁家拾到了一个布包，灰绿色的，里面是钱，有四百二十多块呢"，"不坐了不坐了我还得去……这事儿你们给经点儿心，我，我把人家给害苦了"。爷爷向所有的亲戚端出他的愧疚，这当然惹得我母亲很不满意：我们是偷了抢了？我们不是做好事做的吗？谁愿意有这个结果？干吗非要往自己头上扣那个屎盆子？四婶在这件事上和我母亲完全一致，她也认为爷爷完全没有必要，家里有那么多的活儿，他一点儿都不操心却把心思全用在外人的身上，真不知道他是怎么想的。"他也找到我们村里了。我娘说咱爹了，没见过你这么帮人的，都这么大岁数了还……"四婶只说了半句，她偷偷瞄了我父亲一眼，"哥，你和老四也得说说咱爹，他也真是……"

爷爷早出，晚归，并且归得越来越晚。他走得也越来越远了，一直打听到海堡和盐场，但是，毫无结果。"你也不想想，谁骗了你的包还到处嚷嚷，我骗了一个布包，里面全是钱？谁能像咱这么傻？找吧，找吧，这可真是大海里捞针了。再说，你找到了人家，钱都花完了，你有什么办法？"

母亲说的，也不是完全没有道理。可是，又能怎样呢？"你们等着瞧吧，麻烦事在后头呢。不信就试试。"

是的，麻烦事说来就来了，他们就蹲在屋门的外面，像一团阴郁的暗影。奶奶打开门，他们进来，一个在条凳的前面蹲下了，另一个则直直地站着：是那个老人的儿子和儿媳。事后奶奶说："我一见到他们，心里就像被乱麻一样的东西给堵上了。"

老人的病一直不好。拉尿都在炕上，动不了，总是哭，嘴也歪得厉害，正常的话不会说了，就会两个字：屁，钱。"钱，屁。"儿媳说，"这还不算最烦心的，不管什么原因，老人病了都得伺候也没什么，可是家里的钱全拿走了，都给丢了，病看不了不说，吃饭穿衣的钱也没了，马上要秋后了，冬天了，这日子该怎么过？这还不算是最烦心的，当时，老人带的是十二家的钱，他们家的丢了也就丢了，还有另外十一家呢，人家也都穷得叮当响，不然也不会想一起来买线织网不是？让人家怎么过？现在，这十一家的人，天天在门口堵着，倒还没说什么难听的话，可这也让人受不了啊。""他爷爷，一辈子说说道道，现在……"奶奶陪着哭了半个下午，她告诉人家说，我们家老头子这些天天天出去给你们找，应当快了，快有眉目了。

那个瘦女人拉着我奶奶的手说道："看得出，大伯是个好人，我们，我们也是没办法啊。我们天天……真的是过不下去了啊。"

父亲陪着爷爷去了两次巩家村，回来直叹气，真是惨啊，真是惨啊。我们是得帮着他们把钱找回来。"要找你们去找。家也不用你管啦，日子也不过啦！我自己带着儿子更舒心。"母亲说道。

父亲说："你是没看到那个情况。三间旧房，屋子倒是还算干净，就是总有一股臭烘烘的味儿——也没法不臭，那个老人瘫在炕上了，他根本控制不了自己的大小便。瘦得不成样子，要是找不回钱来，可能年都过不了。屋子外面整天蹲不少的人，乱哄哄的，都是讨债的。"

父亲没说，他和爷爷一到就被人围住了，在得知是爷爷将捡到的布包交给骗子的之后那些人又哭又骂，说了许多难听的话，他们差一点儿都走不出来。父亲也没说，他和爷爷带过去的点心（是我母亲花的钱，她在供销社里，供销社有自己的点心房，她去买可少花两三角钱，但因此，钱也得她来出了：她怎么能跟我爷爷去要钱呢？这事，让父亲很长时间都矮着半头，和母亲吵架都显得不好意思）根本没能拿进屋，就被守在屋外的人们分了。父亲说的是，老人的儿媳见他们来，就像看到了亲人，哭得那个惨烈。父亲说的是，老人见到我爷爷，竟然露了一丝的笑容出来，他咧开嘴，流了更多的唾液在自己的衣襟上。父亲说的是，他们家的家具、桌椅，包括大门都被讨债的人给弄走了，要是老人能卖钱，他们也会把他给分了卖了（母亲插话，这事不说也想得到，要是咱家出这事儿，就是老四、金峰他们也得把咱家的东西都拿去分了，绝对好不到哪里去。到事上，谁都是顾着自己。她对我父亲提出严重警告：我告诉你，不许再可怜这家人，丢钱的是他不是咱，不是咱让他丢的，别让他们赖上咱，这种人，最会得寸

当代中国最具实力中青年作家书系

进尺，不信你看）。

　　事后母亲坚持认为，让她说中了，她的预见是对的，她的所有
预见都是对的，只是别人理解不到罢了。"你看吧，不由你不信。"

　　她的意见再次得到了四婶的支持，她们俩如此一致的时候并
不是很多，更多的时候是——"咱爹这种做法，早晚吃大亏。早
晚，得让人家赖上。现在怎么样？"

　　……不管怎么说，事情的发展多少与她们的预想有些相似：
爷爷找不到那个骗走布包的人，他找遍了周围的村村落落，甚至
到漳卫新河那边的山东，一直问到滨州一带。没人提供给他真正
有用的线索，有几次，他满怀希望过去，结果却是一种扑空，不
是，不是那个人，不是他要找的那个人。二十世纪八十年代初期，
在我们公社拥有自行车的人并不很多，这本来是一条好线索，然
而我爷爷顺着这条线的全部枝蔓一一摸过去，结果还是扑空。他
记得那个中年男人的模样，但我们公社里，所有自行车的主人都
和那个男人不一样，爷爷对自己的眼光有着特殊的坚信。莫非，
他是外地人？这让爷爷、父亲、四叔和一些热心的亲戚们感到更
多的渺茫。

　　那两个巩家庄的人，儿子和儿媳，成了我们家的常客，因为
老人需要照顾他们有时会来一个人，另一个，过一两天再来，相
互替换。儿子倒没什么，他只是在墙角或者屋里蹲着，吃饭的时
候递上一张嘴；不过儿媳来了就不同了，她有时会哭闹一番让你
心烦，有时还说几句听起来刺耳的过头话，后来发展到，临走，
她会席卷一两件我们家的东西——当然这是在我爷爷在家的时候，
爷爷不在家，她是拿不走的。她在我爷爷的面前已经颇为趾高气
扬，仿佛我们亏欠她许多，仿佛我们做了亏心事给她了把柄，她

只是拿回自己应得的东西，理所当然。母亲和四婶最见不得这副嘴脸，就是不拿这副嘴脸她们也有了一肚子的气——

"你把它给我放下！"母亲指着瘦女人的鼻子，一前一后，四婶也跟了进来，她们早就商量好了。

这肯定在瘦女人的意料之中、预想之中，可当它真正出现她还是有些慌乱、措手不及。"我，我没拿什么……"随后她瞄了一眼我奶奶，尖起了嗓子喊道："我不该拿吗，我没法过啦！"

"你没法过了怨谁？该，就该你没法过，谁让你这么赖皮来着，算是老天有眼啊！"四婶插话，她一把夺下了女人手里的东西。"我爹他是好心，还帮着你们往回找，要是我，我才不管呢，又不是我丢的又不是我让你们丢的，凭什么天天上我们家来混吃混喝，还想拿，看你不要脸的！"

……院子里站满了人。看得出，那个瘦女人根本不是能吵架的主儿，何况是在我们村，何况她要面对的是七嘴八舌，一圈不断游动的舌头。她哭了，哭得那么痛心、无助。她能反复的只有一句："我不找你找谁去。布包是你们最后见到的，我不找你找谁去。"

就在这时，爷爷出现在院子里。

事情，再次出现了转折。

爷爷承诺，家里的东西只要她需要，就可拿去。人心都是肉长的，她公爹变成现在这个样子，都是他造成的，要是没有他把布包交给骗子，也就没有这些事了。"你拿东西，我心里倒还略略地好受些。"爷爷的眼圈突然红了。

"凭什么啊？这个家我们也有份儿，我们拿过什么？就是蜜，都舍不得给孩子们吃……"母亲拉了拉四婶的衣袖，制止了她的继续。

　　爷爷承诺，再给他二十天的时间，如果到时候他还没有找到那个骗子，布包里的钱由他来还，他说话算话。"凭什么啊？凭什么我们还？"这次，轮到四婶拉我母亲的衣袖了，"你不用拦着，"母亲甩甩手，"大伙都在，你们给评评理，我们是偷了还是抢了，我们得到什么了？以后，这好人还怎么做啊？要知道是这个结果，爹，当时你就该把钱自己拿回来……"

　　瘦女人走了，她没有带走曾经拿在手里的东西，出门的时候，她依然尖着嗓子，挤出一句"我们也不是坏人……"她说得很不响亮。

　　"爹，你怎么，怎么能……看你到时候拿什么还。"母亲丢下一句。

　　"反正我们没钱。我们没人挣工资。"四婶又丢了一句，母亲准备搭话的时候她已经走到了外面。为此，母亲耿耿于怀了许多天。

　　二十天，看上去并不算短，甚至有些过于漫长：它有二十个早晨，二十个正午和二十个黄昏，它有四百八十个小时，两万八千八百分钟——在这二十天里，我爷爷更是早出晚归，四处打探；在这四百八十个小时里，他很少能够让自己睡得踏实，奶奶听着他在黑暗里翻身，辗转，悄悄叹气，仿佛黑暗中生着刺猬的刺，它们一下一下在刺他的背，刺他的胸，刺他的腿。两万八千八百分钟，我的爷爷，他的每一时刻几乎都用来思考：那个骗子到底到了哪里，他如何能够重新找回那个布包和里面的钱。这占去了他的全部心力。

　　母亲也在找，她再次找到公社派出所的所长，得到的答复是，还没有进展，他们不是不尽力，而是，这事的确有些难，所有线索都断了。父亲也在找，他叫自己的学生们留心，把他们一一叫到自己的办公室，推心置腹，让他们仔细打探。四叔四婶，包括辛集三队、五队的人也都跟着在找，包括邻村的亲戚和大队的干部们……然而这并不能令我爷爷感到欣慰。时间一天一天、一小时一小时、一分钟一分钟地过着，二十天的时间眼看就要用完了，它很不禁用。时间一天天过着，我们依然一无所获。好在，巩家庄的人没有来，他们没再给爷爷的煎熬增添另外的烦恼。可是，时间马上要用完了。我那年六岁，连我都能感觉时间即将用完之前的紧迫，它压在屋子里，把里面的空气都压走了。

爷爷来到我们家。他是一个人来的，之前很少如此，和我父母沟通的多数是我奶奶，所以他的到来还是让我母亲有些不安："爹，您，有事吗？"

爷爷是来借钱的。他在我母亲寻找种种理由拒绝之前固执地说了下去："我也知道你们很难，之前咱日子穷，没给过你们什么。我说的是借，有借就有还，肯定。我就是砸锅卖铁也会还的，这样，你们也别为难，有多少先借我多少，让金龙给我写个字据。一定要写。"爷爷用的是和平常很不一样的语调，他既没看我的父亲也没看我的母亲，他看的是别处，他看的是，墙上的斑点或者一只蛾子的影子。

话说得如此，母亲也无话可说了。她拿出了三十一块钱，这时我父亲插话："你不是准备了买手表的钱了吗，把它也添上吧，我们先不买了。""你要不说我还真忘了。看我这记性。"母亲打开衣柜，从底层掏出一个红色的小布包，它是一个袖章改做的，上面还有剪了一半儿的字。母亲把钱递到爷爷的手上："爹，你可别

当代中国最具实力中青年作家书系

说什么借不借的，还留什么字据……不让人家笑话？"

"不，一定要留字据。"爷爷说得，斩钉截铁。

爷爷把钱送过去的时候才知道，老人已经走了。这个消息仿佛是一种电流，爷爷被击中了，他愣在当场，像一块呆滞的木头。

老人的儿子拒绝了爷爷的钱，不过，他把爷爷送去的两块布被留下了。他说："大伯，这个我收下，要不是你非要做礼账我也不敢收的。你的钱我绝不收，我父亲要是地下有知，他会骂我的，骂死我的。他一辈子，最看重的就是名声。"

那天他说了很多的话。之前，他给我爷爷、我父亲的印象就是一个闷葫芦，没想到，有那么多的话在他的肚子里翻滚。"你们真不欠我们什么，真的。我父亲的债由我来还，今年还不上明年还，明年还不上后年还，到老我肯定能还得上，我父亲一辈子站得直立得正，在这事上，我已经给他脸上抹黑了，你的钱说什么我也不能要，一分也不要。"

爷爷拉着他的手："我对不起大兄弟啊，要不是我做错了事让人骗了，他也不至于，不至于……我一定要找到那个骗子，一定要……"

"大伯，找不到就算了吧。你已经费心啦。这本来，就，不关你的事。"他也跟着抽动着嘴角，泪水不断地涌出来。

不，爷爷不能把它放下，他把这事当成是自己的债务，现在，他的压力更大了，毕竟，一个人死在了自己犯下的过错上。他接受不了别人的宽解，我的父亲母亲也知道，无论他们说什么都不起作用，不会起到作用。这个债务，甚至把我爷爷的腰压得更弯，让他抬不起头。

秋天结束了，接下来是寒冷而漫长的冬天，北方的田野上剩下些光秃秃的树，它们看上去很冷，在北风里簌簌发抖。没有了农活，爷爷还是天天到田间去，从远处，他就像另一株寒冷树，他就是树的样子。那年我六岁，在我的记忆里那年的冬天特别冷，却几乎没下过雪。在我记忆里，那年，爷爷变得更加沉默、心事重重，他留在心头上的那块石头还没有落地，他的样子有时让人感觉恐惧。之前可不是这样，虽然，父亲、四叔和村上的人都说爷爷是一个很有脾气的人。不止一次，我看见爷爷站在果园的路口，向远处张望。难道，爷爷会那么天真地心存幻想，等那个骗子走到自己面前，将布包递给他：大叔，我错了，这个包不是我的，钱也没动，现在还给你吧……

　　没人将灰绿色布包送回来，也没有这个布包的任何消息。公社的人倒是来过两次，他们一是向我爷爷了解更细的情况，二是担负着劝阻他的使命。他们说："现在把事交给我们吧，我们会尽力的。这里，没有你的错，你没必要为此自责……"我爷爷静静听着，努力点头，但他们走后他还会继续他的打探，前往周围的村庄，前往各个集市，前往……他寻找那个留在他记忆里的人，寻找那辆印象略有些模糊的自行车。"咱爹要这样下去，唉。"母亲感叹。四婶也同样地感慨："这样下去，人家会怎么看他？是疯还是傻？家里有多少活儿，咱爹也不做，光想着……以后的日子怎么过啊？""让孩子们也抬不起头啊。那天刘七婶婶就说咱爹，烧得，就怕自己家过得舒服。"两个女人，她们也搭起了戏台，并在其中扮演着多重的角色。"应当找个人，劝劝咱爹。""谁能说得动他？！""老婆子也是，"四婶提到我的奶奶，"冲我们总是劲儿劲儿的，我们拿她根草叶她也得心疼三五天，前几天我借了一个碗忘了还，昨天就拿话点我。哼，人家来拿东西，她的劲儿呢？她的能耐呢？"……

接下来，我要说到那年的春节了，春节当然是个大事。我记下来的大事有：母亲给我买了一件新衣服，海军服，把一向懦弱的我打扮得威风凛凛；我借了树哥哥的木枪，当然前提是给他当两天的马，并在"战斗"中扮演失魂落魄的日本鬼子；我把爷爷买给我的灯笼烧毁了，这个灯笼我只打了不足半个小时，为此我痛哭一场，一直心疼我的爷爷却没承诺再给我买一个新的。我还记下了另外的大事，那就是：腊月二十七和二十八，巩家村有四五个人来我们家堵门，他们说想讨回他们的钱——在死去老人绿布包里包着的钱。"我们欠你们钱吗？我们什么时候欠下你们的？你们凭什么来找我要？"这样的事，当然得我母亲出面，何况二十七那天爷爷不在家，他早早地出去了。他们倚着墙角，一言一语甩着大概早想好的话。"你们说什么？大点声！别装得像杨白劳似的！这样，你们出个代表，来和我说！其他人，都给我离开这个院子！"那些人大概没见过这样的阵式，真的全退了出去，待了一会儿却又全都进来了。"你不还我们钱，我们的年怎么过？"他们反复的就这一句。

"我们凭什么给你们钱？我们是借了你的还是拿了你的？有什么证据说我欠你们的？你们说！使赖法子来了！算是人吗？对得起自己的那张皮吗……"母亲越说越气，她的手指指过每个人的脸，她的手指所到之处，那张脸就会略略地偏向一边，"去，把你四叔、金峰叔、老李家人都叫来！把大队的人也叫来！"那些人，竟然给我让开了一条路。

"反正，不还我们钱，我们就不走。"我返回来的时候听到他们在说。"我们不是来打架的，"对于围满了的黑压压的人，他们显得气力不足，"我们是来讲理的。你们要仗着在自己村……""我们要不是过不了年，也不会来这儿。哪怕少还一点儿，我们也就……"

四婶也来了，还有梅姐姐、秋哥……我母亲的话更加滔滔不绝，也越来越难听。"你说捡了包给了一个骑车赶集的，谁看见了？我们不来找你要找谁要？"一个大约十八九岁少年站出来，挺着他的脖子说道。"什么混账话！"他的脖子很快挨了几巴掌，是巩家村的人们打的，"我们没这个意思……"

"哼，这就是你们的意思，尾巴露出来了吧！我们的好心在你们那儿就是驴肝肺，你们以为我们昧起了你们的钱！你们打听打听，我们是那样的人吗，我们是那样的人家吗！凭什么由你们泼脏水扣屎盆子，你们也太欺侮我们辛集好惹了吧，你们也太欺侮我们李家没人了吧……"

腊月二十八，被打发回去的那些人没有再来，来的是一些女人、孩子，她们还是来讨要"她们的钱"。爷爷在家。他说，钱，不在他这儿，真不在他这里，他没有捡钱不还的意思，他不是那样的人。他说，他正在找，找那个骗走了布包的人，如果找到了一定给大家一个交代。"要是找不到呢？都这么长的时间了。"爷爷咽了口唾沫："那我还。你们可找人问问，我是不是个说话算话的人。"——这些，是奶奶后来告诉我的，她是想搬我母亲这个救兵，那些人还在奶奶家的院子里。"不去，"母亲气哼哼地扫着院子里的灰尘，纷纷扬扬，"话都说到这个份上了我还说什么？娘，你也太由着他了，你也太……不过，我把丑话说到前头，你们要还这笔冤钱，可别找我，我肯定一分不出、一毛不拔！也太欺侮

当代中国最具实力中青年作家书系

人了！"

那些女人一直待到中午才走，她们的离开和我母亲依然有很大的关系，她带着公社的警察出现在院子里。"爹，我把丑话说到前头，你们要还这笔冤钱，可别找我，我肯定一分不出、一毛不拔！也太欺侮人了！"守着我爷爷、父亲、警察以及那些巩家村的女人、前来看热闹的辛集人，我母亲又重复了之前和奶奶说过的话，她说得更为坚决。在我父亲、四叔、金峰叔他们眼里、话里，我的母亲多少有些"泼"，不过还从来没用这样的方式、这样的语调和我爷爷说过话，但那天，她……说了。

对那年春节，我还记下了父亲和母亲的"战争"，不过这不算大事，因为他们的战争经常发生；我还记下腊月二十九的晚上下了一场小雪，并不很厚，不过那天晚上爷爷很晚才回来，他在傍晚的时候就消失了，回到家里的时候大约已近凌晨。父亲、四叔都曾出去找过他，找遍了村子里的角角落落，而爷爷说他只是在五队的打麦场里坐了一会儿。肯定是在撒谎，只是没人愿意拆穿他。爷爷说，他想到了我早逝的槐叔和巧姑，他们俩分别死于正月初五和正月初七，一到过年就……回来的路上，母亲说爷爷的这句话也不全是真的，都多少年了，再说，每年也不这样——父亲接了一句什么话，突然，母亲的声音便又高了八度，两个人再次吵起来。对于那年春节，我还记得，初一是我生日，母亲一大早就把我打发去了姥姥家，直到初三才把我接回，我还记得当时我哭着喊着要姥姥"救命"，姥姥也哭了，紧紧把我搂在怀里……

那个春节，家里一直被一种什么东西给笼罩着，让人感觉压抑、灰暗、空气稀少。虽然，我的爷爷、奶奶、父亲和母亲，包括四叔、四婶，都尽力地保持少见的笑脸，说着吉祥或可笑的话。

那种黏黏的、挥不去也理不清的东西却一直在。

让爷爷牵肠挂肚的布包终于在初四那天出现了转折，真是柳暗花明，真是拨云见日，真是……嫁到赵堤头、带孩子回家的杨环随口跟自己的母亲说，村里一直很穷的赵风亭家（请原谅，这是一个化名，我大概忘记了那个人的真实名字，虽然我曾想打电话问我的父亲，但最终我决定不打这个电话，以后就是知道了那个人的名字也不会将它如实写出来）前些日子葬了母亲，也不知哪来的钱，竟然给老太太做了松木的棺材，据说老太太临死之前馋饺子，他们竟然一连三天让老太太顿顿吃饺子……说者无心，但杨环的母亲却把它记在心里，她叫自己的儿子把我爷爷叫了过去。"我也不知道和你的那事有没有关系，不过，孩子说到了，我告诉你，让你留一下心也不是坏事。"

爷爷问到了自行车。杨环坚定地说："没有，他们家没有自行车，绝对没有。他们家买不起，叔你大约没去过他家，穷得叮当响，去年过年还到我们家借面呢。他们就是拆东墙补西墙地过日子。"

杨环的坚定，多少扑灭了爷爷的火焰，仿佛是一盆冷水。

"不是就算了。唉，我还以为能帮到你呢。"同样感到失望的还有杨环的母亲，她也感到了那盆冷水的凉。"以后有什么消息我也给你留着心，大哥，这事可把你这个好人害苦了。"

他们家没有自行车，从来就没有过，那他就不会是我爷爷要找的人，这条线索等于又断了。不过，他多少有些不甘心，多少有些自欺欺人，多少有些心存幻想，于是，在正月初六那天，他还是去了赵堤头。

我爷爷也觉得自己是在自欺欺人，他对自己的这次查访并不抱太大的希望，不然，他肯定初四就去了，或者初五就去了，他肯定希望自己能早一天放下压在心里并且还在增长的那块石头。然而真的是柳暗花明，他竟然真的找到了他要找的那个人，为找他，爷爷朝思暮想，踏破了铁鞋。

问到赵风亭家在何处，爷爷并没急于过去。当时，他并没把这个赵风亭当成是自己要找的人，也没把杨环所提供的线索看成是有用的线索。他来，一是出于自欺欺人的幻想，二是出于给自己一些交代，让自己显得有些努力。爷爷把自己说成是赵风亭的一个远房亲戚，多年没有过联系，这次来走亲也想到他家看看。那些晒太阳的老人倒是满腔的热情，很快，爷爷就打听到有关赵风亭的一些情况，关于贫穷，关于他少年丧父，关于他母亲这几年的病……去赵风亭家看看、查证，爷爷并不急，他其实早就把赵风亭排除在嫌疑之外了，没有自行车就是最有说服力的证明。所以他一直和那些老人们聊到时近中午。在一个老人的指点下，爷爷很快就找到了赵风亭的家，那个低矮的小房很好认。

爷爷敲了敲篱笆门，似乎一个男人探了下头马上又缩了回去，然后一个女人走了出来。"谁啊？你找谁？"她的表情很不自然，但爷爷并没在意。他甚至，把刚才有个男人探头也当成是幻想或者错觉。"我找赵风亭。是住这里吧？"

女人听到后更加慌乱，显然，她并不善于掩饰："赵，赵……他不在家。"

爷爷还没在意。"疑邻盗斧"的故事中那个丢失斧头的人总感觉自己的邻居一举一动都像个贼，而在我爷爷这里，他因为已经预先排除了赵风亭的可能，所以对任何的异常也都没放在心上。

我爷爷向女人说明了来意，他讲到那个集市，那个早晨，那个布包——"我们家可没见什么布包！我们没拿过人家东西！"爷爷对她的打断感到好笑："是啊，我没说你们拿了，我只是……要是你有什么发现，听没听说过谁家拾到了一个布包，里面全部是钱，听没听说谁家有一辆旧自行车，当然是'大铁驴'，听没听说谁家突然有钱了，听没听说……""没有没有！我什么也不知道！"他的话再次遭到打断，女人表现出逐客的意思，爷爷只好收住他的话头。"你家男人什么时候回来？也许，他能知道得多一些……"

"他走亲去了。挺远，在山东呢。没四五天回不来。"

爷爷告辞。就在他转身的时候，一个孩子从他身边挤过去，蹿到女人的身边。"娘，这是谁？是咱家亲戚吗？"爷爷看了孩子一眼，只一眼，就足够了。

女人坚持自己的男人不在家，不在，出门了，走亲去了。爷爷也没多说，转身，离开，但出了村子不久他便又返回了赵堤头，躲在一个暗处。那个男人，终于在下午三点多钟的时候出现了，他想去茅房。爷爷从暗处现身，朝着他冲过去……

"没错，就是他！"

爷爷说，尽管他现在嘴硬，不肯承认。"我终会叫他承认的，我会让他把钱还上的。不过，唉，一条人命已经没了。"母亲接过话题："既然已经找到了骗子，知道他姓甚名谁家住哪里，爹，你也就该放松了，把包袱卸下，后面的事让公安来办吧。"四叔、四婶和我奶奶都是这样的看法，爷爷也没有坚持。"好吧。"他长长地出了口气，这口气，使那天的夜晚似乎有了特别的光，有了特别的温暖和舒心。这口气，大概也是我们一家人一起出的，包括

当代中国最具实力中青年作家书系

已经七岁的我。

然而那个人还是被放了回来，他拒不承认自己见过什么灰绿色布包，拒不承认自己曾在那天到过辛集，而且在此之前也没见过我爷爷，何况自己也没有什么自行车。"就是他，没问题！"我母亲把所长叫到一边，"你们就这样放人？他说没有就没有？"所长对我母亲说："我明白你的意思，我明白。可他就不承认，他是个硬骨头。我也拿他没办法。手段都用过了。"

"这，怎么向老头交代？"

巩家村的人又来了，这次，包括死去老人的儿子。我的爷爷，陷入了包围。他缺少七八张嘴，就是有，他也没有办法很好地使用它们……我爷爷竟然出现了短暂的昏厥，在巩家村的人走后，他病了，发起高烧，他的大脑里有一团四处冲撞的火焰，这股火焰蹿到他的肺里、心里、胃里……"你说你做的哪门子好事哟！都说好人有好报，可你现在看看你的报应！"奶奶一边给爷爷擦汗一边埋怨，"以后不许再这么傻啦！咱什么好事也不做，谁爱做谁做去！你也该长长记性，这辈子，吃的亏还少吗！"蹲在灶边烧火的四叔也跟着浇油："你觉得是做好事，人家可不这么看，你没听见吗，人家以为你……你要是把钱拿回来，买点什么大人孩子不高兴，不说你好！"

"滚，都给我滚出去！"爷爷抄起一个药瓶，向四叔砸过去。"看看，还不让说了！"四叔一边嚷着一边跳起来："自己错了还不承认，还说不得……"奶奶冲着四叔喊："少说两句当你是哑巴啊！添什么乱！"（事后，四婶找了奶奶，也找了我父亲母亲："看，给老四头上打的包！有脾气干吗冲我们撒啊！我早看出来了，我们没人家有能耐，不挣工资，在他眼里就什么都不是！"）

三天之后，爷爷的病情略有好转，他就又出门了，目的地当然只有一个，就是赵堤头，赵风亭家。我父亲想陪他去却被骂了回来，他火气很大。

一天。

两天。

三天。

可以看得见爷爷的坚持，他配得上"锲而不舍"这个词。同时坚持的还有巩家村的那些人，他们也隔三岔五地来一次，这实在让我们心烦。

正月过了。二月二，龙抬头。那年，春天似乎来得早些，虽然寒冷还会继续很长的时间才能散尽，但，河里的冰已经慢慢化了。河上，时不时会有一声浑浊而悠长的声响，它源自冰的内部，不断扩散着。

二月二，是一个节日，在当时的农村一个很重要的节日。那天，我爷爷没守在家里，他又去了赵堤头村。赵风亭的女人把我爷爷堵在外面："我说了他不在！他没拿你的钱，你别烦我们啦！"她拿着一个筐子走出院子，一出来就锁上了篱笆门。这个动作让我爷爷感觉可笑，篱笆门的锁应当是刚安的，是安给他看的，是用来挡他的，不过，如果他想进去其实也简单，低矮的院墙根本挡不住人。"人做事得讲良心。他不亏得慌吗？他睡得好觉吗？明明就是他。你们还是把钱拿出来吧。不是你的就不能成为你的……"

女人跟我爷爷在门外打转儿。爷爷也跟着，反复着。最终她烦了，竟朝河边走去。爷爷想了想，看了看门里，也跟着女人走向了河边。

我说过冰已经化了，河边一片泥泞，冰的断裂声此起彼伏，走在前面的女人鞋上已满是污泥。"你别再跟我们过不去了好不好，又不是你的钱！"女人哭了，她把手里的筐子甩向河中——"你要再追，我就跳河！我就死给你看！"

爷爷继续。向前一步，两步。

女人真的跑向河的中央。冰断裂的声响更加巨大。她哭得，那么难看。突然，她在一个断裂的冰面停下来，一跳，两跳……冰断开了，她落进深深的水中。

爷爷那天是被抬回来的，他一身污泥，湿淋淋的，而且丢掉了两颗牙齿——他身上的污泥和水是因为去救那个女人弄的，而牙齿的丢掉则因为那个赵风亭，他从躲藏的家里跳出来，用一把铁锨狠狠砍向我爷爷的头——"他还打人！不能就这么算了！打死他！一定让他血债血还！"母亲和奶奶用力拉着暴跳的父亲，而四叔，则在一旁冷笑。他坐了一会儿就回家了，临走，他对我奶奶说："柳叶发芽了。"是的，他说的，就是这么一句莫名其妙的话。

第二天四婶哭着来找我的母亲："不好了，他四叔……出事了！"

四叔一大早就来到了赵堤头，径直走向赵风亭家，也不知道他是如何知道那就是赵风亭家的，也不知道他是如何"认识"赵风亭的，这一直是个谜。那天，四叔的手上拿着一把铁锨，形状、大小与赵风亭击打我爷爷的那把大致相同。四叔跳过赵风亭家院墙，冲着屋里喊："赵风亭，你给我出来，有种你就出来！"

喊了几声，赵风亭真的出来了，他似乎对此有所预见。不过，他的手上没拿任何的东西，而我四叔的铁锨分明地放在胸前。四叔一见，二话没说，挥动铁锨朝赵风亭的腿上砍去……赵风亭竟然没躲。

四婶来找我母亲的时候四叔应当还在赶往公社派出所的路上，他的肩上扛着已成为"凶器"的铁锨。他是通过路过的金钟叔向家人传递消息的，四叔说得轻描淡写、不慌不忙。在他背后，赵堤头的许多人都远远地跟着，一直把他送到派出所，直到他被关押起来才慢慢散去。多年之后，四叔的行为被描写成一个英雄，对此，四叔听完，吐掉口中嚼着的草叶："扯淡。"之前，我的父亲母亲，在言语间，在行动间，似乎对我的这个四叔都有些不屑，但从那之后，大大改变。

晚上，一家人坐在一起，独独缺少我的四叔。缺少四叔似乎缺少了许多，他空出的位置被昏暗和沉默填满。母亲打听到的消息是，赵风亭的腿断了，住在公社的医院里，本来医院已经叫了县医院的救护车，但赵风亭坚持不转。

"这可怎么办？你们说，他这是想什么？老四……要坐多少年啊？"

那个晚上大家坐到很晚，很晚，整个晚上似乎只有四婶的声音，她说得也极少，更多的是沉默，一家人在巨大的沉默之中，仿佛是涡流中的草叶。我也跟着，简直是种煎熬，脑袋里被一些混乱的黏液填得满满却不敢睡去。一闭眼，我仿佛就看见血，看见飘忽的魔鬼和巨大的牙齿。

我们离开奶奶家，路上，母亲说，她打听过了，像四叔这样的情况，得判三至五年。所长说让在受害人的身上想想办法，他要是不咬得紧，或者可以轻判。"我们得把老四救出来，不管多大的代价。""怎么救？他犯的是法。"他们在深一脚浅一脚地走路，

当代中国最具实力中青年作家书系

我能听出母亲的不屑。"代价？什么代价？这个代价谁出？他们惹事让咱去擦？老四家会说你好？"要在平时，父亲肯定反驳，他们肯定争吵，但那日，父亲只是重重喘气，不发一言。

赵风亭躺在医院里。他的腿断了，如果他接受公社医院的建议去县里，情况可能好一些，可是他没去。他的腿可能会留下残疾，我们医院没有做手术的条件——医生的话让准备前去探望的四婶一下瘫倒在地上，母亲和奶奶也未能拉得住她。"他是想要老四的命啊。他是不想让我们好过啊。"

我和父亲再去医院的时候，赵风亭正在用一个粗瓷的碗在喝水。他的女人一直把后背留给我们，仿佛我们是空气，并不存在。父亲那天显得木讷、笨拙，他费了很多的力气才说明来意，其实这个来意我母亲和四婶已表达过两次了："冤家宜解不宜结。老四是个混蛋，不是东西，你别和他生气。他是应当受到惩罚。现在惩罚也惩罚过了。你好好治病，好好养，医药费我们全包了。至于，至于那个布包……也许是个误会。就当没那回事，不，我父亲看错了，冤枉你了，我们给你恢复名誉……"

赵风亭毫无表情。他只是一口一口地喝着水，他咽水的声音很响。这让我父亲更加木讷、笨拙，他的汗水都下来了。

这时，赵风亭的那个儿子出现了，他推了我父亲一把："滚，滚。"我都听得见他咬牙的用力。父亲摇晃着站起来，他一脸尴尬，挂着僵硬的笑容："这孩子，这孩子……上几年级了？到中学，到我班上……"那个孩子就像发怒的刺猬："狗才上你的班！滚，快滚！"

一轮轮的谈判都宣告失败，我们绝望了，尤其是我的奶奶和四婶。其实日子最不好过的是我的爷爷，他遭受着大家的指责，之前还从来没有谁敢这样对他……母亲有更多的怨言，我们为"营救"四叔花了不少的钱，一提起来她就感觉牙痛："他是什么东西！算什么东西！四包点心，六斤油条，还有大枣、红糖……喂狗狗还叫两声呢！""你说老四家，这么大的事，又是老四惹的，一到花钱的时候她就退，一到花钱她就退，我们的钱就是大风刮来的？不花白不花？净装糊涂！真不知道她的心是什么东西做的！我要是狠得下心来，也不花，看她怎么办！"

就在我们以为必须接受最坏的结果、所有努力都付之流水的时候，事情有了突然的转机，四叔被放了出来。之所以出现这样的结果，是因为，赵风亭找到派出所，撤回了对我四叔的全部诉讼。他说，他的腿和四叔没有任何关系，是他在干活的时候不小心弄断的，是被一头激怒的牲口给弄断的（为此，剃了光头的四叔很是不平：凭什么说我是牲口！给我安个别的名义还能接受）。警察问过多次，可赵风亭就是如此坚持，并在口供上签了字，当然，派出所他们也乐得是这个结果，这些日子我的父母可没少往他们那里跑。"他们没打你吗？没不管你饭吗？没……"四婶那时，完全是一个小女人。

还没有结束：布包也被送了回来，是赵风亭的女人送回来的。钱花了一些，但布包没丢，包括里面的纸。女人说，他们得到这个布包，本来一直准备等有了钱再还回去的，不丢布包就是证明。"花的钱，都用在了他奶奶的身上，老人一辈子不容易……"女人又哭了，后来母亲说，她长了一副哭模样，这样的人命都不好。女人还纠正了我爷爷的用词，她说："我们家风亭不是骗子，没想骗你，是你自己非要把包塞给他，后来，后来他就动心了，因为他想到自己的娘。"她说，那天，他借了孩子三舅的自行车来辛集

当代中国最具实力中青年作家书系

赶集，本来是想买些红薯，还准备了一个口袋，可骑到果园的时候突然发现那个口袋不在车上，忘家里了，而当时他也有些内急，想去一个僻静的地方撒尿，结果被我爷爷当成了丢东西的人。

"我们人穷可志不短，我们做事从来没做过亏心事，要不是孩子他奶奶……临走就想吃顿饺子，她一辈子也没为自己张过嘴……"我奶奶、母亲和四婶，都跟着这个女人哭了起来。

"钱就剩这些了，我们也还不上……"三个女人一起制止："不用还，不用还，我们还"——我母亲想到赵风亭的医药费，"大哥的腿，你们尽管花钱治，可别心疼钱落个残！花多少钱，我，我们听着！"一听这话，那个女人又哭了，她哭得更为难看。过了很久，她才说："不了，不用。风亭说，那是他应得的报应，怨不得谁。"

临走，女人向我们提出一个请求："我们孩子还不知道这件事，我们一直没和他说，我们不想让孩子……"她说，这个布包里的钱，一分一厘也没用在孩子身上，一分一厘也没用在别人身上。

"放心，放心。"一向强硬的母亲，已经哭成了泪人。

事情到此，似乎已经到达它的尾声。爷爷的这一"债务"最终得到了偿还，巩家村的人不会再来纠缠，而赵风亭一家也没再和我们有任何联系。仿佛事情已经得到了解决，曾经笼罩过我们家的乌云或者其他的什么也已散去，日常恢复到旧日当中，我的父亲母亲依然继续他们的争吵，母亲和四婶、奶奶的明争暗斗也在延续，她们绵里藏针，指桑骂槐，斤斤计较，有些时候则又同仇敌忾；四叔学会了打麻将，他在麻将桌上消耗着自己的日日夜夜，堵塞起自己的耳朵，对四婶的抱怨、爷爷的指责和训斥置若罔闻，不久，我的父亲也加入麻友的行列……母亲得到消息，赵风亭的腿到底还是残了，做不得重活儿，一到下雨、阴天就痛得厉害。她只在饭桌上说过一次，她是对我四叔说的，没想到，正进门的爷爷将她的话装进了自己的耳朵。

据金峰叔说，我爷爷曾悄悄去过赵堤头村几次，他曾偷偷塞给杨环钱物，让她想办法转交给赵凤亭的女人……"他的钱哪来的？还不是我们的？我知道你爹，肯定偷给他不少钱……他要是真有钱，多给孙子点儿，孙子们也愿意上他那里去……"母亲的话当然招来父亲的不满，他也不是一个好脾气的人。

事情到此，已经到达它的尾声。只是，一次，在果园里金成大伯遇到我爷爷，两人闲聊，我爷爷抓着大伯的手："我的身上，还欠着人命呢。"他说得凝重、郑重，仿佛心里面依旧有一块放不下的石头。

当代中国最具实力中青年作家书系

碎玻璃

　　因为事隔多年，当时徐明做错了什么，胡老师为什么发火我已经记不清了，反正，不会是一件大不了的事。胡老师总爱发火，她一发火我们教室里的光线就会暗下去，我们所有的学生都在暗下去的光线里坐得直直的，低着头，沉默不语。可是那天徐明是个例外，他如果像我们一样，估计胡老师发一顿火也就过去了。我感觉胡老师隔段时间就要发一次火，如果有段时间没有发火胡老师就会寻找要发火的目标，那样我们可得小心了——屁虫说，胡老师之所以爱发火是因为那时她正在闹离婚，她有一肚子的气没有地方撒，可豆子则坚决地给予了否认。豆子说，胡老师从年轻的时候就爱发火，她从当上老师之后就一直爱发火，他叔叔跟胡老师上过学，他叔叔可以证明。可是徐明偏偏没有像我们那样"低头认罪"。这也难怪，他是刚刚转学来的学生，不了解我们胡老师的脾气。他低着头站了一会儿，然后用响亮的普通话对着胡老师说："老师，你错了，不是你认为的那样。"

　　事隔多年，徐明究竟做错了什么，或者是胡老师误认为徐明做错了什么，究竟是一件什么事让胡老师开始发火，我真的已经记不清了，可以肯定那不会是一件大不了的事，无非是没有好好听课，和同桌说话或者玩小刀、铅笔盒之类的事，反正错不大，胡老师发一通火就应当过去的，可是，徐明竟然说胡老师错了，还说得那么响亮。

整个教室突然地静下来，那么静。事后我的同桌徐奇和我谈到那一段教室里突然的安静，他用了一个词：摇摇欲坠。这肯定是一个太不恰当的词但它同样是我那时的感觉——从来没有人敢对胡老师这样说话，并且当着全班同学，并且说得那么响亮，并且，用普通话。要知道胡老师的严厉是出了名的，我的父亲母亲，连我没有上学的弟弟都知道。我的心被提了起来。我真的感到有些摇摇欲坠。

"你的嘴还真硬。"胡老师说得缓慢、平和，但有一些咬牙切齿的成分包含在里面。"反了你了，敢和老师顶嘴。"胡老师说这句的时候语速依然相当缓慢，突然——

"你给我出去！"胡老师几乎是吼叫，同时，她手上的白柳教鞭也响亮地砸在课桌上，"我就不信，我治不了你的臭毛病！"

"老师，的确是你错了，不是你想的那样。"徐明昂了昂他的头，"我真的没有……"

尽管我早就忘记了事件的起因，但徐明顶撞了胡老师还说胡老师错了，这件事我可记得一清二楚。我还记得那天胡老师离开教室之后有两个女生偷偷地哭了，据屁虫说其中一个叫什么翠的还尿湿了裤子。我还记得那天阳光很好，但在这个事件发生之后，天就阴了下来，放学前还时停时下地下了几滴雨。那天，徐明从

当代中国最具实力中青年作家书系

教室里走出来，一副无精打采的样子，用他那双已经旧了的运动鞋踢着一个石子。他低着头，踢了一路。

一个转学来的学生，说"鸟语"的学生竟然敢顶撞全校最严厉的胡老师，这在我们学校造成了不大不小的震动，这绝对是一个事件。第二天上午还有别的班的学生问我们：是有人顶撞了胡老师了吗？是谁啊？你指给我看看……

"等着吧，这件事不算完。"徐奇在我的耳边说，他显得有些兴高采烈。"等着吧，这件事肯定不会算完。"我也这样说，我也一副兴高采烈的样子——这不仅仅是幸灾乐祸。

那就等着吧。

我们都知道这不会算完，肯定还会有什么事情发生，胡老师绝不会容忍有人顶撞她的，胡老师是不会放过徐明的。

可是，事情好像真的过去了，事情好像根本没有发生过，胡老师若无其事地讲着勾股定理，看不出她受了那个事件的任何影响，看不出她有要报复徐明的意思。胡老师讲课的语气平静，不紧不慢：在一个直角三角形中，两条直角边的平方和等于斜边的平方。她斜都没有斜徐明一眼。

那堂课胡老师没有对徐明发火，没对任何人发火，她只是朝着一个好动的同学丢去了一个粉笔头，粉笔头丢过去之后她就继续她的勾股定理。

第二天上午还有胡老师的课。"我可以和你们打赌，胡老师今天肯定要批徐明，不信你们看着！"我、徐奇、屁虫和豆子坐在各自的凳子上，怀着紧张与兴奋等待着，可是胡老师依然没有对徐明发火。倒是屁虫，他看上两眼胡老师就悄悄地回一下头，他朝着徐明的方向——为此他受到了胡老师的警告。"我对你们严厉，是为了你们好。跟我上学，你们的父母将你们交给我来管理，我就得让他们放心，我就要把你们身上的坏毛病都改过来，这对你们的将来是有好处的。"胡老师一副语重心长的样子，她几乎是要告诉我们，那个事件已经过去了，胡老师没有将它放在心上。

"就这样过去了？"屁虫有些百思不得其解。他和豆子打赌输了，心里还有些不服。

"怎么会呢？你看着吧，徐明让胡老师那么没面子，哼，胡老师肯定不会算完的，那样，胡老师以后还怎么管别人啊？"

"是不是，是不是徐明……他不是从市里转学来的吗？"我们明白豆子的意思，他是说，也许徐明有什么背景，就连胡老师也不敢惹他。

"市里来的又有什么了不起？要是行，要有人，干吗非到我们这里来上呢？"

"是应当有个人治治她。"徐奇用力地咽了口唾沫，"胡老师一上课我就紧张，累死了。"

徐奇的感受就是我们的感受，我们也是一样，胡老师往讲台上一站我们就紧张，空气马上就变少了，阳光马上就变暗了。我们都怕被胡老师抓住点什么。

"反正，不能就这样算了。"屁虫将一个石子朝着一群肥大的鸡们扔去，一片混乱。

还真让我们猜着了，胡老师终于抓住了徐明的把柄，将他从座位上抓了起来："徐明，你说，这一次老师又错了吗？"

"你说说。你可以说你的理由。要是我错了我就向你道歉。"胡老师俯下身子，她的手放在徐明的头上，轻轻地抚摸着。

当代中国最具实力中青年作家书系

我们，许多人都看见了徐明的那个动作。他把自己的头晃了一下，躲开了胡老师的手——胡老师的手僵僵地抬着，她似乎一时不知道应当再去寻找徐明的头还是将手缩回。

"你说！"胡老师恢复了她以往的严厉，"你说啊，这回你还有什么理由！我就不信治不了你！"

"是我错了。"徐明说得响亮，"老师，这次是我错了。但上一次我没有错。"

"你不服是不是？你还不服是不是？"胡老师终于缩回了手，她指着徐明的鼻子，"我不允许你带坏班上的纪律，我不会的！我知道你是从市里的学校转来的，哼，要是在市里上得好好的，干吗非要往我们学校里转？既然来到这儿了，就得把你在市里养成的不良习惯都给我丢掉！"

"胡老师，"徐明抬起了头，他盯着胡老师的眼睛，"我转学到这里不是因为我犯了什么错误，我什么错误也没犯。"徐明咬了一下自己的嘴唇，"你当老师的，可不能瞎说。"

"你说什么！你说什么！你再说一次！"胡老师的脸色苍白，"我教了这么多年的学生，还真没遇到像你这样的，反了你了。哼，别以为我收拾不了你，你打听一下，再混的再坏的再不是东西的到我的手底下哪一个不服服帖帖！想在我的班上挑头闹事，哼，你打错算盘了！"

"胡老师，我是来学习的，我不想闹事，我没想闹事。"

"你还敢顶嘴！"胡老师扬起了她的手。我仿佛已经听见了响亮的耳光，我的脖子不自觉地缩了一下，可是，胡老师的手并没有真的落下来。要在平时，要是别的同学顶嘴，胡老师的手早就落下来了，可那天，胡老师略略地犹豫了一下，她只做了一个要打耳光的动作，然后把手收了回来。"我看你嘴硬到什么时候。"胡老师离开了徐明的身边，她慢慢朝着讲台的方向走去，"我们就斗斗试试，看你的魔高还是道高。"

徐明完了，他是没有好果子吃了，我想。他怎么敢和胡老师这么说呢。胡老师走到了讲台，她的教鞭和牙齿都闪出一种寒光："我们继续上课。我们不能让一粒老鼠屎坏了一锅粥。谁还记得勾股定理，会的请举手。"

三三两两的同学举起了手。徐明犹豫着，还是把手举了起来。

胡老师叫了徐明左边的同学，叫了他右边同学，然后叫到了徐奇。徐奇抓耳挠腮，结结巴巴："老老老师，我我我……没没没有记熟。"要在平常，徐奇肯定会被胡老师批得焦头烂额、体无完肤，可那天胡老师只说了句："你坐下吧。"

"你们可得好好听着，要好好地学习，这话我说了不止一遍两遍了。千万别对自己放松。学好不容易学坏可快着呢。我接着往下讲。"胡老师没有叫同学们把手放下，我和几个同学只好依然举着自己的右手。胡老师竟然没有看见我们的右手，没有看见徐明举着的右手，她继续着勾股定理：

根据勾股定理，在直角三角形中，已知任意两条边长，就可以求出第三条边的长。

勾股定理是可逆的，因此它也有一条逆定理：如果三角形的三边长 $a^2+b^2=c^2$，那么这个三角形是直角三角形。

……

那节课上得相当漫长，我们好不容易才挨到下课的铃声响起

当代中国最具实力中青年作家书系

来。可是，胡老师没有要下课的意思，她重新又把勾股定理的逆定理讲了一遍。别的班已经下课了。许多其他班级的同学堆在教室的外面，他们伸着黑压压的头向教室里张望，然后一哄而散。

胡老师拿起了书本和教鞭。我悄悄地舒了口气，我听见教室里许多叹气的声音，胡老师肯定也听见了。她把拿起的书和教鞭重新放回到课桌上："我不想耽误大家的时间，可我不能不多说两句。我们班是一个统一的集体，我们不能容忍谁破坏这个班集体的荣誉，我们不能容忍哪一个人把他的坏毛病带进来。这是学校，是学习的地方，是讲规矩的地方，是培养人才的地方，不是收容所！现在我宣布一条纪律：我们要把那些不听话的同学孤立起来，直到他改掉了坏毛病，永不再犯为止。同学们，老师这样做是为了谁呀？还不是为了你们的将来！孙娟，你这个班长要负责监督！各个委员和组长，都要负起责任来！你们看着，哪一个同学还和不听话的、不学好的同学接近，你们就报告给我！哪一个再不听话，再和老师顶嘴，我们就不要理他，不和他说话！……"

放学了。我们从徐明的身边经过绕过了徐明，特别是一些女同学，她们经过徐明身边时加快了脚步，并且夸张地侧过了身子——仿佛徐明的身上有一股难闻的臭味，仿佛徐明的身上带有瘟疫，靠近他就会有危险似的。徐明一个人在他的座位上坐着。他面无表情、一动不动地等我们全班的人都离开了教室。他一个人，在飘着夕阳的光和灰尘的教室里坐着，空出来的教室那么空荡，面无表情的徐明那么孤单。

"徐明真可怜。"屁虫感慨了一下，"他顶撞谁不行啊干吗非要顶撞胡老师呢。"

"我们胡老师是爱熊人，"豆子为徐明有些不平，"胡老师动不动就把人批一通，我不愿上她的课。"

"我也不愿意上。"

"我也不愿上。"屁虫说，"她一上课就让人提心吊胆。"

"她讲得……也不好，那么干巴巴的。"徐奇小声说。他向四周看了看，这时已开始后悔了："你们可别和胡老师说，要不，非让她治死不可。你们可别和别人说这是我说的。"他低声低气地看着我们。

"徐明为什么转到我们学校来呢？"屁虫问我们，"他是不是被开除了，别的学校不要才转到我们这里来的？胡老师说的是不是真的？"

这也是我们都关心的一个问题，但我们不知道是还是不是。"我们问问他。"屁虫说。他刚说完就被豆子否定了："这可不行，让胡老师知道我们和他说话，哼，那可就惨了。"

"他来我们这里上学，肯定是有原因的，要不然，一个市里的孩子怎么会到我们这里来？"屁虫说，"我一定把原因找出来。"他挺了挺胸，做了个悲壮的样子，好像他是要打入敌人内部的侦察员。

我们看见，徐明远远地走来了，与我们近了，略略的八字脚使他走得摇摇晃晃。他经过我们的身边。我们几个人都不再说话，我们闪到了一边，看着徐明面无表情地从我们身边走过去，一步，两步，三步，四步。他没有回头看我们，他把我们完全当成了陌生人。

"徐明也太犟了。"屁虫在他的背后小声说。

徐明被孤立起来了，在他身边仿佛有一道墙，有一个看不见

当代中国最具实力中青年作家书系

的笼子，使他和我们隔绝，我们的奔跑、欢笑甚至打闹都与他无关，他只得一个人待着，他有一个孤独的小世界。其实即使胡老师不下禁令我们也很少和徐明说话，他刚转学过来和我们不太熟悉，并且他说普通话，这和我们形成了区别。你想想，假如我们是一群鱼，一只鲫鱼会不会和一群鲢鱼融合在一起呢？我们和徐明之间就是鲫鱼和鲢鱼的关系，那时候我和豆子都这样认为。

徐明带了一只电动的青蛙。它在课桌上跳跃，并且发出很响的叫声，每次跳到课桌的边缘徐明就用一只手挡住它，把它控制在一个范围之内。尽管徐明相当小心，有一次青蛙还是跃过了他的手掉到了地上。它没有被摔坏。它又开始了在课桌上的跳跃，这一次，它甭想再跳出课桌去了。

我们看着课桌上的青蛙。几个女生还发出了惊讶的赞叹，当那只青蛙跳过徐明的手向下跌落的时候，她们把赞叹改成了尖叫——胡老师规定我们不许和不听话的同学说话，可没有规定不许看他手里的东西。

这时上课铃响了，徐明收起了青蛙，而我们恋恋不舍地收回了目光。"它的肚子下面有个开关，"屁虫悄悄地对我说，在老师即将走进教室来的瞬间，屁虫又忍不住了，"它叫得多响，像真的一样。"

后来徐明又带来了一辆电动小汽车，后来徐明又带来了两本画册和一些奇怪的东西。我们知道徐明是在干什么，他要干什么，可是，我们不能，我们不敢。"胡老师也真是。"豆子只说了这么半句，但这半句说的也是我们第一个的想法：其实，徐明并不坏。

在带来画册的那些日子里，徐明利用课间的时间临摹上面的画，有时在自习的时候他也画上几笔。他故意不把这些画收起来，故意让有的画掉在地上，然后捡拾——我认定他是故意的，他是想让更多的人看见他的画画得真不错，真的不错。今年在一个酒桌上我和徐奇偶然地坐在了一起，他偶然地提到了徐明："要不是胡老师，徐明也许能当一个画家。"他只说了这么一句就被其他人的其他话题给叉开了，我们就再没提到徐明。

不知是不是有人告密——我们班上有许多人都是胡老师的"秘密侦察员"——还是胡老师已经侦察多时了，在自习课上，胡老师突然地出现在我们教室里，并且径自朝着徐明的方向走去。她拉出了徐明的书包，把他的两本画册拿到手上。"你们学习！"她冲着我们喊了一句，然后高跟鞋嗒嗒地走出了门去。我们望着门的方向，我们不知道接下来会有什么发生。时间就那么一秒一秒地过去了，窗外的知了叫得很响。阳光从外面一波一波地涌进来，它们并不退出，而是很快地就消散了，消失得像水一样，像空气一样。

屁虫回了一下头。他似乎想和我说句什么，但没来得及说就转回了头去。我们都害怕胡老师会突然地出现。

时间就那么一秒一秒地过去。我们等待着，几乎是一种煎熬，就连咳嗽的声音、翻书的声音都那么不自然。他们和我一样支起了耳朵，他们和我一样，不时地偷偷看上徐明一眼，想从他的脸上读到什么表情。可徐明还是什么表情也没有。他只是盯着一本《语文》不停地看，目不转睛地看，眨都不眨一下。

下课的铃声终于响了。它像费力地撕开了什么一样，沙哑并且艰难地朝着我们的耳朵传来。徐明用力地把手扣在课桌上，他的响动吸引了我们。可胡老师没有像我们认为的那样出现。那节自习课她没有再来。

当代中国最具实力中青年作家书系

屁虫当上了胡老师的"秘密侦察员"，这是他向我们透露的，他向我们透露这些的时候翘起了尾巴。"你们别告诉别人。我和你们说也没什么关系，反正，我猜胡老师的意思主要是让我盯徐明，那我专盯徐明就行了，别的事可以睁一眼闭一眼。"

豆子说当胡老师的"侦察员"又有什么了不起，他还是呢，只是他一直没说罢了。"我知道……胡老师说过，"屁虫有些尴尬地收了收他的尾巴，"胡老师跟我说了很多班上的情况。"

我们都没有再说什么。屁虫的尾巴又翘了翘，他向我们详细地描述了胡老师叫他到办公室的一些细节，我知道他肯定添油加醋了，他在向我们表明，胡老师对他相当信任，对他相当器重。

豆子朝着河面丢着石块，他几乎可以丢到河的对面去了。他在屁虫说到兴奋处时突然笑了，他笑得有些冷。

"你笑什么？"屁虫问。

"我笑我自己不行吗？"豆子向河面丢下了一个很大的石块，石块溅起了层层的水花。

屁虫当上了胡老师的"秘密侦察员"，这对屁虫来说是一个机会，是一件大事。他相当卖力地履行着自己的职责，可是，他没有找到徐明的把柄，在一段时间里徐明什么错都没有犯过，包括上课时做小动作、上自习时打瞌睡或者乱丢纸条这类的小毛病。他的书包里也早已不再有电动青蛙、电动汽车这类的东西出现，在他的书包里只有课本、作业本和铅笔盒。

屁虫为此很不甘心，我们看得出来。他在放学时不再和我们一起走了，而是故意落在徐明的后面——他开始对徐明进行秘密跟踪。尽管他非常投入，可在很长的时间屁虫还是一无所获，于是，在一个中午，当徐明去厕所的时候屁虫悄悄地溜到徐明的座位那里，他小心翼翼地伸向了徐明的书包。

"你想干什么？"徐明的普通话说得并不严厉，就像平时里的一句问话，像询问屁虫需要什么帮助似的，但他的突然出现还是吓了屁虫一跳。"没，没，没什么，"屁虫用他的手和袖子擦脸上的汗，"我，我，我……我想想找个东西，看看你有没，没，没有。"

"那你看吧。你好好看看吧。"徐明仍然并不严厉，但他拉出书包，把书包打开的动作很不友好："可能让你失望了，我这里没有你要找的东西。"

"是的，没有。"屁虫感到尴尬，感到失望。此后有几天他无精打采的，干什么都没有力气，如果不是他还从来没有给胡老师提供过什么有价值的情报，他早就放弃那个拙劣的跟踪计划了。那天，他只是跟着，并没有期待有什么发现，可那天，还真让他有所发现：刘佩振和徐明在路上说话了！他们说了很长一段时间！

屁虫为他的发现兴奋不已，他脸上的层出不穷的痘痘因为兴奋而跳动着，闪着红红的光。

下午的最后一节自习课，刘佩振被胡老师叫到了她的办公室。那一堂自习课刘佩振的座位一直空着，直到我们放学，离开学校，刘佩振还没有从胡老师的办公室里出来。

"看谁还敢和徐明说话！"屁虫翘着他的尾巴，不停地摇着。

"我最瞧不起你这种人了。"徐奇说。

"我不是……胡老师是为了咱们好，要不然，徐明会把班上的纪律带坏的，要是谁都不听老师的话了那不就乱了？……"屁虫追着我们的屁股解释，反复地解释，他追着我们的屁股。

当代中国最具实力中青年作家书系

"不管我们做什么，你都不许告诉老师！"

"那当然。我怎么会出卖你们呢？胡老师最信任我了，要是别人说咱们的坏话我就会知道，我知道了你们也就知道了……"

"你说话得算话！"

"我什么时候不算了？肯定的。"

真是一波未平，一波又起：胡老师办公室的玻璃被人打碎了。不知道为什么那天胡老师来得比平时要晚些，她赶到学校时在她办公室的外面已站了许多的人，包括袁校长和其他的老师。透过老师和同学们的头，胡老师看到窗子上的碎玻璃，它像张着一张大嘴的怪兽一样狰狞。"怎么了？这是谁干的？"胡老师急急地打开她的门，办公室里更是一片狼藉，一瓶被砖头砸倒的红墨水洒满了桌子和椅子，有很多的作业本也被染成了红色，更不用说纷乱的碎玻璃了。

"我每天辛辛苦苦地教你们，总怕你们不学好不成材，总怕你们学不到知识将来后悔，你们知道我付出多少？你们竟然这样对我！"胡老师哭了。班上的女生也跟着抽泣起来，后来有几个男人也加入哭泣的行列中。"我还不是为了你们……"

胡老师用板擦敲了一下桌子："其实不用说我也知道是谁干的，我猜也猜得到。你别以为自己做得多神秘，其实你的一举一动我都清清楚楚，许多同学都向我反映了，就是你打玻璃的时候也有同学看见，他已经向我报告了。他就是不向我报告我也猜得到。"胡老师说到这里停了一下，她从讲台上走下来在教室里转了一圈，她转了一圈就把教室里的空气转少了。

现在，胡老师在我们背后："现在，我给这个同学一个认错的机会，给他一个自首的机会，坦白从宽，抗拒从严。现在你站出来，当着同学们的面承认了，我会从轻发落的，要是你的态度好且永不再犯的话还可以既往不咎。你要是存在侥幸心理，以为会躲过去的话，哼，我谅你也不敢。现在我开始数数，在数到三之前你最好给我站出来！"

"一。"

"二。"

胡老师放慢了速度："你还有最后的机会。三……"

我们坐得直直的，坐得僵硬，坐得颤抖，但是，没有一个人站出来。"我已经给你机会了。要是再不站出来的话，我可就不客气了！"

还是没有谁站起来。我感到了压抑，空气本来就少得可怜，而我还不敢大口地喘气。我低着头，我感觉胡老师的眼睛里有刺，有刀子和剑。

"徐奇，是不是你！"

徐奇竟然又结巴了起来，说到最后他竟然咧开嘴哭了："不不不不不是，我我……我没没没有……没有啊……"

"坐下吧。我知道不是你。"胡老师挥了挥手，"赵长河。"

这样一个人一个人地问下去。全班只剩下刘佩振和徐明了。只剩下徐明一个人了。"你就是不承认是不是？"说这话的时候胡老师并没有朝着徐明的方向，而是面对着别处，"你以为你做的坏事我不知道是不是？你想错了，我告诉你，你想错了！"

胡老师显出一副悲伤难抑的样子："对不起同学们，对不起大家，因为一两个人耽误大家的宝贵时间，实在对不起大家。绝大多数的同学都是好的，都是听话的、上进的、懂得尊敬师长的，哪个班上没有一两个调皮的捣蛋的，一两个捣蛋的调皮的也兴不起风作不了浪！我也告诫那些调皮捣蛋的不学好的，你是在自找苦果！"

"好，我们继续上课。把你们的课本打开。"

胡老师只给我们讲了不到十分钟的课。她再次向听话的好学生们道歉，她说她不舒服，今天的课改成自习吧。

她走出了教室。门没有关好，被风一吹，发出刺耳的吱吱的响声。胡老师走了，剩下了一群张望的学生，我们安静一阵儿，然后叽叽喳喳一阵儿，又突然地安静下来。

直到下午放学胡老师再也没有回我们教室。说实话平日里我们最怕胡老师在面前出现了，可那天胡老师不出现我们又觉得缺少了些什么。"是谁打的玻璃？你马上去向胡老师认错去！胡老师为了我们……她容易吗，你还有没有良心！"班长孙娟站了起来，她的眼睛红红的，她的目光掠过我们所有的人，"你去不去？我问你去不去？"

没有应声。我们的眼睛都偷偷地盯着徐明。他正拿着一本《语文》用力看着。他依然是那副面无表情的样子。

"徐明，你说是不是你？"孙娟走到徐明的面前，"你看把胡老师都气成什么样了！"

"孙班长，这事和我无关，我没有打谁的玻璃，这事不是我干的。"

"不是你干的还会是谁干的？大家都知道是你干的！"

"你凭什么说是我干的？你看见了？你抓住我了？我告诉你，我从来都不说谎，我说不是我干的就不是！"

"你别死不承认！哼，别以为你是市里来的，就觉得自己很了不起……屁，臭美什么啊。"他那么快。徐明飞快地抓住了孙娟的衣领："你他妈的再瞎说！我说不是我就不是！"

在本质上孙娟是一个懦弱的人，她被徐明吓坏了，她被徐明吓得脸色苍白……"不是你，不是你你早说啊，我又没有说一定是你。你们管管他。"

我们谁也没动，我们才懒得管这事呢，这事让我们怎么管啊？我们早就看不惯孙娟平日里的那副神态了，像一只骄傲的母鸡似的，要不是胡老师把她当成宝贝处处护着她，要不是她动不动就打我们的小报告，我们早就想收拾她了。现在，终于有了收拾她的人，终于有了收拾她的机会，我们干吗还不让人家收拾？

"你们，你们管管他。"孙娟哭了起来，她的眼睛和鼻子都挤到了一处，"我又不是说你，我又不是……说你……"

现在轮到徐明尴尬了，现在轮到徐明手足无措了，他松开了手："对对对不起……可我真的，没有砸玻璃。"徐明看了看自己抓过孙娟的手，仿佛上面长出了刺，"我没有想，我……"

"徐明！你等着瞧！"摆脱了徐明手掌的孙娟跳回了自己的位置上，她那么外强中干。我和刘世涛、徐奇、屁虫，我们几个人响亮地笑了起来，刘世涛的笑声明显有些夸张。

第二天上午有胡老师的课，可是胡老师没来，徐明的位置也是空着的。胡老师和徐明的共同缺席让我们产生了诸多的猜测。

"这次，徐明也太过分了。他肯定没有好果子吃。"

"可徐明说不是他。也许他真是冤的。"

我和同桌徐奇说着悄悄话，回过头来的屁虫也加了进来："肯定是他，没错。胡老师不会有错的，何况，有人看见了。"

当代中国最具实力中青年作家书系

"要是胡老师知道是徐明干的，她早就给徐明颜色看了，她才……她肯定不知道是谁。她只是猜的。"

我们交头接耳，我们的声音渐渐大了起来，这时，袁校长推开了门："安静！你们给我安静！你们还像个上课的样子吗！"

袁校长的脸上像一盆冷水："有些人，现在是越来越不像话了，上课不好好听讲，总做小动作，下课了就胡打胡闹，一点规矩都没有，一点学生的样子都没有，不光和老师顶嘴，竟然还发展到打老师的玻璃！你当学校是什么地方？你当老师是什么啊？老师恨铁不成钢，管得严了些，话说得重了些，你就把老师当仇人了……"

袁校长说："学校要想教书育人，就必须严格管理，规范管理，我们的制度不是太紧了而且太松了！以后我们的管理只能越来越严格，越来越规范。"最后，袁校环视了我们一圈，"哪一个同学要是觉得我们太紧了，让你受不了，你可以提出来，我特批，你可以不听课可以不考试，但有一条，不能影响班上的纪律。要不然，你就给我转学。"袁校长将"转学"两个字咬得很重。在袁校长咬着"转学"两个字的时候，我和许多同学的余光悄悄地向徐明的座位上瞄去，那里空空荡荡。

袁校长离开我们教室之后不久胡老师就来了，她说本来她身体不好已向校长请过假了，但想到同学们的学习她还是打起精神来了。这时我们的班长孙娟站了起来，她说："胡老师您回去休息吧，我们可以自学。"在孙娟之后我们的椅子凳子乒乒乓乓响，我们三三两两地站起来："胡老师您休息吧，胡老师您休息吧。"

"坐，同学们坐下。我没事，看到你们我就没事了。"胡老师很有些激动，她的嘴唇颤了几下，"我……我……我们把书打开。"

那是我听胡老师的课听得最认真的一次，也是胡老师讲得最生动的一次。下课时她一边收拾教案一边问我们："谁知道徐明怎么没来？"我们说不知道。胡老师用鼻子哼了一声，然后将教案夹在腋下，离开了教室。

一架纸做的飞机跟在胡老师的背后飞了起来。它摇晃着撞到了教室的门上，然后坠落下去。胡老师对此毫无察觉，她走远了。

尽管事隔多年，我还清楚地记得那天下午的班会，我还清楚地记得，我们这些初二（三）班的男女同学，排着队到黑板前面看画册时的情景。那就是徐明拿到学校被胡老师没收的画册，那天下午的班会徐明就在他的座位上坐着，他是唯一没有排队去看画册的一个人。

胡老师给我们看其中的一幅画，它是一幅略略有些变形的素描，画得相当简单，上面画着一个裸体的男人和一个裸体的女人，他们的某些部位被夸张了，他们扭曲着，因此显得丑陋。后来我才知道那幅素描是一个叫毕加索的画家画的，那个毕加索是一个相当有名的画家，是一个大师级的人物。可是我不喜欢毕加索的画，甚至对这个名字都有种莫名的厌恶，我想是因为那天下午班会的缘故，那个下午埋下了厌恶的种子。即使别人再怎么说他的画如何如何，即使我强迫自己先认定他的画是优秀的，即使我强迫自己认真地看他的画，可是那种丑陋和堕落、淫荡的印象强烈地阻挡了我和毕加索的接近。

我不可能喜欢毕加索的画，永远不会。

当然这是后话。还是返回那天下午的班会吧，胡老师将几本书放在课桌上，然后以那几本书为依托，向我们翻开了有毕加索素描的那本画册。

胡老师说："这些年的改革开放是让人们富裕了起来，人民的生活是有了极大的提高，但是，一些西方资本主义的腐朽思想也随着改革开放涌了进来，这群嗡嗡叫的苍蝇飞进了窗子，就想办法到处产卵、下蛆。他们以丑为美，以恶为善，只讲个性不讲共性，腐化堕落，就是这些东西竟然也找到了市场，竟然有人喜欢！这些脏东西、坏东西对青少年的毒害尤其严重。为什么呢？因为青少年涉世未深，正确的人生观、世界观还没有形成，并且他们判断是非的能力还很差，所以必须要加强引导，提高他们分辨是非的能力。"

"老师为什么对你们严格？是不愿意你们长歪了，是怕你们走斜了，那时候再回头也就晚了。有的同学，偏偏不能理解老师的苦心，偏偏要和老师对着干，偏偏要去接受西方的腐朽思想的侵蚀，我不知道你要长成什么样！我告诉你，现在悬崖勒马还来得及。"胡老师指着画册上的毕加索的素描，"同学们你们看看，这美吗？这高尚吗？这对我们青少年的身心有益吗？不！它既不美，也不高尚，更对青少年的身心没有好处！大家看看，这就是西方资产阶级堕落的生活方式，它是在引诱青少年犯罪！"

"你们，"胡老师指了指我们，"你们一排一排地上来，好好看看这幅画，每人不少于一分钟！大家不接触，不比较，只听一些道听途说的宣传，还会以为西方多么文明多么高尚呢，还会以为他们的生活方式多么值得我们去学习呢……别挤，大家一个一个地来。"

看得出，徐明在"画册事件"中遭受了巨大的打击。他很崩溃，眼泪在他的眼睛里打着转儿。那一堂漫长的班会对徐明绝对是一种煎熬，他都出汗了。但刚下过雨的秋天已经凉了。

每一秒钟，都有无数的针插到徐明的身上。每一秒钟，每一秒钟都那么屈辱，那么难熬……徐明一寸寸地矮下去，那幅毕加索的画压倒了他。

"徐明，明天下午让你母亲来学校，我要和她沟通一下。"

徐明不知说了一句什么，胡老师没有听清楚，我们也没有听清楚，他好像是说给自己听的。

"你说什么？徐明，你大点声！"

徐明又说了一遍，这次，我们仍然没有听清。

"不想让你母亲来是不是？不想让你母亲知道你在学校里的所作所为是不是？你也知道害臊？要是早知道害臊，你为什么不好好学习，为什么不求上进呢？我知道你母亲不容易。"胡老师顿了一下，提高了一下音量，"她和你父亲离婚了，就带着你回乡下老家来了。你要是早点体会她的苦处，就别这样给她丢脸。"

徐明一边擦着眼泪，一边说着些什么，可是他说的什么我们还是听不清。

"徐明，你别以为老师总对你意见，处处想治你，你这样想是错的。我是想让你改掉坏毛病，当老师的不能看着你一步一步地往下走而不去拉你一把。你对我理解也好不理解也好，我都不能对你的毛病坐视不管，这是我的责任。"胡老师说这些的时候神采飞扬、语重心长。她还灿烂地笑了一下，只一下。

放学的铃声响了。

"徐明他妈是破鞋。"屁虫用低低的声音对我们说，他笑得有些暧昧，"所以徐明他爹才不要她的，她就只好带着徐明来我们这

当代中国最具实力中青年作家书系

儿了。"屁虫关于徐明的母亲是破鞋的理由还有一条，就是，只有破鞋才会有那种黄色的画册，只有破鞋才会把那些乱七八糟的东西给自己的儿子看。

"你们知道徐明他妈和老师都说了些什么吗？她们说了一个下午。"屁虫一边用力地翘起他的尾巴一边卖着关子。我们瞧不上他这样的做派，我们都不理他。前几天徐奇说胡老师课讲得不好肯定也是屁虫告的密，这事他知道。我们都不理他，徐奇跑着去追一只飞走的蚂蚱，而豆子和我则专心地对付着榆树上的虫子，我们用小木棍子一一插入那些虫子的身体，它们发出难闻的臭味。

"徐明可惨了。"屁虫又说，我们还不理他。

"他母亲打了他，他一晚上都没睡觉。"屁虫自言自语地把话说完，他跑去和徐奇追蚂蚱去了。我和豆子偷偷地笑了，这是我们早就商量好的，屁虫越来越让我们看不惯了，我们得治治他。

考过期末考试之后很长时间徐明也没有回学校，他的位置空了出来，如果不是有把凳子还放在那里，我们都可以忘掉徐明的存在了。后来椅子也没了。屁虫说，徐明转学了，跟着他的破鞋母亲走了。很快全班同学都知道了徐明已经转学的消息。

在期末考试之前徐明还被胡老师狠狠地批了一次，事情起因是刘佩华在徐明的凳子上放了一枚小钉子，徐明坐下去被扎着了屁股，于是，两个人打了起来。和乡下的孩子打架，徐明肯定占不了上风。两个正打得难解难分，胡老师出现了。

他们两个人被罚在教室的后墙那里站着，由同学们每人打他们一下脸。"你们不是愿意打吗，现在就让大家都来打，这样是不是更舒服些哟？看你们下次谁还敢再打架！"徐明依然那么犟，依然那么不识时务，他向前走了一步："老师，是他先惹得我，他往我的凳子上放钉子！"

"是吗？是真的吗？"

刘佩华点了点头。

"放钉子是他不对，我不是罚他了吗，哼，他怎么不往别的同学的凳子上放钉子而偏偏往你凳子上放钉子？你们俩都是一样的东西，好的学不来，坏的不用学就会。你给我站好！我就不信我治不了你们的臭毛病！"

宣布考试成绩的那天是一个阴天，外面刮着很大的风，校园里许多的碎纸片和尘土在操场上纷纷扬扬。那天徐明仍然没来，他的座位已经没有了。

徐明考了个全班第二名。胡老师念过徐明的成绩之后又对我们宣布：徐明已经转学了，所以他的成绩也就不算了，下面同学的名次提一下，第三名现在是第二名，也就是说在这次考试中第十一名也有前十名的奖状。随后胡老师停了一下，她说："同学们，我们学校要培养的是四有新人，祖国的建设需要的是四有新人，有道德守纪律比只是学习好更重要。我们不仅要把学习搞好，同时还得不断加强自己的修养，这样的孩子成大了才是对祖国有用的孩子。"

门突然开了，一阵很凉的风先吹了进来，徐明出现在门外。他背着一个灰色的书包。

"你，"胡老师对徐明的出现感到惊讶，"你怎么来了？"

"我想知道我的成绩。"

"你，你考得还不错。"胡老师的表情有些不自然，"徐明，到了新学校，可要好好学习，要听老师的话，坏毛病一定要改。"

"胡老师，刚才你的话我都听到了。"这一次，徐明的普通话说得依然响亮、清脆。

"嗯⋯⋯"胡老师一时没有反应过来，"是，是啊。"

徐明盯着胡老师的眼睛："我还想和你说一件事，你办公室里的玻璃不是我打碎的。"徐明始终没看我们一眼，"那事不是我干的。"

"不是⋯⋯不是就好。"胡老师的嗓子有些沙哑，仿佛塞进了一些棉花，"我⋯⋯我也没有认定是你干的。"

徐明冲着胡老师笑了。他的笑容慢慢僵硬起来，慢慢变得有些狰狞。我们看见，徐明的手飞快地伸向他的书包，他掏出了里面的砖头，飞快地朝着教室的玻璃砸去。

随着一声脆响。

破碎的玻璃掉了下来，像一场白花花的雨，它们纷纷坠落，闪着银白色的光。有几片玻璃的碎片在那白色的光里晃了几下，像余震一样再次落了下来。寒冷的风和阴沉的天色透过没有玻璃的窗子涌进来，它让我们打着寒战。

等我们反应过来，等胡老师反应过来，徐明已经跑远了。他挥动着已经空空荡荡的书包，他的书包在空中划出一道道灰色的圆弧，显得无比轻松。他转过了大门，在我们的视线里消失不见了。

一只叫芭比的狗

我们家终于有了一只狗，一只毛色棕黄的小母狗。它的样子很漂亮，至少我们全家这样认为。我哥哥给它起了一个名字：芭比。

我父亲觉得这个名字不好，太怪了，他对这个名字表现了不屑。他说，叫它大黄或者小黄或者黄黄吧。但芭比最终还是成了狗的名字，我哥哥在这件事上出人意料地坚持，就叫芭比。

它一听见我们叫芭比，就马上兴奋起来，像一条影子一样跟过来，使劲地摇着尾巴。

我们喂它浸了肉汤的馒头、小片的火腿、米粥。我母亲还每隔一段时间就给它洗一洗澡。芭比爱喝一种有甜味的奶，它喝的样子有些滑稽，但很陶醉。

我们的芭比，我们都这样叫它，这种叫法在我父亲看来也有些媚外的意味。后来我父亲也这样叫它了，虽然他一直不喜欢这只狗的洋名字。有时他还偷偷地叫它大黄、小黄、黄黄，可我们的芭比并不认识这个名字。它看看我的父亲，然后又趴下去，弄

当代中国最具实力中青年作家书系

得我父亲很落寞。

芭比成了我们家的一员，是我母亲的女儿，我和哥哥的妹妹。

第二年三月，芭比在春暖花开中恋爱了，它的恋爱比我和哥哥的恋爱来得早了很多。

早晨，我们一打开院门，许多只狗或坐或卧，它们在门外蹲着，于是我们出门不得不绕过狗腿的丛林。有一些不安分的狗竟然还冲着我们低低地吼叫。

更让人讨厌的是晚上，狗的叫声此起彼伏，常常弄出很大的响动，而芭比也表现得狂热而急切。我们的睡眠时常会被突然地打断，有时真恨自己长了耳朵，它还这样灵敏。

我哥哥时常在饭桌上抱怨，他对我们的这个妹妹的态度也很不好。

那年我哥哥正准备高考，他的成绩一直都不算理想。

终于有一天傍晚，我哥哥忍不住了，他将一只带有黑色斑点的白狗放进了院子，然后闩上了门。那应当是一只凶恶的狗，然而进入院子之后它就成了温顺的猫，它在芭比的身边嗅着。我母亲没能制止住我哥哥，或者她根本没有想要阻止，一天到晚的狗叫声让她也烦透了。她眼看着我哥哥拿起了门边粗大的木棍……

我看着他们。我是从窗口看他们的，他们说了些什么我并不清楚。

于是，又有了第二只狗、第三只狗。我哥哥甚至喜欢那些狗们在门外出现了。如果不是我母亲阻止，他也许会在某一天将那些狗一只一只放进来。那些处在爱情煎熬中的狗们好像也知道了什么，我哥哥一打开门，它们就飞快地跑开，站在远处朝他狂吠。

一个小男孩在我家门外，他怯怯地问我母亲，他家的豆丁呢。我母亲费了好大劲才知道豆丁是一只狗的名字。我母亲努力地摇头。

我们担心的事还是来了。一个秃顶的矮个儿男人找到了我们家，他说他家的狗不见了，前些日子它一出门就往我们家的方向跑，拦也拦不住。他说他儿子看见狗进了我们家，但没有看见出来。

我哥哥说我们家只有芭比，从来没有过其他的狗来过，他没看见那个男人家的那只狗。我母亲和我都说，没有，没有看见。可能是我哥哥说了一句什么话，那个男人和他吵了起来，后来，那个男人竟然哭了。

他说，他儿子这些天不吃不喝，天天哭着要他的豆丁，他这个当父亲的心疼啊。他说，他竟然说，我们太没人性了。

我母亲也跟着他哭了。我母亲说，我们的确没有看见啊，我们不能给你变出一只狗来啊。

那个男人和我哥哥的争吵越来越激烈。

芭比冲着那个男人吼叫着，它的眼睛里带着血丝。它显得凶狠，平时它可不是这个样子。

我父亲也回来了，现在，我们是三个男人一个女人。那个矮个儿男人终于退下来了，他恶狠狠地抛下一句："你们等着，我们没完！"他推起自行车走了。我哥哥还有些不依不饶，他被我父亲拉了回来："都给我进屋去！"

当代中国最具实力中青年作家书系

芭比突然冲着那个男人的背影狂叫起来，发疯了一样。

它追赶着那个男人，它让那个男人显得极为慌乱。我们叫不住它，它不像平常的芭比。我和哥哥只好去追赶它。

晚饭吃得没滋没味。吃过晚饭我父亲就出去了。我听见我哥哥和母亲在说狗的事儿。

我母亲一副忧心如焚的样子："你说他会怎么报复呢？"

她说："他会怎么报复呢？"

她说："你这个孩子，也真是！"

大约是三天过去了，我们没有等来报复，至少表面上如此。我哥哥说，他这样的人就是吹牛，让他来试试。芭比在桌子下面叫了起来，我哥哥踩着它的脚了。

一个男孩在门外哭着。我母亲问他，他说："我要豆丁。"我母亲劝他说豆丁不在我们家，它没有来过。可他还是固执地说："我要豆丁，我要豆丁。"我母亲说："等我们家芭比有了孩子，再送你一只好不好？"他哭得更厉害了："我要豆丁，我要豆丁。"于是我哥哥冲了过来："哭什么哭！这里没有你的豆丁！"

孩子不哭了，他睁大了眼睛看着我哥哥。他不哭了，可眼泪却没有止住。

三月还没有过去，芭比的恋爱还没有结束。它显得更焦躁，更热烈，它的爪子将我们家的大门抓出了许多深深的痕迹。我哥哥这样对它并没有造成它和我们的疏远，我们叫它芭比，它就像影子一样贴过来，摇起尾巴。

一只硕大的黑狗又进来了，它的鼻子凑近了芭比的尾巴。我哥哥悄悄地走了过去。我母亲在窗口冲着他喊，他看了我母亲一眼，没有说话。

……

芭比凄凄惨惨地叫着，窜出了院子。

从那天开始我们的芭比就失踪了。墙角那只碗里的馒头长出了长长的绿色的霉斑，一群群的苍蝇起起落落。

我母亲的女儿，我和哥哥的妹妹，可爱的芭比失踪了。我们的日子一下子空落了许多。我母亲对我说，不许提芭比，不许指责哥哥，他快考试了，不能影响他的情绪。

我们都不提芭比，仿佛它从来都不存在过似的。

可一听见狗叫，每天早晨我们都装着若无其事的样子去开门，装着若无其事的样子在它常常经过的路上转上一圈儿。我们都不提芭比，仿佛它不存在似的，仿佛从来都不存在过芭比似的。

我哥哥忍不住了，他说肯定是那个男人，肯定是他。我母亲说，好好学你的习！于是，我哥哥专下心来，气鼓鼓地对付着碗里的饭。

他倒掉了发霉的馒头，又重新放了一块浸了肉汤的馒头在碗里。他还将一个小瓷碗洗得干干净净，盛满了清水。我们都看见了。

可是，我，我母亲，我父亲，都装作什么也没看见的样子。

我哥哥认定，是那个男人藏起了芭比，或者是杀死了它。他竟然打听到了那个男人的住处。

当代中国最具实力中青年作家书系

他天天回来得很晚，我母亲没完没了的斥责对他毫无用处。有一天晚上，他悄悄地对我说，他认定芭比已经死了。他盯着头顶上的灯光："我今天打碎了他家全部的玻璃。"他盯着头顶上的灯光，"我真想一把火烧死他们。"

日子开始风平浪静。

日子开始风平浪静，我们认定芭比已经死了，它不再是我们家庭的成员，我们渐渐将它忘却。只是有时候，我母亲将一块骨头或者什么掉在地上，她叫芭比。随后是一股苍凉，有些巨大的苍凉。

可是，它突然又回来了。

回来的芭比，它的毛很乱，已经是一条肮脏的灰狗了，散发着臭味的灰狗。它的一条腿断了，尾巴上的毛也没有了，并且，更惨的是，它的两只眼睛已经瞎了。它大约是依靠嗅觉和记忆回来的。

这只丑陋的狗，它有我们想象不出的丑陋。

我们怀着惊讶和更为复杂的心情看着它，看着它拖着那条僵硬的腿进了院子，在它以前吃饭的那只碗的前面趴下来，舔着自己的毛。那时，我们虽然觉得它可能是芭比，但不能确定。于是我母亲生涩地叫了一声："芭比——"

它摇着那条光秃秃的尾巴，使劲地摇着。它似乎想再成为一条影子，可现在它笨拙多了，它碰倒了面前的碗。

我母亲向后躲了躲。我哥哥踢了它一脚，它叫着停了下来，尾巴也垂了下去。是的，它是芭比。

可它不再是原来的芭比了。我哥哥脸色铁青，他发誓一定狠狠地报复那个恶毒的男人，他的话竟让我父亲暴跳如雷："滚，滚一边去！"

它不再是原来的芭比了。它不再是我母亲的女儿，我和哥哥的妹妹。它是一只肮脏、丑陋、残废的狗。它是粘在衣服上的鼻涕，是一块发霉的馒头，是，一只恶心的苍蝇。

一天，我哥哥的一位女同学来找他，她被芭比吓得尖叫起来，我哥哥没有再追上她，返回到院子的哥哥脸色异常难看。他在院子里站了一会儿，突然抄起了一把扫帚……芭比一阵一阵凄凄惨惨地哀鸣。

尽管它已不再是那个芭比了，但它肯定想让我们叫它芭比。一听见我们的脚步，它的头就抬起来，耳朵就支起来，光秃秃的尾巴也使劲摇晃。可我们没人叫它，我们忘记了芭比这个名字。它的尾巴晃着晃着，慢慢地慢下来。其实，聪明的芭比是知趣的，只是它希望有人再叫它，仅此而已。

我们想把它丢了。我哥哥将它丢了两次，但它还是找了回来。我们也想过杀了它，我哥哥几次举起木棒，然而他下不了手，我们就更不行了。

它遭受着冷落。它一天天肮脏下去，身边围满了苍蝇，可谁也没有想给它洗澡。肮脏也许会带给它病菌，病菌在它体内飞快繁殖然后像炸弹一样爆炸。

然而它没有生病的迹象。假如已有的伤残不算的话，饥饿、干渴、干馒头、有味的汤和我们的斥责、脚踢都没有使它的身体

当代中国最具实力中青年作家书系

变得更糟。它不再爱喝那种有甜味的奶了，我想。我也再没有喂过它那种奶。

那段时间，我们全家人的脾气都在变大，一粒芝麻也会当成西瓜，西瓜之后再变成另外的东西。那段时间，我家的每一间房子、院子的每个角落都充满了火药的气味，它让人窒息。

芭比也闻到了那种气味，就算它的鼻子不灵敏。我们的进进出出它不再抬头，不再让自己变成谁的影子。但尾巴还是会摇，光秃秃的尾巴竟然不再长毛了。

在门边，它还是那么一副样子。它越来越瘦，却没有生病的迹象。

那天我做了一个梦。我梦见，我哥哥领着芭比来到了路上。他叫："芭比，来。"那只瞎了眼的狗真的跟他去了。

我哥哥领着它来到了路中间，用脚蹭了一下它头上的毛："芭比，趴下，不要动。"

芭比用它空洞的眼睛看了我哥哥一眼。它真的趴下了，在路中间。它的尾巴不再摇了。那天晚上有着细细的月光，芭比趴在那里，像一只早就死去的狗。

有车过来了，芭比应当可以听见，它的眼睛瞎了，可耳朵没有问题。但它还是那么僵硬地趴着，一动不动。那天晚上的月光在它身上闪了一下。

车开过来了，车开得不算太快。

醒来的时候已经是第二天凌晨，阳光一片一片地贴在窗棂上。

我的身上满是汗水，我的手脚却有些冰凉。我跟我哥哥说，我做梦了，他哼了一声翻了个身又沉沉睡去。

　　拉开一半窗帘，我看见阳光灿烂的院子。那只叫芭比的狗还在那里瘫着，它肮脏，丑陋，百无聊赖。它紧闭着已经失去的双眼。

当代中国最具实力中青年作家书系

蜜蜂，蜜蜂

蜜蜂是我奶奶养的，她养蜜蜂为的是获得蜂蜜。那时我还小。

我奶奶说，除了要养蜜蜂，她还要养三只鸡、一只猫、一头猪；她还要养着我的爷爷，养我父亲和我三叔。我奶奶经常在做饭的时候或者喂鸡的时候说这样的话，她直直腰，显得很劳累。

窗子外面蜜蜂嗡嗡叫着，一副繁忙的样子。

在背后，我母亲多次表示过对我奶奶说法的不满，她说我奶奶总是往自己的脸上贴金，干一点儿的活，捡个芝麻就做得像搬走了一座山一样。我母亲说，她才是养活全家的那个人。后来，我母亲越来越把她的不满摆到了明处。

那时候，我们全家都在农村，可我父母都是挣工资的人。我爷爷奶奶、三叔三婶没有工资，只有四亩多耕地，而且相当贫瘠。在背后，我母亲总说我三叔好吃懒做，她叫他寄生虫，为此，我父亲可没少跟她偷偷地打架。

在北面的墙上掏一个大洞，安上门，它就成了蜜蜂的家。蜂房的门上有许多的小圆洞，蜜蜂们从那些圆洞里进进出出，有时两只蜜蜂会在洞口相遇，其中一只就会将路让出来。从小圆洞里爬出的蜜蜂略略停上一下，然后就嗡的一声，飞走了。我父亲说这是工蜂，负责繁忙和劳累的采蜜工作，它们也采花粉。人的一生应当像它们一样勤劳。

　　我父亲是中学教师，他带回了一些和蜜蜂相关的图片给我和弟弟看。当然，主要是给我弟弟看。后来那些图片被我偷偷地撕了，但嫁祸给了弟弟。

　　去蜂房里割蜜的时候，我奶奶的头上带上一顶旧草帽，然后头上、脸上缠满了纱巾纱布。纱布是我母亲从单位弄来的，而我奶奶总是将它们派上别的用场。她戴着厚厚的手套，衣服和手套的连接部分还用布缠好，在做这件事的时候，我奶奶总显得相当小心。

　　她从不让别人参与，我父亲不行，我爷爷也不行。

　　当我奶奶割下带有蜂蜜的蜂蜡，从蜂房里将身子探出来时，她的头上、脸上满是密密麻麻爬动的蜜蜂。

　　我奶奶将割下的那些饱含蜂蜜的蜂蜡放进锅里熬。蜂蜡化开了，橙黄色的蜂蜜凝在一起。那时候，整个屋子里都散发着浓浓的蜜的香气，它将我们的身体都渗透了。我奶奶将蜂蜜贮藏在一些旧罐头瓶里。那样的蜂蜜并不十分干净，上面经常会带有小块的蜂蜡、蜜蜂的一片翅膀或一条腿、一团说不上是什么的黑灰色物体。蜂蜜很稠，几乎是固体。

当代中国最具实力中青年作家书系

她将装满蜂蜜的罐头瓶放在一个有锁的小箱子里。只有我奶奶有它的钥匙。

我和弟弟经常去奶奶家看蜜蜂。我们站在院子里，抬着头，看嗡嗡的蜜蜂匆匆忙忙。那时候，我们一去奶奶就开始变一种脸色，她当然知道，我们是冲着她的蜂蜜去的。

过不了多久，通过我弟弟的口，我们说饿了，想吃馒头，要抹上蜂蜜。

我们一遍遍地说。开始我们会遭到训斥，几次下来我奶奶终于软了，她很不情愿地打开箱子。给过我弟弟之后，她也将一块抹了蜂蜜的馒头重重地塞到我的手上，蜜总是抹得很少。

她说，你们这些小家贼，到外面吃去！蜜蜂还有别的用呢，都让你们吃了！

不止一次，我母亲说我奶奶小气。她还说我奶奶心很硬，是铁和石头做的。如果在饭桌上，如果我父亲在场，他会重重地摔一下筷子："闭上你的臭嘴！"

我母亲可不吃这套，她的嘴不会因此闭上。于是，盘子和碗会重重地落在地上，地上一片杂乱，那顿刚刚开始的饭就停止了。

蜜蜂这种昆虫，身体表面有很密的绒毛，前翅比后翅大，雄蜂触角较长，蜂王和工蜂有毒刺，能蜇人，成群居住。

养着蜜蜂，被蜇是经常发生的事件。这事件主要发生在我奶奶身上，因为她在蜂箱里收割蜂蜜。层层的纱巾和纱布并不能阻挡所有的蜜蜂。被蜇肿了脸和鼻子的奶奶会不停地咒骂，她骂蜜蜂们忘恩负义，没有良心。好像，她到蜂箱里割蜜蜂蜡是一件天经地义的事，是出于对蜜蜂的爱。她有她的角度，她总是那么强硬。

我姥姥也被蜜蜂蜇过。她和我们挨蜇不同，她是自愿的。我姥姥患有严重的风湿，她两只手的关节都突了出来，有人告诉她，蜂毒能抑制风湿。

我奶奶没有不同意的表示。她在屋里屋外进进出出，匆匆忙忙，好像有许多的事要做。后来我奶奶无意中说了一句，蜇过人的蜜蜂自己就活不了了。

远远躲在里屋的母亲一听这话马上从屋里跳了出来，但我没有记下我母亲说过什么。

嗡嗡的蜜蜂进进出出，它们在蜂房的前面跳着八字舞。院子里的枣花散发着浓浓的香气。

我爷爷被蜜蜂蜇了，他的鼻子肿了起来，鼻孔一下子扩大了不少。他变了模样，他变成了丑陋的陌生人。于是，当我爷爷把手伸出想抱住我弟弟时，我弟弟吓坏了，大声地哭了起来。我爷爷手足无措，抹了许多蜂蜜的馒头也没能哄好他。

那天我奶奶来到我们家，她破天荒地冲着我母亲笑了笑，破天荒地拿来了一瓶蜂蜜。她对我母亲说，如果蜂蜇真的起作用的话，就叫我姥姥常来吧，反正蜜蜂死上几只几十只也算不了什么。

面对我奶奶的破天荒，我母亲并没有放松她的警惕。后来证明她的警惕是有道理的，临走前，我奶奶终于说出了她的想法：马上要分蜂了，她不想让分出来的蜜蜂成为野蜂或者被别人收去。

她想在我们家墙上也挖个洞，养那些被分出来的蜜蜂。

我母亲想都没想，就坚决地说，不行。

我父亲和我母亲又打架了，这次打得比以往更为厉害。我母亲带着我回到了姥姥家，却把弟弟给我父亲留下了。

在姥姥家，我母亲和姥姥不知为什么也吵了起来，她给了我五分钱："去去去，出去玩去。"

第三天傍晚，我母亲带着我回到了家。院子里有些混乱，而正房的墙上，出现了一个方方的洞，不知为什么它刚干了一半儿就停下了，并没有完成。我母亲丢下我，丢下她手里的包袱就开始和泥。

等我父亲背着我大哭不止的弟弟回到家里时，我母亲已经将墙上的洞堵实了。她没看我父亲一眼，没看我弟弟一眼，伸着两只肮脏的手，将剩余的泥甩到地上。

真的分蜂了。一个蜜蜂的团儿嗡嗡地落在了枣树的枝杈上，随后更多的蜜蜂围拢了过来，空气里满是蜜蜂们的翅膀。蜜蜂的团儿越来越大，茶杯那样，南瓜那样，西瓜那样。我奶奶的头上蒙上了厚厚的纱巾、纱布，带着一张自己做好的网。她站在枣树的下面，抬着头。

后来，我奶奶开始咒骂。

蜜蜂的团儿散开了，它们像黄褐色的云朵一样飘出了院子，我奶奶在后面追赶着。

一只蜜蜂钻进了她的衣服，我奶奶的身体颤了一下，她伸出手，将那只蜜蜂打死在衣服里，然后继续追赶。

在五队的果园里，我奶奶又追上了蜜蜂。她将那团蜜蜂接进了她的网里。村上的刘三婶、赵梨表哥也拿着各自的网子赶了过来，可一看见我奶奶的表情，都悻悻地走开了。

我奶奶看着网里的那团蜜蜂，除了咒骂，她不知道该怎么处置它们。

那么多的蜜蜂。

我的一个哥哥，邻居家的哥哥气喘吁吁地跑了过来，他一边擦汗一边对我奶奶说，又一群蜜蜂飞走了，它们朝粮站那边飞呢。

我奶奶突然冲着我和弟弟喊："看什么！快滚回去！滚一边去！"

我父亲说，分蜂是一只新长成的蜂王率领部分雄蜂和工蜂离开。后来在一份资料上我发现它说得和我父亲不同。上面说，是老蜂王离开，新长成的蜂王留下。对于这个说法我父亲表示了不屑。他说，你奶奶养蜂的时候一天能分出两窝蜂去，怎么会有两个老蜂王？说完我父亲就背过身去，哗哗哗地翻他手里的报纸。

很长时间奶奶都不给我们哥俩好脸色，抹很少蜜的馒头也没有了。好在，我们可以从爷爷那里得到柳条编的花篮、苇叶编的蝈蝈和蜻蜓。

我父亲和我母亲也陷入了冷战。吃饭时大家都安静得可怕，就连我弟弟都很安静。

我母亲说："凭什么啊，这房是我自己盖的，我当然有权力决定养不养蜂。我们容易吗，盖这几间房她一块砖头没出，一个鸡蛋没出，一个苇叶没出。那时候我有多难，现在想在我的房上挖

当代中国最具实力中青年作家书系

洞，哼。"她自言自语，一副很气愤的样子。

那天中午，炎热的中午，我母亲拿着一个蝇拍在院子里来回走着。"啪，啪。"我突然发现她并不是在打苍蝇，而是在打落在院子里的蜜蜂。

她端着蜜蜂的尸体，将它们丢到鸡的嘴边。

我的三婶要生了。那年的七月，三婶生下了一个男孩，我又多了一个弟弟。现在先说五月的事儿。对我家来说，那个五月可是一个难熬的、充满火药味的五月。

我的三婶要生了，三婶的母亲早早地来到我奶奶家住了下来，那时刚刚五月。我三叔三婶一直没有自己的房子，他们跟我爷爷奶奶住在一起，现在，又多了一个三婶的母亲。

后来我爷爷奶奶跟我父亲商量，他们想搬到我们家去住，我爷爷强调，这是暂时的。我父亲说，没事，没事。我奶奶哼了一声："你能做主吗，跟你说行吗？"

充满火药气味的五月，冷战热战一起爆发的五月。我母亲几次领着我或我弟弟回姥姥家去住。她和我姥姥的争吵也接连不断，有几次我姥姥哭了："我怎么有你这么一个女儿啊！"

我姥姥的风湿加重了。她多次一个人去我奶奶家，用蜜蜂的毒针去治疗。我父亲送姥姥回过两次。我母亲对我父亲的态度相当冷淡，仿佛她是一块拒绝融化的冰。第二次，我姥姥送我父亲出门时，我父亲将我拉到面前抚摸着我的头，他说："算了，你也别操心了，我改变不了她也改变不了我母亲，只是苦了孩子。"

我母亲终于同意我奶奶爷爷和我们一起住了。她强调，这是暂时的。如果老人一定要将自己的房给我三叔，也行，但得给老人再盖几间。房钱可由两家分摊，我们宁可吃点亏。

"她也太偏心了，她总是怕寄生虫长不肥。"我母亲说。

"这几间房都是我一点儿一点儿攒出来的，她一块砖头没出，一个鸡蛋没出，一片苇叶没出！"我母亲说。

我父亲默默地听着，他的脸色很难看。但那些天，我父亲一次也没爆发，也没将气撒到我身上。

蜜蜂嗡嗡，它们在蜂房前面匆匆忙忙，回来的蜜蜂的腿上沾满了黄色、红褐色的花粉。

我们又有了抹蜜的馒头。

但我的左手被蜜蜂蜇得肿了起来，我将蜇肿的手缩在袖子里。好在，我并不需要用左手写字。

在我爷爷奶奶搬过来之前，我父母又爆发了一次"战争"。"战争"的起因是：我奶奶想将蜜蜂也搬过来。我父亲给出的理由有两个：一是方便照顾它们，二是我三婶害怕蜜蜂蜇了她的孩子，她可是马上要生了。

我母亲说："不行不行，她怕蜇了孩子我还怕呢，我的孩子还是两个呢，不能她家的孩子是人我们家的就不是吧？"两个人又咣咣地打起来。

阻止归阻止，蜂房还是在墙上建成了，笨拙的父亲将蜂房弄得相当难看，但在实用性上没有大问题。

蜜蜂们搬过来了，然后我奶奶也搬过来了。我们家的院子里有了蜜蜂的嗡嗡声，有了数目众多、起起落落的透明翅膀。

当代中国最具实力中青年作家书系

我父母给我奶奶、我爷爷收拾着搬来的东西。我母亲随口问了句："娘，你那个藏蜜的箱子呢？她没让你也搬过来？"

奶奶将话岔到了别处。

"我生了两个孩子，坐月子的时候可没吃过你一口蜜啊。"我母亲拍打着自己身上的灰尘，灰尘纷纷扬扬。

"怎，怎么会？我给过你啊。"搬到我家来的奶奶像另一个人，像一个做错了事的小学生。她矮了下去。

院子里有了那么多的蜜蜂，那么多的起起落落，那么多的嗡嗡嗡嗡。它们有时会爬进屋子里一两只。

我母亲拿着蝇拍。她打苍蝇，有时蝇拍也会落在某只屋里屋外的蜜蜂身上。她经常会这样，可我奶奶却一次也没发现。

一只工蜂的寿命，在春夏一般是三十八天，冬季是六个月。蜂王的寿命一般在四年左右。

我母亲将一些蜜蜂的寿命大大缩短了。

她总是抱怨蜜蜂的存在。

她总是说，养这个干什么，又见不到蜜。

她说，我母亲说，早晚她会将蜜蜂全部弄死。

我姥姥的风湿没有明显的好转。我母亲时常打发我去叫我姥姥，她现在也坚信蜂毒对风湿具有疗效，只是缓慢一些罢了。

蜇过之后，我姥姥坐下来和我奶奶说会儿话。我奶奶在进入我家之后就不再是原来的奶奶了，她和我姥姥好像有说不完的话。

三婶生下了一个儿子，我又多了一个弟弟。

白天，我奶奶会早早地赶过去，傍晚的时候才回来。我母亲说："我那时她可一天也没这么用心过。"

我母亲说："我奶奶搬到我们家来是个计谋，她和寄生虫三叔他们早就商量好了。"我母亲说："她是看着咱们家的房子大，眼红。"我母亲说："我早就看出来了。"

说这些的时候我母亲直直地盯着我父亲，而我父亲的眼在别处。

我母亲也被蜜蜂蜇了。这是她第一次被蜇，而且是有两只蜂先后在同一个上午蜇了她。

想想，我母亲的脾气。

她的脸上、头上蒙上了纱巾、纱布。我母亲还特地找了一件旧衣服穿在身上，戴上了手套。从背影上看，我母亲和我奶奶很像很像。

她将半瓶的敌敌畏倒进了借来的喷雾器里。那天上午，爷爷、奶奶以及我父亲都不在家。我和弟弟都阻止不了她，她冲着我们喊："去外面玩去！你们也想管我！"

那么密密麻麻的死亡，蜜蜂一只一只一片一片地摔下来，像一场局部的大雨。

嗡嗡声渐渐稀疏了下来。蜂房里，充满了敌敌畏的气味。一些刚刚归来的蜜蜂扎入这种气味中，转上几圈儿就昏死过去。它们的身体里含着蜜，腿上带着花粉。

我母亲将死去的蜜蜂扫到一起，那么多，那么轻，那么厚。

当代中国最具实力中青年作家书系

一些蜜蜂还在噼噼啪啪地落。

　　她将蜜蜂的尸体装在纸箱里。我母亲一共打扫了两纸箱。

　　一些蜜蜂还在噼噼啪啪地落着。嗡嗡声不时地在纸箱里传出来，它和平时的声音有很大不同。我母亲走出大门，她抱着纸箱，将那些死去的蜜蜂和还没有死的蜜蜂丢到远处。

　　天渐渐暗了，一抹夕阳涂在墙上。

　　我的爷爷、我的奶奶和我父亲，都快回来了。

父亲，猫和老鼠

那是我的父亲，他跷着腿，躺在床上，哗哗哗哗地翻着报纸。他下岗有些日子了。

他总是那样，躺在床上，跷着腿，哗哗哗哗地翻报纸，一副百无聊赖的样子。

如果看到某篇文章，如果他觉得精彩，我父亲就放下腿，直起身子，将文章读出声来，他似乎是试图让我们听见。原来，百无聊赖只是他的一个壳，一个侧面，一个可能的假象。我父亲读报纸的时候摇头晃脑，很像一个领导。他暂时放弃了下岗工人的身份，有些神采飞扬。

往往是，我父亲一旦读出声来，我母亲就开始出手打击了。在我父亲下岗之前她不是这样。她一边斥责我的父亲一边抢下他手上的报纸。"你还是醒醒吧。"我母亲说。

然后，我父亲重新百无聊赖下去，他躺下来，跷起腿。他又背起了自己的壳，任凭我母亲反反复复地数落，指责，躺在床上的父亲像一条巨大的蠕虫。

当代中国最具实力中青年作家书系

那是我的父亲，他一直这样，什么事也不做，跷着腿，躺在床上，哗哗哗哗地翻着报纸。他用这样的方式打发自己的时间。我发现，我父亲对国内国际的政治时事、体育新闻和一些评论文章感兴趣，而那些文娱新闻、奇谈怪事则无法触及他神经。他的一部分神经是麻木的。我还发现，我父亲对"奋勇前进""战胜困难"之类的词有着特殊的偏爱，无论这个词在报纸的哪个角落里，他都会凭借一种敏感很快将它们找到，然后将那篇文章读出声来。

　　那是我的父亲，是我天天见面的父亲。他下岗已经有些日子了。

　　我母亲的火气越来越大。她抱怨，家里外面的活儿一件也不做，也不知道想干什么。她抱怨，以后的日子怎么过啊。她省略了主语。

　　我和弟弟的眼都偷偷地瞄向了父亲。以前他可不是这样，他以前可不是，而现在他有一双麻木的耳朵，有一张沉在碗里的脸。

　　后来，我父亲的日常还是有了转折。转折的起因是，我们家里出现了老鼠，并且数量众多。我们先后在厨房里、厕所里、卧室里和院子里发现了它们，可以断定，这是一个庞大的家族，不知它们是从何处迁徙来的。

　　我母亲的一双皮鞋被咬出了三个洞，这三个洞，就像咬在她的身上一样让她心疼。厨房里的馒头也开始丢失，地面上留下了馒头的粉末和老鼠的屎。有一天我们在院子里吃饭，三只小老鼠竟然大摇大摆地走到了饭桌前，其中的两只还为争夺什么打起了架来。

我们运用了干馒头、扫帚和自己的脚，然而并没有将任何一只打死，虽然它们看上去相当笨拙。回到饭桌前，我母亲突然加重了语气："反正你也没事干，就想办法治治老鼠！光躺着不怕臭了啊，不怕发霉啊！"

我父亲抬起头来，他说："行，行。"

开始，我们都没有将他的承诺当真。我父亲总是说"行，行，是，是"，可一般来说他说过了也就是说过了，他并不会真的做什么。他是一个懒惰的人，这点他也承认。

但那次真的不一样，我父亲竟然是认真的。

我们谁也没有想到他是认真的，他不是那种人。

然而在某一个上午，我父亲和老鼠之间的战争真的开始了。

他锁好自己卧室的门，然后一个人哼哧哼哧地挪动了床、沙发、旧报纸、鞋盒。一切可以挪动的物品他都挪动了一遍。再然后，他锁好卧室的门，锁好厨房的门：他在厨房里开启了和老鼠的战火，厨房的战斗弥漫着硝烟和油烟。

第一天的战斗我父亲有了一个小小的胜利：他打死了一只老鼠，还有一只老鼠竟然被他活捉了。我母亲回来时，他从一个空鞋盒里提起了那只老鼠，他让我母亲看——我父亲用线将那只老鼠的腿、身体和尾巴都绑了起来。"还不弄死它！"我母亲冲着他嚷。

我父亲并没有马上将老鼠弄死。在我和弟弟依次回到了家，看过之后，我父亲才将老鼠提到院子里，用一根木棍敲碎了它的头。老鼠的吱吱声小了下去，它还在抽动，它的眼睛闪着一种淡

当代中国最具实力中青年作家书系

淡的光。我父亲将它重新放回到鞋盒里。

晚上，和我父亲一起下岗的赵叔来找我父亲下棋。他们以前就常在一起下棋，下岗后更是这样了。那天晚上，我父亲第一次没有和赵叔谈国内国际形势，而是一直在说老鼠。后来赵叔都有些急了："你有完没完啊？还走不走？我发现你谈老鼠比谈国际形势还烦人。"

看得出来，我父亲有了一些挫败感。那天晚上他输得一塌糊涂。

晚上，我母亲被一阵奇怪的声音惊醒。她支起耳朵听了一会儿，"唉，"她对我父亲说，"有老鼠！老鼠在咬床！"

我父亲说："你纯粹瞎说。"卧室里肯定不会再有老鼠，他是一寸一寸找的，每个角落都找过了。我母亲说："你听你听，看是谁瞎说。"我父亲坐了起来，卧室里静得有些可怕，他能听到的只有我母亲的呼吸。

"我说没有吧。"当我父亲准备将他的头重新放回枕头上时，床下的声音突然又出现了。的确，我母亲说得没错。

那一夜我父亲没睡觉，他把自己弄得筋疲力尽，然而并没有捉到一只老鼠。甚至，他都没有看见老鼠的影子。

在我父亲筋疲力尽之前我母亲早就出来了，她不停地抱怨着然后挤到了我和弟弟的床上。很快她就鼾声如雷，并用力地咬自己的牙。

是的，我父亲地毯式的搜索并没有取得应有的效果。相反，老鼠越来越多，它们几乎无处不在。

我母亲在她的一个木箱里倒出了一窝幼小的老鼠，它们都还没有长毛，眼睛也没有睁开。我母亲尖叫了一声就将她的箱子抛出了屋子，这时，一只硕大的老鼠从她的旧衣服下面蹿了出来，不知去向。

拿起一根木棍，我父亲追赶着那只早已不知去向的老鼠，他漫无目的的追赶遭到了我母亲的训斥。

许多天后，他开始自己制作老鼠夹子。他右手的食指被夹肿了，中指的指尖处也出现了瘀血。后来，在赵叔的帮助下我父亲终于制成了三只老鼠夹。他将那三只难看的老鼠夹子放在老鼠经常出没的三个角落。

躺在床上，跷着腿，他哗哗哗哗地翻报纸。有时他会突然停下来，支起耳朵。

可惜的是，三只老鼠夹子在半个月的时间里只打到了一只不算大的老鼠，作用不大。何止是不大，它们甚至助长了老鼠们的胆量，更加肆无忌惮起来。

有一天我弟弟一觉醒来，感觉自己的脸上有一条细绳在动，他摸了一把，一只老鼠吱地叫了一声跳下了床去。

每天晚上，我母亲都能听见老鼠们咬床的声音，她将它们的这个举动看成是对我父亲的报复。她甚至怨恨我父亲，说如果不是他打老鼠老鼠也不会非要咬床。她还抱怨，老鼠吵得她整夜整夜睡不好，第二天上班都没有精神。我父亲对她的说法产生了质疑，他说他打不打老鼠和它们咬床无关，不打它们也会咬。再就是，她的鼾声哪天晚上断过，怕是她吵得老鼠也睡不好觉，才来咬床的吧。

当代中国最具实力中青年作家书系

没完没了……

我父亲买来了老鼠药。为了达到目的，他把药拌在馒头里，肉里。他还买回来过一种很难闻的香，在各个房间里点燃，弄得各个屋子里都是那种让人恶心的气味。他说用这香可将老鼠熏走。

不知是谁提供的方法，我父亲将一只抓到的老鼠绑起来，然后往它的屁股里塞绿豆粒、玉米粒。他还为这只老鼠进行了外科手术：他用针用线将老鼠的屁股缝上了。本来他是想让我母亲来做这个手术的，但我母亲坚定地拒绝了他。他只好自己笨拙地上阵。

他说，你们等着吧。他说，绿豆粒和玉米粒会在老鼠的肚子里发芽，它们在老鼠的肚子里慢慢膨胀，那时老鼠就会疼痛难忍，而又无法将豆粒和玉米粒排出。时间一长这只老鼠就会疯掉，并且凶残无比。它会将其他的老鼠都咬死的。

我父亲笑容满面地放走了那只屁股里塞满了绿豆粒和玉米粒却因此也失去了屁股的老鼠。他制止了我们，看着它艰难地爬到院子东边的角落里去。你们等着吧，我父亲显得胸有成竹。

当然是又一次的落空。我弟弟的语文课本被老鼠咬掉了很大的一片，拿这样的书上学他可能觉得很没面子，于是他将那本课本偷偷地烧掉了。这事儿我知道，但我没有和任何人说过，包括弟弟。厨房里的鸡蛋被淘气的老鼠打碎了不少，木质的碗橱也被钻出了洞。这无疑给我们原本就不富裕的生活雪上加霜。我们只好听任我母亲层出不穷地抱怨。

后来她说，养只猫吧，还是养只猫吧。

这是我母亲的转折。一直以来，她都对猫对狗有着让人难以理解的厌恶，如果不是她自己提起，我们是不会提议养猫的。现在，她妥协了。

但我的父亲，却出人意料地表示了反对。他说，用不着。

我母亲将碗重重地砸在饭桌上，碗里的饭有一半儿洒了出来。"用不着？用你行吗？你抓了几只老鼠？你自己看看，你是长了猫爪还是鸭子脚？"

我父亲也火了，他手里的碗也重重地砸在桌子上，碗里的饭洒出得更多："我说用不着就用不着！"

晚饭之后，我父亲用水桶提了水，倒在院子里。他把院子弄得一片汪洋。我的父亲，脸阴沉着，哼哧哼哧地喘着气。

一只老鼠也没有被他灌出来。我弟弟悄悄对我说，他的做法也是有道理的，即使淹不死老鼠，也必然会将老鼠洞弄湿，让它们得上风湿性关节炎。我弟弟说这些的时候一脸坏笑。

猫还是来了。它是我母亲花了十四元钱在街上买的，是一只有花斑的白猫。我母亲说它叫了一路，可能是饿了。但她还是听从了我父亲的意见，并没有喂它。

我父亲说，猫只有饿着才会抓老鼠，吃饱了的猫是不抓老鼠的。

老鼠突然地就少了。我家院子里、厨房里、卧室里都再也见不到它们的踪影，也听不见它们咬床脚时的声音了。而在此之前，它们是那么繁忙，肆无忌惮。

我父亲说，也没见猫抓到老鼠。他是一副失望的表情、怨愤的表情。

没有了老鼠，我父亲的生活又恢复了，他变回了蠕虫，躺在

当代中国最具实力中青年作家书系

床上，跷着腿，哗哗哗哗地翻报纸。如果看到哪篇文章精彩，他就放下腿，直起身子，读出声来。

在饭桌上，我父亲总爱向我们炫耀他从报纸上看来的时事新闻，并加以评论，好在我母亲能够及时地制止他。我母亲会一下子将他的热情打下去，浇上一盆凉水，没有完全浇灭的火焰嗞嗞嗞嗞地冒着白色的气。

我发现，我父亲对待那只猫很不友好，不只是不友好，甚至都有些恶意。这很快也被我母亲和弟弟发现了。

他一个人在家的时候从不给猫喂食，还经常用扫帚、木棍、干馒头或脚对它进行殴打。有一次吃饭，我父亲的脚伸出很远踩住了猫的尾巴，猫尖声叫着，可他的脚就是不抬起来。我母亲只得狠狠地踢了他一脚。

他故作惊讶地哎了一声："是我踩住它了啊？"

过了一会儿，他又说，猫不叫，就吓不走老鼠。

一有机会，我父亲就向我们表达他对这只猫的厌恶，他努力让我们感觉，他的厌恶是有道理的：它又馋又懒还总爱偷吃；大白天躺在沙发上睡觉，一睡一上午；弄坏了花盆和盆里的花儿；随地大小便，如果它不盖起来还好，一盖起来就容易忽略，结果弄得他不知踩了多少回猫屎；院子里和屋子里都是猫尿的气味。

我父亲夸大了猫的缺点，我们都清楚，只是不说罢了。我们不说，他就可以名正言顺地惩罚那只有缺点的猫。我们说了又能怎么样？

可够那只猫受的。

不止一次，我父亲对我母亲说，反正也没老鼠了，还养它干吗，不如送人算了。

不止一次，我父亲对我母亲说，你不是不愿意养猫吗，这只猫也实在讨厌。

那只猫，被我父亲训练成了一只老鼠，敏感的老鼠。无论它是坐是躺是卧，只要一听见我父亲的脚步靠近，它马上鼠窜，像风一样窜过院子跳到房上。是我父亲，让它有了一双极为灵敏的耳朵、一颗极为灵敏的心。

有一次，我母亲终于忍无可忍了，她一把拉住我父亲就要抬起的脚步："也是这么老大一个男人了，非要和猫较劲，你说你丢不丢人！"

积累下来的抱怨也由此开始了。我父亲一声不吭地听着，后来他躺到床上，哗哗哗哗地翻起了报纸。

我父亲将已经生锈的老鼠夹子找了出来。他像当初那样静静地等待着，可猫根本没有靠近过老鼠夹子。

他还找出了老鼠药，将药裹在几块切下的肉里。问题是，他没有能够得逞，我母亲无意中发现了他的举动。

"这是以前放的。我是，怕它误吃了老鼠药。"我父亲竟然想出了这样拙劣的辩解。后来他更可笑地纠正了自己："房上有两窝麻雀。它们将屋檐都给掏空了，我是想药死它们。"

我母亲只冷冷地说了一句："你什么事都做不来，连一只猫都容不下。"

这句话，让我的父母陷入了冷战。

当代中国最具实力中青年作家书系

那只猫只要一在院子里出现，我父亲会立刻从床上跳下来，顺手拿起早就埋伏好的木棒——那只猫不得不再次鼠窜，它逃掉时的样子简直就是灰溜溜的老鼠。

我父亲和这只猫——这只有缺点的猫构成了敌人。

在我父母陷入冷战的那些日子，和我父亲一起下岗的赵叔天天晚上来我家下棋。有一天他喝多了，不来了，可我父亲却在电话里不依不饶。于是，摇摇晃晃的赵叔来了。

一边下棋，我父亲一边像往常一样给赵叔讲国内国际形势，我父亲在那个时候显得自己像个领导，神采飞扬。

那天赵叔喝多了。他指着我父亲的鼻子说道："老李，你下不下，还下不下？"我父亲推开他的手，继续讲报纸上看来的时事。

赵叔突然将棋盘推了。"我听够了，我不听了。老李你在车间当小组长的时候我就听够了。我说老李，"赵叔用力地拍着棋盘，"干点正事吧，干点正事吧！"

那天晚上赵叔醉得一塌糊涂。

看得出，我父亲遭受了打击。他那几天蠕虫那样躺在床上，却不再哗哗哗哗地翻报纸。他也不再那么尽力追赶那只猫了。

他变了一个样子，虽然这变化不大。他的样子让我们一家人赔着小心，包括我的母亲。其实也包括赵叔，后来他又来了，我父亲热情地摆上棋盘，沏好茶水。赵叔甚至主动谈起了时政，可我父亲闭口不谈国内国际形势，只专注地下棋。

没有了国内国际形势，没有了感慨和议论，那棋下得没滋没味，甚至算是一种小小的惩罚，赵叔在那么凉的天汗流不止。

躺了几天，我父亲终于褪掉了蠕虫的壳，他吃过早餐之后就出门了，一直到傍晚才回家。我母亲说，他是找工作去了。她知道。

我母亲说，既然你父亲那么讨厌这只猫，那就送人吧。反正早就没有老鼠了，养着它的确也没用。

我父亲早出晚归。他去了职介所、民政局、菜市场、煤炭公司。他找过去的朋友，看他们有什么能帮上的。这都是从我母亲那里得来的消息，她说，现在找个工作真难，扫大街的活都有人抢。

我父亲的热情只持续了三周。

他的热情也许只是假象。

在热情之后，他重新回到了床上，回到了蠕虫的壳里去，跷着腿，哗哗哗哗地翻报纸。我母亲反反复复层出不穷的数落、抱怨又开始了，和以前一模一样。

不同的是，老鼠没有了，猫也没有了。两周之前我家的那只白猫就被送走了，送给了我二姨家。她说她家里有老鼠，咬了她的一件衣裳，我母亲便急不可耐地对她说："养猫吧，养猫吧。我们家的这只猫就送给你了，它可能拿老鼠了。而且，从来不偷食，非常乖。"

某个傍晚，我弟弟从外面回来，从表情上看他带回了一肚子的气。他把生气的脸端给母亲和我，让我们看过了之后，他说：

当代中国最具实力中青年作家书系

"把咱家的猫要回来。"

　　见我母亲没有任何表示，我弟弟跟在她的后面："把咱家的猫要回来！"他说得咬牙切齿。

　　我母亲停下手上的活，看着他。

　　他说，我们家的猫太受虐待了。他说，我们家的猫成了霄霄的玩具。

　　霄霄是我二姨家的儿子，只有五岁。

　　接下来，我弟弟向我们描述了他所看到的场景。他去同学家玩，在路过二姨家的时候过去看了一下。

　　我弟弟看到，霄霄这个混世魔王，一会将绳子抢起来摔它，一会儿拖着它吊在树上、椅子上，整个院子里都是猫的惨叫。

　　我弟弟说得还多，渲染得还多。说完之后他盯着我母亲："咱们将它要回来。"我弟弟的眼圈都红了。

　　过了一会儿，我母亲将洗过的碗放回碗橱里："要回来干什么？再说，要回来它就有好吗？"

　　我父亲跷着腿，挺着肚子，躺在床上。他哗哗哗哗地翻着报纸。他可能找到了"奋勇前进""战胜困难"这类的词，因为他直起了身子，坐了起来。

父亲树

　　父亲暮年，一直被病痛折磨，病痛早早地进入了他的骨头和血液，它消耗掉了父亲的全部气力和热情。我和弟弟可以清晰地感受到父亲对生活的厌倦，虽然他不说，不在我们面前说出，他总是尽量展示给我们一副相对乐观的样子，可那种煎熬还是能明显感觉到。

　　在身体略略好点的那几天，父亲去地里挖一个坑。开始的时候他不让我们帮他，说自己干就行，后来也许是着急和自己没有了力气，他答应了我们的要求，让我们兄弟按他的指点将那个坑挖成了一个浅井的样子。之后，他进一步要求，让我们将他放下去，放在这口浅井里，盖上土。他的要求不容置疑。经过一段时间的反对、迟疑和争论之后，我们还是答应了他。是我弟弟先答应下来的。我们将父亲多病的、有着怪味的身体放入了井里，然后和他说着话，向他的身侧填土。土盖过了他的胸，盖过了他的脖子，盖过了他的嘴，最后盖过了他的头顶。这个时候我们都已经泪流满面，真是个令人难过的时刻啊！我们哭着，将土压实，

当代中国最具实力中青年作家书系

浇上水。

十几天后，在父亲被埋下的地方长出了一棵树。这棵树长得很快。我和弟弟知道，它是从父亲的身体里长出的，是我们的父亲变成的，因为树干上有父亲的眉眼，那些纹路有明显的他的惯常表情。的确，那是我父亲变成的一棵树，它能够和我们说话。我问它感觉好些了吗，它的回答是还行。分明是父亲的声音，只是略有些沙哑，仿佛口里含满了沙子。考虑到那时父亲已经变成了一棵树，这些变化是可以理解的，被埋在土里的父亲没有死掉还变成了一棵无病的树，这点很让我感到安慰。我对父亲说，对树说，过几天我会过来看你的，会的。

每过些日子，我就会到田间去，无论有没有要做的事儿。我去和那棵树说话，说说这些日子发生的事情，说说父亲熟悉的生活。它很有兴趣，有时也发表一下自己的看法，说这事应当怎么做，谁谁谁小心眼多不可信赖要防着他点儿，谁谁谁曾借过我们三十块钱都六七年了还没还，要记得提醒他。有时，它也说说在田里看见的事，谁家的羊吃了我们家的麦苗它装作没看见也不去管，哪里草应该除了，哪片地里麻雀特别多该扎些稻草人了，等等。它跟我谈起我的弟弟，说他心太浮、太懒，得好好地管管他。

在父亲变成树前我是有名的闷葫芦，不习惯和谁多说话，但在父亲变成树后我的话多了起来，我努力把我看见的想到的记下，好到田里和那棵父亲树好好说说，我觉得我有这个责任。随着时间流逝，随着这棵父亲树的生长，它的话却越来越少了，而且越来越含混不清，沙子把它的口已经全部塞满了。我发现，随着树的生长，父亲在上面的眉眼也越来越不清晰，它们渐渐成了纯粹的树皮的纹裂、突起的树瘤……一年之后，这棵树已经长得很高，但不再和我说话，到后来连嗡嗡声也没有了。它长成了单纯的树的样子，无论是树干还是叶片，在它那里，"父亲"的元素慢慢消失，尽管父亲是这棵树长成的种子。

无论如何，我还是将它看成是我的父亲，我一直坚持这种固执。

秋天的时候，我在长有树的那块地里种下麦子，麦收后，我和那棵树认真地商量一下，是种玉米还是高粱。父亲在的时候喜欢种点儿芝麻，我也坚持了父亲的这一习惯，在靠近树的地方种了一分地的芝麻。芝麻在熟的时候很烦人，因为麻雀、喜鹊都喜欢和人争夺，而村上有些人，也习惯在芝麻地里干些小偷小摸的事儿，所以父亲在的时候每年芝麻的收成都不是很好。在芝麻成熟的时候，我尽量把自己种在地里，尽量让自己长成和父亲并排在一起的树，驱赶想来偷食的鸟，和那些偶尔路过的叔叔、婶婶、兄弟们打个招呼……我得承认，在父亲变成树后，我越来越喜欢在田间待着，我突然有了很多的话想说。之前不是这样，当然，之前，我也不习惯和父亲总待在一起，我们很少有话说，我弟弟也是这样。我们一家人都属于那种寡言少语的闷葫芦，在一起的时候自己都觉得闷。可父亲变成树后，我竟然有了这样的改变，我突然发现，和这棵父亲树说话有很多的乐趣，特别是它不再和我交流之后。

当然，回到家里，我还是原来的那个人，嘴还是同样地笨拙，话多的是我的妻子。她指责我的弟弟越来越不像样子，又要些怎样的小奸猾以为她看不出来；我的弟妹又是如何话里有话、钩心斗角，总想在她的面前占个上风，而她又如何应对，将其压了下去。当然还有些东家西家的长短……我在她说这些的时候其实也有话想说，但想想，最终没有说出来。一直是这样，我之所以是闷葫芦，是因为话都自己闷着不想将它们说出来，说出来，可能伤人。我想我的父亲，我的弟弟也是这样。不过，我的弟弟的确越来越……

在父亲离开我们的第二年，我弟弟家有了一个男孩儿。这本来应当是件令人兴奋的事儿，然而这个孩子却是一个，瞎子。这件事对我弟弟一家的打击很大，远比贫穷和被人轻视的打击更大，好像他们做了一件很不堪的事儿，抬不起头来。有了这么一个孩子，就像在平常的生活里面再压了一块石头，而且，它不会被卸掉。有一次，我弟弟在田间和我谈起卸掉石头的想法儿，他肯定想过多次了，我抬头看了看地头上那棵父亲树，它在黄昏里显得有些模糊，但我知道它在。我说，兄弟，不行啊，父亲在那里看着呢。他要知道……

我弟弟，只是说说而已。

在父亲离开我们之后，家里遇到的事越来越多，也越来越艰难。种地收益很少，而种子和化肥却变得很贵。打过农药，能捕虫的益虫益鸟被药死得不少，而对害虫的作用反而不大，它们飞快地繁殖不得不再打更多的农药。前面的那条河也时常干涸，有水的时候也是发臭的黑水，据说这还是县里花钱治理后的，不然连这也没有。我和弟弟也曾想入股做鱼粉生意，在我们村上做这个生意的人很多，许多人都发了财，但我们俩既没有资金也没有销售关系，笨嘴拙腮地做业务员肯定不够格，所以没有人愿意我们入股，这个门路根本不通。我弟弟给人扛过几天的麻袋，但只有几天而已，那样的苦他实在受不了，而且钱给得很少，还得欠着。我和父亲商量，和那棵高大起来有了阴凉的树商量，我们还是老老实实种地吧，虽然收益少，肯定富不了，但人总得吃饭不是。总归是，饿不死人的。

问题是，我的弟弟有了变化。因为这个瞎眼的孩子，他时常会和自己的妻子争吵，无非是些鸡毛蒜皮，他要用这些鸡毛蒜皮来撒掉自己的怒气和烦躁。后来，他越来越多的时间待在外面，打打麻将，有时打不上麻将，他也会站在某人的背后，不顾人家的脸色和冷言冷语，时不时指手画脚一下。我妻子说，我厚脸皮的弟弟还时常去人家里蹭酒，谁家来了客人、朋友，我弟弟总会不请自到，跟人家热情地招呼客人，弄得人家和客人都很不自在。我妻子说，村上许多人都把我弟弟当成是一只挥赶不去的苍蝇，一见他出现马上就迎上坏脸色，可我弟弟却总是视而不见。她说，没有人愿意跟我弟弟打麻将，赢了还行，输了就赖，任凭人家如何催要他也没脸没皮地欠着，直到人家干脆推了桌子，一起从牌桌前走开。我妻子总能打听到一些事儿，她有加长的耳朵和加长的眼睛，村上什么事也瞒不住她，包括各种的谣言。她曾经因为传播一个有关村长的传言而被村长找上了门来，我们一家人好话说尽也无济于事，最终还是请了多人说情并将我们家的一处宅基地送给了村长才得以了结。可她一点儿都不长记性。

我不知道该怎么说她。我对她的种种不满往往要说给田间的树听，反正，它听到了也不会再有什么意见，它越来越像一棵树了，已经完全没有了父亲的样子。有时，我会把它当成一棵普通的树，有时，我会将它看成是我的父亲，这得看我当时的情绪。对弟弟的某些劝告，我也愿意在树下进行，我的地和弟弟的离得很近，农忙的时候时常会在一起干活儿，干完一块儿然后再同时去处理另一块儿。一起干活的时候是我对他进行劝告的机会。

当代中国最具实力中青年作家书系

我说，你不能这样，这样下去，你就毁了。

我说，咱父亲在这儿，你跟他说说，你最近都干了些什么。

我说，昨天，听你嫂子说你又喝醉了，还，还让人家打了？

我说，你看看你现在是什么样子了，要是，要是咱父亲知道你现在的样子，他会说你什么？别以为他不知道，他什么都知道，他就在这里呢。

我说，别总和老婆打架，打得人心都凉了。孩子的事儿，也不能怪她啊。

我说……

说这些的时候我时常会看两眼旁边的树。它已经很高了，很粗壮，有着茂密的叶子，长成了一棵大槐树，但一直没有开过花。我弟弟对我的指责与劝告并不反驳，我说过，他也是一个闷葫芦。把他说急了的时候，他会用手拍拍那棵树，"别再提咱父亲了。这只是棵树了，咱父亲已经死了。要不你让它说说？"

他说得不对，可我没有理由能说服他。那棵父亲树，"父亲"的因素更少了，我虽然明白它是接着父亲的身体继续生长，但我的确也不能说，它还是我的父亲。

后来有一次，我弟弟又喝醉了，他先是在人家里和女主人发生了争吵，被人家一家人推了出来，回到家里又和自己的老婆打了起来。我知道这个消息的时候他已经离开了家，不知去了哪里，这个消息是他老婆传递给我们的，她拉着自己的瞎儿子找到了我的家里。看着那个脏兮兮的、一脸怯懦的孩子，我心里一阵酸痛。我答应他们，一定会好好劝劝我的弟弟，一定要让他好好地过日子。

外面已经是一片黑暗，没有月光也没有星光，而我手里的手电筒只能发出微弱的光，还时断时续，早该换电池了。我在村里走着，有亮光的房子我就凑过去看看，但没有我弟弟的声音。后来我来到了自家的地里。我想和那棵树说说话，说说这样的生活，也说说我的怨气和委屈，我把它们积攒很久了，如果不和树去说，那么我要么会把自己憋死，要么就要爆发一次，我可不想爆发。我也不准备再去找我弟弟了，他爱去哪儿就去哪儿吧，爱怎样就怎样吧，我又有什么办法？我不能代替他生活，何况，我的生活也不能算好。

远远地，我看到了弟弟的身影，他蹲在那棵树下。他也许也看到了我，但根本没有抬头。我凑了上去，他还是那么蹲着，像一条僵硬的死狗。我闻到了巨大的酒气，他刚刚吐过，他把自己肚子里的脏东西竟然吐到了树下！我突然来了气，拉着他的衣领将他从地上拉了起来，用手电的光照着他的脸：他刚刚哭过。脸上的泪痕还在，并且有眼泪依然在不断地涌出来。那一刻，我的心又软了。

那天他和我说了很多的话，这些话，也有部分是说给我们后面的树听的，是说给我们的父亲听的，我认为。他说他天天想把日子过好，比谁都想，但早上一睁眼他就知道日子没办法变好。他没有把日子变好的道儿。他一直安分守己，规规矩矩，这是父亲教的，可结果却是这样一个结果，还让他有了一个瞎眼的孩子，要是有报应也应当报应在那些坏人恶人身上，可那些人都过得很好，也生不出瞎眼的孩子来。这个孩子就是一张嘴，只能吃吃吃，不能做，真的还不如养一条狗。这孩子要是生在一个富裕的人家也许还好一些。你问问，谁不疼自己的骨肉？可这么一块骨肉……让你对这个家的以后失掉了希望。我弟弟说，他早就没有期待了。他知道自己老的时候不会有人养老送终，连像父亲那样

当代中国最具实力中青年作家书系

让儿子挖个坑把自己种下去种成一棵树的可能都没有，这个瞎子做不到。到时候，他可能还得让伯父的孩子养着，以后的日子可想而知。我弟弟说，他很不想像现在这个样子，很不想，可他有多少委屈，别人不知道啊，别人没有办法体会。我弟弟说，他是麻木了，早就麻了，木了，早变成树了，每天都在混日子，想办法早点把日子混到头，就算了，完了，一了百了。他说，他对我说，"哥，你每天这样累死累活，又得到了什么？你觉得自己有好日子吗？"……他对我说，"哥，贫贱夫妻百事哀啊，我其实也不想老是吵架，可一睁眼，一看那两张脸，一看那日子，我就，我就，有气。"

　　有些事是制止不了的，这也许是所谓的命运吧。我知道我说服不了谁，有时，我也说服不了自己。人活得难了，说服自己都少一些底气。

　　邻居赵三叔找到我，说我弟弟偷了他的一百块钱，他放那钱的时候只有我弟弟知道，那是他的麻将本儿，可等他用着去取的时候钱已经没了。我说不可能，我弟弟不是那样的人，我父亲在世的时候我们拿人家个瓜、拿人家把柴火都会被打个半死，尽管我弟弟有这样那样的毛病，但偷的习惯肯定没有。不过，我也答应，一定找我弟弟好好问问，如果是他拿的，我们也一定会将钱送回去。赵三叔笑了笑，他笑得有些阴冷，"我相信你，可我信不着你那个弟弟。他肯定不会承认的。我和你说，你自己知道就行了。"

　　我弟弟果然没有承认，他甚至为此很生气，丢下手里的筐说要找赵三叔理论，但最终没去。后来他向赵三叔家里丢了三块砖头出了自己的怒气，其中一块打碎了赵三叔家的玻璃。后来，又有人找上门来，说我弟弟半夜摘走了她家半亩地的棉花，她发现之后顺着印迹找到了我弟弟的门口，也在我弟弟家院子里发现了没有被收拾干净的棉花桃儿。赵寺家的抱着自己的孩子，怒气冲冲，她说她找到我弟弟家去论理，可我弟弟和他妻子都没给她好脸色，说她无赖，说她没事找事，把她给推了出来："你们家没有种棉花，怎么来的棉花桃儿？我怎么无赖了？你给我说清楚啊！到底是谁欺侮谁啊？不就是他爹不在家，你们觉得我们没办法治你们吗！"可气的是，我的妻子还在一边煽风点火，她认定，我弟弟已经有了偷盗的习气，以后我们家也要防好他。

等我过去的时候，他们家已经没有了棉花桃儿。得知我来的原因，我的弟妹从外屋冲到我的面前："哥，咱们是一家人，你怎么相信外人也不相信自己的兄弟？我们是贼，把屎盆扣到我们的脑袋上，你就能好到哪里去？别人欺侮咱家穷欺侮咱家弱欺侮咱家有这么个瞎孩子，哥你不能也跟着欺侮我们不是？我不要你可怜我们，但也不许你们给我这家人气受！光脚的还怕穿鞋的？……"她把孩子推到我的面前，那个可怜的瞎孩子被绊了一下，她的拳头落在孩子的后腰上："装，装什么好人，真是瞎了眼！给我滚一边儿去！"

一年后，我弟弟喝醉了酒不小心摔伤了，有十几天下不了炕。正是麦收时节，我妻子自然是一肚子的怨气，她要求我和弟弟的地分开来收，自己收自己的，反正一起收也还是自己的麦子归自己。我说，不行，咱父亲看着呢。咱要是这样做，村上的人也会说闲话的。后来她打听到，我弟弟根本不是喝酒摔伤的，而是被人家打的，他一天夜里去偷人家加工厂的钢锭，被人家发现了。

当代中国最具实力中青年作家书系

麦收的那几天里，我妻子一边干活一边冲着我的弟妹指桑骂槐，有时的话语也颇为露骨。但她一直没有任何反应，仿佛她没有带出自己的耳朵。"你就装聋作哑吧，"我妻子说，"就是吃这个。没脸没皮。"我悄悄地对妻子说："你别这样了，咱父亲看着呢。"我用下巴指了指地头上的那棵树，可她的声音却因此又提高了八度："看着吧，我就是说给咱爹听的，让他来评评理！老实人不能总吃亏啊！"

　　那年秋天，镇上突然新建起了许多的歌舞厅，招了不少的来自外地的女人，村上许多做鱼粉生意的老板经常和客人们光顾。那一年，我们村的鱼粉生意做得很大，都供不应求，为了增加产量他们开始在鱼粉里掺入不少的沙子，当然为此还要加一些蛋白精，否则在进养鸡场、养猪场时化验会不合格。那一年，小山上的沙子卖得十分红火，我弟弟干起了卖沙子和往鱼粉里掺沙子的活儿，这个活不重，而且老板们给的钱不少，还不打白条。他也曾劝我一起干，很来钱，但我拒绝了。我说，父亲看着呢，我不知道怎么跟咱父亲交代。有了些小钱的弟弟显示了他的不屑，它就是一棵树了，再说，父亲看到了又怎么样？我们老老实实又得了什么好处？再说，又不是我们的假鱼粉，又不是我们卖，我们只是按他们的要求掺的，是真是假和我们没有任何关系。

　　我们村的鱼粉生意好了两年，然后一落千丈，中央电视台的《焦点访谈》对我们村我们镇的鱼粉造假进行了曝光，使得镇上的各种生意都跟着受到了影响。村上许多人都对此感到惋惜，甚至有人大骂报信的人，他说这样的人给我们村抹了黑，给村上的经济带来了巨大损失，如果知道是谁干的，一定没他的好果子吃。我弟弟也说，如果他知道是谁出卖了我们村，也一定不给那个人好果子吃——他也失业了。沙子又回到了沙子应当的价钱，而且政府也贴出告示，不许任何人再去挖沙。我的弟弟，他又恢复到原来的样子，无所事事，总和家里人吵架，常常待在外面不回家……我妻子又听来了其他的风言风语，她说，我的弟妹和某某人好上了，在一起办那事的时候让人家看见了。现在，村上的人都知道。她说得有鼻子有眼。

无论它是不是事实，要是我那有着邪脾气的弟弟知道了，肯定不是什么好结果。我得想办法，我不能看着他们的家庭散了。自从我父亲在田间长成一棵树后，我感觉自己身上的责任和压力越来越大了。可我，怎么去说呢？

我终于找到了机会。那天我弟弟不在，我和弟妹在田间锄地，找了个理由，我将自己的妻子打发到一边儿。我吞吞吐吐，先举了一个我想了很久的别人的例子——没用我再往下说，她就明白了，竖起锄头，盯着我的脸："哥哥你听到什么风言风语了吧？别说我没做什么，就是我做了，也轮不到你管我，你还是先管管你的弟弟吧。你问问他，在镇上都做了些什么，找过多少个小姐。你先管住他再来管我！我不就是生了个瞎孩子吗，你们就屎盆子一个个地往我脑袋上扣！我一身屎，你们就那么高兴？"这时，我妻子突然出现了，她先重重地哼了一声，然后拉长了音调："呿，弟妹啊，谁给咱扣屎盆子了？咱可不能干他的，咱们要堵着他的门，让他给全村的人说清楚，咱得跟他没完！"

随后，我弟弟也过来了，他嚼着一片草叶儿，似乎还哼着什么小曲儿。

这是多年以前的事了。我从来没有跟地头上的树说过，我不

当代中国最具实力中青年作家书系

说这些，这些只能闷在心里，我能和它说的是事儿，是家里的村里的外面的事儿。

弟弟染上了越来越多的恶习。他去看打麻将的时候让警察抓过，不知道从哪儿来的力气，竟然在警察准备将人们带走的时候他翻过院墙，飞快地消失在玉米地里。村长说警察早认出是我弟弟来了，之所以没有继续追他，是人家知道他根本不可能参与那么大的赌博，抓住他也罚不到多少钱。我的弟弟，在给人家往鱼粉里掺沙子的时候竟然也学会了去歌舞厅。据说还和几个小姐不清不楚。他和我们的一个侄子，因为一个小姐还曾有过争执，被我们侄子的手下狠狠地打了几拳。他曾和几个无所事事的孩子一起，敲诈过路的汽车司机，差一点没被警察抓走。据说他还参与过抢劫，这是我妻子打听到的，这也许是种误传也许是我妻子的想象，因为那次参与抢劫加油站的几个人先后都被抓了起来，而我弟弟却可以好好地待在家里。不过，他和参与抢劫的几个人都认识倒是真的，还在一起称兄道弟喝过酒。他越来越多地早出晚归，总不在家里，而在家里就是争吵，相互怒骂，把杯子摔碎，让碗和盆飞上屋顶——我对他的劝阻毫无用处，即使我拉上父亲参与也不行，他听不进任何的劝告。何况，我们的父亲只是一棵树，它不真正地参与到我的劝阻中。

他们可怜的瞎儿子，一直充当着两个人的出气筒。他越来越显示出一副可怜的样子，甚至越来越懈怠。有时，我在给自己儿子买冰糕或其他零食的时候也给他买一份儿，他接过来，却是一副冷漠的甚至让人生厌的样子。

那一年，电视上说一家外地的化工厂在我们镇招工，距离我们镇并不是很远，我提了两瓶酒，求村长为我弟弟报了名。他说我弟弟的存在也让他这个村长感到头痛，打发出去也好。原来以为他也许不愿意出门，一直懒散惯了，而且没什么技能，可没用我劝说他就痛快地同意了。我想，他离开一些日子，也许对这个家会好一些，如果能多挣点钱就更好。

可没有想到，我弟弟再没能活着回来。是村长通知我出事的，他说人家工厂里打电话来了，让家属过去，人伤着了，情况可能不好，具体情况人家在电话里也没说清楚。我和弟妹一起坐上了汽车、火车，然后到了化工厂，见到的是一具放在冷柜里的尸体。最初他们说是我弟弟自伤的，是他的操作失误，给工厂造成了巨大损失，如果不是人已经去了他们不想再追究，我们得赔偿这家化工厂的损失，那些和我弟弟一起进厂的本村的、邻村的工人们也一起作证，劝说我们要感谢工厂领导，尽快把尸体运走。那时我还算冷静，坚持要求请当地的公安介入，坚持尸检，后来他们只得承认，我弟弟是工伤，原因是有害气体泄漏，造成了他的昏迷，从高台上掉了下去。听了这个结果，我弟妹才哭出了声来，她哭得声嘶力竭，痛不欲生。

我们得到了一笔钱。他们想把弟弟的尸体火化再运回我们村，我不同意。我要把我弟弟完整地运回村里，然后把他埋在我们家的地头，和父亲的树并排在一起——这个心愿最终达成了。然而，我弟弟并没有像父亲那样长成一棵树，我给他浇水，施肥，精心护理，可树还是没有长出来。我想原因可能是，我父亲是活着埋下去的，而我弟弟入土的时候已经死亡；我父亲埋入土中的时候身体是热的，而我弟弟，他的身体则在冰柜里放了很长的时间，已经结冰。

当代中国最具实力中青年作家书系

经过一些争吵、讨价还价，我的弟妹带走了一些钱，离开了我们家，而她和我弟弟的那个瞎孩子则留在了我们家。开始我妻子不同意这样的结果，后来她又在如何分我弟弟死亡补偿款的问题上和我的弟妹发生了争执，差一点儿就对簿公堂。现在，我已经不能叫那个女人为弟妹了，她走了，离开了我们村，脱掉了和我们家的一切关系。临走的时候，她还不忘对我的弟弟进行一番恶狠狠的咒骂，尽管她最后揣走的钱是他用自己的生命换来的。我理解她的怨恨，在嫁给我弟弟的这些年里，她没有得到她想要的。我弟弟，对不起她。

在我把弟弟埋在父亲那棵树旁的那年，那棵从父亲身体里长出的树像得了一种奇怪的病，还是夏天的时候它就开始黄叶，大片大片地掉下了许多的叶子，光秃秃地没有了生气。我给它浇水，施肥，买一些防虫的药给它涂上，然而无济于事——掉了树叶的槐树让人心酸。我坐在树下，和那棵父亲树交谈，谈些我觉得高兴的事儿、有趣的事儿，或者遥远的事儿……我不知道还能怎样来安慰它。尽管这棵树上父亲的元素已经很少了，但我弟弟的死亡还是让这样的元素显现了出来，让我看到了它所经受的打击。春节的时候，村上和我弟弟一起打工的那些人也回到了村里，他们三三两两到我家里，有的还提了廉价的酒和糖。他们都说着其他的事儿，不提我的弟弟，我也不提，我提起来会让他们尴尬——在我去化工厂领弟弟回家的时候，他们按照厂里的说法对我撒了谎。我能看得出他们的坐立不安。临走，他们会顺便提一下我弟弟，或对我说，我们应当和厂里接着闹，有人就得了更多的钱。我不说话。事情已经过去了，平常的日子都还得接着过，一年又一年。

这么多年了，我还在种地，种小麦、玉米、芝麻、小米。在河沿上我又开出了一块菜地，足够一家人吃的，还常有些剩余。日子那么不好不坏地过着，我的儿子在初中毕业后就出去打工了，两三个月的时间会打一个电话给家里，说不用我们担心，他正在学什么什么，我们最好能给他寄一点儿钱去。这么多年了，我还时常到地头的那棵树下坐坐，和它说说话，聊聊天，它已挺过了那年的悲伤，长得高大粗壮，有沙沙作响的茂密的叶子。有时到田间，我会带着那个瞎侄子，对他谈不上喜欢也谈不上关心，我把他带到地里，是想让他的爷爷看看，他的父亲看看，我一直养着他，一直尽着自己的责任，而已。他倒也不用别人费心，自己待在一个地方呆呆地想自己的事儿，仿佛是另一棵树，只是没能长出绿色的叶子。

累了，坐在地头上，我说，如果我老了，也在这里挖一个坑，把自己活着埋进去。如果能像父亲那样长成一棵树当然更好，如果长不成也无所谓，长得成与长不成都是命运的事儿，顺着它就是了。说这些的时候我的侄子也在听着，他还是那副怯怯的让人生厌的表情。我皱了皱眉，这时，他突然叫了一下，侧开了自己的身子。我看到一只灰色的刺猬，从他屁股旁边的草丛里钻出来，绕过了树，朝着河边蓖麻地里蹿了过去。

当代中国最具实力中青年作家书系

消失在镜子后面的妻子

　　我的妻子消失得毫无征兆，她消失在镜子的后面，而之前，她正在打扫房间——抹布和扫帚还在，电视里的音乐还在，我妻子一直有听着音乐打扫的习惯。毫无征兆，她消失的时候我正坐在电脑前玩"暗黑"游戏，刚刚被一只残血的小怪杀死——这很正常，平日里我也是如此。我们没有吵架，今天没有，昨天也没有，前天、大前天也没有，现在想起来，在大前天的下午她似乎说过一句"无聊"。无聊，是她消失的原因？

　　我查看了镜子：它还是镜子，没有变化，包括上面的污斑，包括它的厚度，包括它和墙面的距离。它照得见我，照得见我冲着它做出的鬼脸。我敲敲玻璃，它还是玻璃的回声，听不到别的，当然更听不到妻子的呼喊。她怎么就消失了呢？

　　不是我能想明白的，我的数学不好，物理不好，化学也不好，略有成绩的就是地理，但它在这里没有什么用处。接下来，我想我能做的只有等待。好吧，那就等待吧。

　　重新坐下来，我换了游戏——CS，我扮演匪徒。不知道是不是受刚才事件的影响我总是接二连三地死亡，有两次，甚至刚刚转到墙角，连"警察"的面目都没有看到。我承认自己不是那种特别冷静的人，我把自己的咒骂发给了队友，"你们这些混蛋，也不知道照顾一下老子！"得到的当然是更为不堪的咒骂。我直接关掉了电源：小伙伴们，你们以少胜多去吧，祝你们好运，被AK47爆头，被闪光弹亮瞎眼睛，早早被警察们杀掉！

我又绕着镜子看了两眼，它还是镜子，就是镜子，没有机关暗道。也许我该喊一声芝麻开门？不过，这时候我还不准备喊。我准备，先等着，反正也没什么事儿。

康师傅牛肉面，我决定，加两个鸡蛋，再加些香菜，这难不住我。我的一只手在遥控器的按键上选择，新闻频道、体育频道、纪录频道、戏剧频道、游戏频道、电影频道……最终，我将它固定在体育频道，NBA，马刺对热火，我妻子是热火的球迷，但我不是，我早就不喜欢詹姆斯了。他不够强硬，总是犹豫，现在，他又将球传给了队友，再次浪费了机会。中场的时候，我竟然在沙发上睡着了，做了一个奇怪的梦。

我没有梦见妻子。这点，也许需要做个说明。

等我醒来，球赛已经结束，此时解说的是大力士们的比赛，实在没什么兴趣。我拨通妻子的电话：它放在桌子上，离开的时候她并没有将它带走。除了等待我还能做些什么？好吧，我再查看了一次镜子，它的上面没有丝毫缝隙。

第二天是忙碌的周一，长着苦瓜脸的科长派给我一大堆的活儿：半年工作总结，专项检查活动的自查报告，局长、处长、科长和财务处的检查对照材料。"最晚周五全部完成。下周上面来

当代中国最具实力中青年作家书系

查，你要写得认真些、精彩些，要处理好局长、处长、科长的语气，他们职务不同、站位不同，自然要谈的内容也有所不同。""一定要好好写。给局长写材料，这样的机会不多，你一定要把握住，要让他满意。"科长拍拍我的肩膀，仿佛我受到了多大的照顾。他再次暗示我，副科长的位置，他已经向处长打过报告，要是这次，我能……

副科长的位置已经空了两年，科长拿它当作悬在驴子头上的高粱穗，在需要我的时候就提一提。而我，也得有意配合他一下，表现出十足的兴趣、感激。只是我对写财务处的检查对照材料表示不解：他们有人，他们的情况我们并不了解。而且，这些人，眼里只有领导，对我们从来都是横挑鼻子竖挑眼，一向只想卡我们……"老弟，这，你就不懂了。"科长小有得意，"为什么我们写？一是财务科根本弄不好材料，他们完全是一群只会奉承主要领导的笨蛋，而奉承往往也到不了点上，给他们写，既要显示我们的能力，也要显示我们对他们的善意。二是，我们和财务，得建立良好的关系，你也看出来了，我们报个账、领个东西都不痛快，他们狗眼看人低，另外也是，我们对他们没有用。现在有用了，他们知道我们有用了，以后就会好一点儿。这第三点……"

"科长，我们去年一年，可没少给他们写，包括半年、年终的总结，然而事情过了，从科长到干事，马上就变脸……"我颇有些愤愤，向科长诉苦，这个举动获得了效果，他答应我，允许我回家去写，周四下午把所有材料都交到他的手上。"我和处长说，让他给你开二百元劳务费。当然不是钱不钱的事儿，主要是，要让他知道你的辛苦，我再提副科长的事儿，会快一些……"

表达过感激之后，我骑车回家。本来，我想和科长谈一谈我妻子消失的事儿的，但几次，话到嘴边我又将它咽了回去。不是一个恰当的时机，他很可能会误会我说谎，而且怀疑我试图少干活或者向他提什么条件——或许，这个时刻，我的妻子已经回到家里，那，我的话就将是一个巨大的污点，我再难向谁解释得清楚。我骑车回家，路上，我想她应当回来了，都一天多的时间啦。

然而没有。镜子还是镜子，我敲敲玻璃，玻璃发出玻璃的声响，它没有异常。我突然觉得这个不大的房间真有些空旷，"你也该回来了。"

把材料放在一边，打开电脑，我决定先玩一局 CS。这一次，我的表现还算正常，没有特别悲催的偶然出现。突然，我听见镜子那边发出一声脆响，就在我一愣神的时刻，敌人从侧面跃过来，一枪爆头！气愤之下，我用力砸了一下键盘：镜子又恢复成镜子，或者说，它本来就是那样，那个声音响过之后并无变化。我侧着脸，朝镜子的方向看了两眼，然后，重新回到游戏中：又一次的战争即将开始，这一次，我将做得更好一些。

没办法做得更好，电话响了，是科长。他在那端询问，"小李，你开始写了？""是的，我在写。""小李，有这么个情况，我也是刚想起来的，前天，报纸上那个市委讲话，你要把它的主要精神和新的提法加入我们的报告中，要有体现。""好的，我家里没有报纸。这样，我先完成，那个后加，你看怎么样？""不行吧，如果后加，能看得出痕迹来。市委的精神很重要，这样，你再来一趟单位，我把报纸给你准备好了。""好吧。我马上去。"放下电话，我狠狠骂了一句，然后开门，走向楼下。

一个警察站在门外："请问，这是李向百家不是？"我站住，停了半秒，然后摇头："不是，不是。"在见到他的那一刻，我竟然

当代中国最具实力中青年作家书系

有些凛冽，在回答的时候也磕磕巴巴："我，我不认识，这，这个人。"

"他说是601。"警察拨出电话，"向百，我到了，你怎么告诉我的，我就是在601……三单元？这是几单元？"我告诉他，是二。"我走到二了。我就去！"他侧着身子，试图让我先过。

"警察……"在他回头的一瞬间，我把话又咽回去，重新找个话题，"你是负责哪一片的？"我不能报警。我不可能说得清楚：我妻子消失了，在镜子后面，他是不可能信的，不可能。他肯定怀疑是我谋杀。一旦报警，我的麻烦就来了，现在还没必要惹上这个麻烦。

"你问这干吗？"他显得相当警惕，"什么事？"他看过来的目光就像在看一个罪犯。"没事儿。"我说，"我有个哥们儿，张长扬，就负责这片儿，我是想问你认识他不。""不认识。"他说得相当生冷。

"你的脸色怎么这么难看？"科长没抬头，而是把脸抵在我打印出来的材料里。我说，我一直在写，在改，弄了几个通宵，昨天加到凌晨四点才把最后这个给弄出来。说着，我打了个大大的哈欠。再说，我的妻子……

"好吧，你先放这吧。"科长数着页码，"这些材料还要好好打磨。下周上面过不来，先检查其他地方。给你放一天假，回去休息吧。"他看我一眼，"这样，你就一下歇三天了，好好玩。但材料的事儿也不能放松，你也自己看看有什么不足。另外，中心组学习的记录，你也补一下，万一人家查呢。"

"行。"

"刚才你说你妻子……"

"没什么。她出门了。"我决定撒谎，继续撒谎。

"我就猜得到，没人管，你自己玩游戏不睡觉，看把自己累的！"

我说："科长真的不是，我这些天，还真没心思玩游戏，我的全部身心都在把材料如何写好上。而且，我还注意，局长、处长、科长的不同角度不同说法，我让局长从四个方面谈，处长是三个还不能有漏项，你们几位领导说的是同一样内容但从标题上就得有变化，调整这些可让我费脑筋了……"科长没说话，只是捻着我放在桌上的打印纸。"我明白，我再加内容，丰富一下。只是，财务给我们的资料太少……"

"你问他们要。小李，这也是锻炼。不是我说你，这事儿，你应当想在前面。以后，你当了副科长、科长，甚至处长，没有协调能力肯定是不行的，你不能总把自己当一个干事，支你干活你就干，不支就眼里没活……而且，要加强政治敏感度，就说这次，市里这么重要的会，书记、市长都参加并且书记有重要讲话的会，你在准备写自查材料的时候就应当想到，要谈我们是如何贯彻讲话精神的……""是我考虑不周，我当时想，上面要我们总结的时候，这个会还没开。""可你写的时候会开了，对不？所以，才要有敏感度……他说的是工业、企业，我们不是工业、企业，我们不是也要学习贯彻，要体现这种学习贯彻？是不是？""是。"我一边点头一边又打个哈欠，这不是伪装，而是真的又困又累，脖子已经支不起脑袋的重量。科长停止了他的训诫："好吧，你回去吧。要好好治治自己的拖延症。"在我出门的时候科长又叫住我："如果谁看到你，就说我让你出去办事儿，别说我给你放假，这样不好。"

妻子已经消失一周了，她的消失让我有些焦头烂额。首先是

当代中国最具实力中青年作家书系

做饭，一个人的饭很不好做，多数时候我都用康师傅方便面充饥，很没有规律。其次是垃圾，种种垃圾已经堆积得四处都是，仅仅圆桶的方便面盒就散乱得很不成样子，散发着或浓或淡的气味。洗衣服也是问题，之前这些事都是妻子来做的，它们在床边堆着，看看都有些头疼。还要打扫屋子，这是件非常耗时又无聊的活儿，我提不起兴致。当然还有，欲望，我还不到三十，好在这个问题我能解决。还有睡眠，因为缺少妻子的存在，我的睡眠也像吃饭一样缺少了规律，有时，我会趴在电脑前小憩一会儿，然后继续我的游戏……她怎么能，说消失就消失，连个招呼都不打呢？我走过去，敲敲玻璃，对头镜子里的我说，这样不行，我得雇个小时工去。我对着我说，别舍不得花钱。

按照朋友的指点，我去到"为红嫂劳动中介服务公司"，说明来意，那个叫为红的老板递上名片，热心地为我介绍：A如何，B如何，C如何，D……那些挂在她名下的员工简直都是一朵朵盛开的花儿。A和B都不能选择，原因不能和老板细说，只是表示，我希望雇佣一个有些年纪的、工作经验丰富的。"你别看她们年轻，经验绝对一流，工作也极为认真，考了好几个证，甭说日常打理做做饭什么的，就是服侍病人、带小孩都没有问题！……""还是看看上年纪的吧，我妻子也是这个意思。"不知道为什么，我一直相信我的妻子会在某个时刻会从镜子里回来，那时，她如果发现自己家里有一个年轻的女孩，后果肯定相当严重。"我妻子，不信任太年轻的。"

为红老板马上转换了口吻，"是啊，现在的年轻人是不让人放心，太浮了，不安心，总想着少干活多拿钱，还是中年人牢靠，做事细心，不糊弄，做的长了就和一家人一样……"我好不容易才把话插进去："这个怎么样？能不能让我见见？"

我和 C 没有谈得拢，在工资上，她不肯做半点儿让步，而且说她只负责打扫房间的地板，家具、抽油烟机的清洗不做。D 也不行，她显得笨些倒没什么，问题是，我在和她谈工资等条件的时候，她竟然给我上起了政治课，"我们劳苦大众""我们只有分工不同，工作没有高低贵贱"……"我没有对您有半点儿的不尊重，我没有……""同志，我只是事先提醒，工资少点儿倒没什么，你给的工资也确实少了，我觉得你在轻视我的价值……"

最后，我决定是 E，她看上去憨厚得多，工资也合适。我交上二百元中介费，一百元佣工押金，"明天上午七点半"。E 点点头："老板，你放心，你也有我的电话。"

七点，七点二十五，七点二十七，E 的电话打了进来，"老板，我马上就到。不过，有件事我想和你说一下，你家住得有些远，我来回不方便，你能不能每天再加二十元交通费？""你怎么能这样？"我有些愤怒，"我们是说好了的，你不能这样出尔反尔！""我没要求涨工资。在我们的合同里，没写上交通费由我自己出。老板，你挣钱容易，不像我们，就当是施舍吧。""不行！""老板，我不能赔钱给你干吧？我没想到你家距离这么远，我以为可以骑自行车到呢。""你……我没想到你……在签合同时，我把地址写得很清楚！""当时我没有看啊。我相信你啊，真没想这么远。""那不行。我绝对不能允许这样做，我不会加一分钱。""老板啊，你可要想好了，要是不加，我就过不去了。你就是再找别人，也会是这个情况。""无赖，你根本是欺诈！""随你说好啦！不过我也得提醒老板，你交的中介费、押金都是不退的，如果你反悔，重新雇工，要重新再交中介费和佣工押金。你算算，怎么样更划算？

当代中国最具实力中青年作家书系

老板，只要我给你多做点儿，认真点儿，这点儿小钱就出来啦，你干吗这么在意呢？""屁！"怒火冲上了我的头顶，"我要去告你们，我们可是签了合同的！你如果不马上到，我绝不会轻易地……"那端，电话早就挂掉了，我再打过去，仍然是再次挂掉。

我准备再打，电话却自己响了，我冲着电话里大喊——在这里，我还是略去它吧，它属于脏词儿。"什么，你说什么？"

"科长，"我稳了稳心神，对着电话喘着气，"我等会儿到。我和老婆吵架了。她，她——""那你也不能骂人啊。"科长的声音异常严肃，"哪头轻哪头重你都分不清！别让家事影响工作！快过来，局长要听汇报，明天省里工作组就到了。""放心，领导，我没事儿，让你看笑话了。我现在就过去。"

一路上，我一边继续使用能够想到的脏字脏词狠狠咒骂，一边飞奔。

对着镜子说："阿兰，你回来吧。"

对着镜子："阿兰，你可以回来了。"

"镜子，把我老婆给我交出来。"

"阿兰，我相信你一定会回来的。"

我再次敲了敲镜子，把耳朵贴近它，里面竟然没有半点儿的回声。我告诉它，都半个月了，你在里面干什么？吃什么？睡在哪里？给我留个纸条也好。我把我的纸条贴在镜子上：

老婆，我要出差，到下属单位检查，可能三四天的时间。如果你回来，请打扫一下屋子，我本来想雇个钟点工，但没有雇到还生了一肚子的气。冰箱里有香肠、面包，方便面在厨房第三个橱里。回来了给我打个电话。详情回来再说。

我把她的手机放在显眼处，只要从镜子里出来，她就一定能看到，昨天，我已经将电池充满。"老婆，我走啦！"我对镜子说，仿佛镜子才是我的妻子。

出差时，我拨出一个电话，关机，这个关机给了我不小的希望：也许，我妻子已经回到了家里，她出去买菜了，桥下的菜市场一向信号不好。

妻子不在，她没有回来。一进门我就看到贴到镜子上的纸条，它还在那里。对于这个结果我并不非常惊讶，我惊讶的是她的手机为什么要关机，她是不是回来过，把手机拿走了？

没有，手机在，只是耗尽了电量。

那天晚上我的晚餐又是一包泡面。打了一会儿 CS、暗黑破坏神、蜘蛛纸牌……子夜一点我上床睡觉，在床上，闻到一股淡淡的霉味儿，它弥散着，仿佛有一股灰白的雾气笼罩在我头上。我不准备理会它，明天再说吧。明天科长回不来，我还有时间。

有人敲门。他敲得相当固执，一下，一下。谁？恍惚中，我想也许是我的妻子，她既然能从玻璃后面消失，那就可能在门外出现。"谁？""我。局长，是我。"

外面是一个粗声粗气的男人。他叫的，似乎是局长。

我将门打开——"哦，又错了。"是上次走错的警察，这次，他的手上提着一个很重的布袋。"再见。"他说，噔噔噔噔地跑下楼去。"慢着……"我喊道，但他没有回头。我想不到他跑得竟然那么快。

警察的出现让我心惊肉跳，不得不思考报案的可能。没错儿，我错过了报案的最佳时间，这当然会增加他们的怀疑：你为什么

当代中国最具实力中青年作家书系

早不报案？在镜子里消失？没听说过，你消失一下我看看。她的确在家里消失的，不是在外面？那，现在她在哪儿？

我说服不了自己，我无法自圆其说——毕竟，这样的事件实在太过离奇，似乎还没人遇到过。"你看小说看多了吧？是不是你有了外遇，把妻子谋杀了，然后编这样一个理由……"后果将很严重，如果她半年不能出现，最大的可能是，我作为唯一嫌疑人被投入牢房，后面，就是她回来，怕我的一切也都毁了。

"你说你干吗去了！"冲着镜子，故意让自己的面孔狰狞些，"要是不肯回来，就再也别回来了！"

又是一阵敲门声。谁？我以为还是那个警察，他也许发现了什么——"是我。"我听出，我岳母的声音，"小兰怎么啦？这么长时间也不回家去，你们到底做什么呀？"

"妈，小兰不在家，她，她出差了，走得匆忙。"在开门之前我就决定继续说谎，我的岳母一点儿也不比警察好惹，"她去了南方，学习，单位派去的。"我弯腰，给岳母准备下拖鞋，"本来说在她走之前先过去一下，结果有几个小姐妹，非要早走两天，这不，就没来得及……"

"那她手机呢？怎么老是没人接？"

我说，"她没带这个手机，你也知道她的性格，她太会算计啦，长途漫游的，不如在那边办张卡。"

"你也得给我号啊！到了那边，就不往家里打个电话？你告诉我号，我打！"

"号，号在单位。不过打也没用，她们学习的地方大概是在山区，没信号。我打过几次总不通，所以也就……"

"不就是妇联，跑到山区里开什么会？又不是保密单位，还不让打电话？"

"我说，听她们说，那边是一个疗养院，风景极其优美，原来是厅局以上干部待的地方，能被安排到那里去学习，是她们领导看重。说不定，回来后能重用。"

"那你呢？别光知道玩儿，玩儿，也该收收心了。"她那种眼神让我从心里打着寒战，要是她知道自己的女儿已经在镜子里消失了，还不知道有怎样的后果。"看看你弄得这个屋！"她巡视着，倒也没发现特别的异常。"快，别犯懒啦，打扫一下！把抹布给我拿来！看你的厨房，看看看，还能进人不！什么味儿！看你桌上的土！快点，倒点水！"

直到下午两点，岳母才停下来，伸伸她的腰："总算像个样子啦。平时你也收拾收拾，别光指着一个人，小兰是你妻子不是仆人，不能把家里的活儿都压给她。再说你，也别在家里等着待着，常上领导那里走动走动，把你的想法也跟他们说说！别不求上进，以后人家都科长了处长了局长了，你好意思往人脸前凑？咱比人家少什么？少了大脑还是少了鼻子眼睛？小兰跟我说，你没事的时候就知道待在家里玩游戏，玩能玩什么来？天上能掉馅饼？天上要能掉馅饼谁都张嘴接着，还干什么活啊……"

我给岳母把水递过去："妈，你也累了，歇会吧，剩下的活我干。"我给她递上纸巾："看你的汗。妈，你放心，我知道了。妈，这么远，让你跑过来，都两点啦！你看，我们要不在小区外面吃点饭，家里现在什么也没有，就有方便面和火腿肠……"

"我不饿！"岳母再次环顾四周，"窗玻璃，上面的没擦到，窗帘看上去也脏。你一会儿……"这时，另外的玻璃，镜子那里的玻璃突然响了一下，两下，那声音极其清脆、尖锐。

当代中国最具实力中青年作家书系

"镜子怎么啦？有什么东西？"她凑上前去，朝镜子的后面看。

"没什么。它有时就响。"我身上骤然出现了冷汗，"要是，我妻子这时候从镜子后面出来，震惊的岳母一定会劈头盖脸骂我，吃了我都不一定。"

"那这张纸条……它竖在镜子的后面，刚才打扫的时候我竟然没有发现它。""什么纸条？"我盯着上面的字，脸涨得厉害，"这，这是我……这是我前几天出差时写的，因为没信号联系不上她，也不知道她什么时间能回，我是怕万一在我出差的时候……我怕我出差，她一回来见不到人，担心我。"我悄悄舒了口气，"我昨天回到家，发现她没回来。妈，还是吃点饭吧。你都累了一上午……"

"不吃啦！你爸还在家里等着呢。都这个时候了，电话也不打一下。一个个的，都这么让人不省心！我走啦！"

"对了，妈，前些日子老家来人送我几斤螃蟹，她也不在，我一个人也不会做，要不你提走吧。本来，我和小兰商量好，要给你们送过去的，这不是，她走得急……"

时间过得……说不上快也说不上慢。妻子阿兰消失已经近一个月了，之所以有这个计算是因为她单位打来电话，说工资已发，让她去领。我说我去，她，不舒服。会计倒没有半点儿的为难，她只是问我，什么时间能吃上我们的喜糖。"喜糖？""装什么傻！不是怀上了？男孩女孩？几个月啦？"我胡乱地搪塞着，在听她普及了一段育儿知识之后迅速挂了电话。时间过得说不上快也说不上慢，一个月的时间，我已经慢慢适应了妻子不在的日子，尽管有些……每天，我都在镜子面前多待一会儿，想上一会儿，其实也想不起什么来。我感觉，真的感觉，我妻子阿兰离开的时间……也就是三五天、一星期，不会再多。至于后果——后面的事就在后面解决吧，反正我并没对她做什么，我想好了，如果在派出所，也一口咬定，我们没有矛盾，我们没有争执。没有，真的没有。

现在，她是在哪一天消失的我都记不清楚了，只有一个大概的印象。往回想，这个印象竟然也有些淡，变得更加模糊。

"今天，妈妈死了。也许是昨天，我不知道。我收到养老院的一封电报，说：'母死。明日葬。专此通知。'这说明不了什么……"百无聊赖中，我一遍遍换台，突然听到有人在读这段话，而这段话，我似乎有些熟悉，应当见过，在哪本书上。是一档收视率极低的读书栏目，一个显得臃肿的胖子瘫在沙发里夸夸其谈——在我看来，他就是一个路边小店的伙夫，若不是我想知道这段话我是不是读到过，早就把频道换了。

"《局外人》是一个难以绕过的经典……"是，《局外人》，我在上大学时读过。反正也是百无聊赖，干脆，我听听这个伙夫能说出些什么。"你知道《局外人》为什么会有那么大的影响？还有，提出零度写作的学者在法国其实并不很受重视，为什么在我们这边会有那么大的影响？"伙夫故意停住，得意地卖起关子，他左顾右盼的样子就像一只大鼹鼠。

"为什么？"主持人当然得配合，她甚至伸长了脖子，把翡翠项链显眼地垂下来。

"我不知道其他的学者、作家注意到没有……加缪的其他作品、巴特的其他作品都远不及这两部有名，为什么？因为它书写的，是我们的普遍状态，是我们普遍的心理结构，是我们！我们，就像荣格在对，在对……"胖伙夫的声音一下小了下去，显然，

当代中国最具实力中青年作家书系

他短路了。这时，他从身侧拿出一张纸条，"哦，荣格对《尤利西斯》的解读中说过这样一段话，他说……抱歉，我之所以要拿出这张纸条对照，是怕我在复述的时候丢掉什么……"

张着肥大的、略有些歪的嘴，号称"作家"的伙夫说，《尤利西斯》简直是冷血动物写出来的，简直是，"属于蠕虫家族的"。抛开纸条，伙夫冲着镜头，把声音提高了八度："我们之所以那样容易接受《局外人》，那样容易接受零度写作的理念，其中最主要的原因是，我们冷血。我们也属于那个蠕虫家族。我们对他人缺少真正的悲悯……"

突然，镜子那里又发出一声脆响，这一声，比以往绵长，颤抖，像有什么硬物划过玻璃。

"干什么！"我冲着镜子喊，"你要出来就出来，不出来就算！老子已经没有耐心啦！"

它，已经恢复平静。

然而，就在我转身过去，继续盯着电视屏幕，怪响再次出现，这一次，声音密集，似乎还包含着呜咽和呻吟。

我说，"你，最好现在就把我妻子放出来，最好。我真的没耐心了。"

我说，"你，镜子，如果让她出来就现在出来，再不出来，我就会把你砸碎。我不管后果，那不是我想的。我告诉你，我说到做到。"

我说，"镜子，你看看，这是锤子。你应当认识它。我数一二三，只有三声。"

我说，"一。"

我说，"二。"

镜子里面再次出现了脆响，咔咔咔咔——镜子，竟然裂出了一道缝隙！

顺着这道缝隙，向下，是一个黑黢黢的洞。里面有微弱的光和水声，像钟乳石上滴下的那样。它，有些冷。

"阿兰，你在吗？"我朝着洞里喊。

"你快上来，老婆。"

除了我的回声、滴落的水声、丝丝缕缕的风声，我再也听不见别的什么。

大约有三分钟的时间，或者更长，我不知道自己在那时都想到了什么。我用尽力气，把锤子朝着洞里甩了下去……

当代中国最具实力中青年作家书系

给母亲的记忆找回时间

　　愿我的母亲安息，也请她原谅，我再次拿她病中的日子说事儿，我猜测，她如果还活着，可能不愿意把那段丑岁月示人，要知道，她——现在，我截取最后的一段时间，它的开始，距离我母亲的去世仅有半年——血液的病，血管的病，心脏的病，还有过度肥胖引起的，譬如哮喘，譬如高血压，譬如下肢的瘫痪，譬如……结果是我妻子在医院里拿到的，它和厚厚的收费单放在一起，是一张很单薄的纸片。"给你弟弟打个电话吧。"她用了一个异样的腔调，不过后面的话，还是咽了回去。

　　母亲被接回家里，我们告诉她说，只是一种慢性病，会好起来的，就是过程上会慢一些，需要耐心。我妻子给她摘了树上的桃，母亲贪婪而笨拙地吃着，竟弄得脸上、胸口上都是桃汁。她真的像一个病人。这时我弟弟也来了，他对着我妻子，我感觉，更多是说给我父亲听的："胡燕先不过来，现在门市上缺人，一天天，累死了，忙死了，也挣不到几个钱。"父亲阴着脸，他转向另一个房间，那里，体育台正在直播湖人和骑士的比赛。"妈。"弟弟看着我母亲，他伸出手，想去擦挂在她脸上的桃肉。他的眼圈飞快地红了，他的声音，也跟着在颤抖……"你这是干什么，"我妻子竟然变了脸色，"你先出去，别在咱妈面前……"

还有半年的时间，至多半年。还有另一种可能，就是，植物人，那样在时间上可能会长一些。不再具备第三种。医生是这样说的。

母亲回来，突然变成了一个话多的女人，我们猜测，她也许感觉到了什么，或者从我们的话语和表情里发现了什么。不，不可能，我们得出结论是：不会的，她不应当感觉出来。要知道，她从来就不是一个细心人，何况，五年前的脑血栓已让她变得……"除了话多了点儿，你们没发现她和原来一样呆？"父亲说，"她是猜测不出什么来的，她没那个脑子，再说我们这些日子有说有笑哄她开心，她也没有一点不高兴的表情，是不？要是她知道了自己的情况，怎么会……她那么怕死。"是的，我母亲怕死。她刚刚患上脑血栓的时候我们就更清楚地知道了。

弟弟白了父亲一眼："不能让她知道。她会受不了的。"弟弟的眼圈又红了，"哥哥、嫂子，咱妈的日子不多了，我们当儿子儿媳的，就常来陪陪她，让她高高兴兴地……"

我和妻子都没有接他的话，由他说着。可我父亲，他应当捉到了我弟弟的白眼："你说，从你妈病重，胡燕来过几次？你来过几次？是你妈重要还是……"

声音大了些，可能是大了些，我们听见，在另一间屋子里的黑暗里，传来我母亲哭泣的声音。"妈，你怎么啦？"我和弟弟跑过去，打开灯，"我们吵醒你啦？"

"不是。"我母亲说。她记起了一件事儿，记得很清楚，可就是，忘了那件事是在哪天发生的。她不能不想。可就是，想不起是什么时候发生的。越想不起来，她就越想，把脑子想得都痛了，都紧了，都酥了，可还是想不起来……"看我这脑子。"母亲艰难地伸出手，捶打着自己的头，又一次哭出声来。

从医院回来的母亲，她多出了一条舌头：最初的那条舌头用来吃饭、喝水、继续眼前的家常，而多出的那条舌头，则浸泡于记忆里面。她之所以变成话多的女人就因为这条舌头，虽然那条舌头同样显得发木、不够流利，留有血栓后遗症，可这并不影响我母亲使用它。不过，问题是，我母亲总是记不起事件发生的日子，她不知道这件事是新近发生的还是已经年代久远……因为没有确切时间，它就会在我母亲的脑袋里引起混乱，因为一会儿我母亲会感觉自己还是个孩子，一会儿就老了，而另一会儿，就又突然年轻起来。我这样向我妻子和弟弟解释，不然，我母亲怎么会有那么多的固执，非要找到那件事发生的时间不可？如果得不到确切的答案，她就哭，就闹，就不睡觉……"我们就顺着她吧，我们就是顺着她，还能有多长……"我说给我父亲。他没作声。

"她早就傻了。"父亲是对着电视说的。他的手里拿着遥控器，广告时间也决不换台，只是调小了一些音量而已。"你告诉她也没用。"

话虽如此。但为我母亲记忆里的事件找回时间成为我和我父亲在家里最重要的活儿，它的重要性甚至超过了买菜、喂我母亲饭、喂她吃药、给她换身下污渍斑斑的床单。是的，请了一个保姆，可她过于瘦小，而我母亲有一百七十斤重，一个人，做不了移动我母亲身体的活儿。她屋子里的味道越来越重，不过我的母亲从来没抱怨过这些。

我们想方设法，为她的记忆找到时间，并尽可能地准确一些。

她的日子不多了。

"是哪一年的事儿来着，"她如此开头，"看我这脑子，真没用。"可怜的母亲换出一副痛苦的表情，"我怎么想也想不起来……"她说的是发洪水，她和我姥姥、二姨冒着大雨，抱着被子向土地庙那里跑，还没跑到，就听见水来了，那声音在夜晚显得十分恐怖，传得很远，我姥姥呼喊的音调都变了，她丢下被子，一手一个把我母亲和二姨拉上了高处，水从她们脚面上涌过去，那力量大得都能把她们拽走，要不是我姥姥抓得紧的话……我父亲说，在他小的时候村上发过两次大水，一次是一九六一年，一次是一九六三年，都倒了不少的房子，死了几个人，不知道她说的是哪一年。"你怎么不知道？"我母亲变了脸，病中的她特别容易暴躁，"三和尚拴着绳子，捞谷穗，挺着个大肚子，给淹死啦……"那是一九六三年，九月的事儿。三和尚死于一九六三年，不会有错。他不会游泳，却想学着别人的样子去被水淹了的地里掐谷穗，为此，他找来绳子，把自己拴在一根檩条上……可绳子开了，他就扎进一人多深的水里，直到两天后才漂上来。

"是一九六三年。"我母亲点点头。她有些心满意足，发出轻微的鼾声。保姆来问晚上吃什么。"是哪一年的事儿来着，"母亲睁开眼，她的嘴角垂着一条浑浊的线，"看我这脑子……"

当代中国最具实力中青年作家书系

"是哪一年的事儿来着？"我母亲说，"你姑姑演李铁梅，两条粗辫子，人也长得好看。她一上台……""一九六六年，"随后我父亲纠正，"一九六七年。"随后，我父亲岔开话题，然而这对我母亲的舌头并无影响，最后，他不得不用一个桃子堵住我母亲的嘴。父亲不愿意提我早早去世的姑姑，这我知道。要不是我母亲病着，他一定变脸了，他一定……他走出去，和保姆一搭一搭地说着不咸不淡的话，我母亲坐在那里，偎着两个枕头，又睡着了。

"是哪一年的事儿来着？"那时我和我妻子在场，找了一整天时间的父亲悄悄溜出去，到玉祥叔叔家打牌了。"是哪一年，看我这脑子……"她说的是我弟弟和人打架，打破了头，被人堵在门口，都拿着木棍、铁棒、砖头……"可吓死我啦。你父亲待在屋里，我叫他出去看看能不能给人说两句好话可他就是不动……""有这回事儿？"妻子盯着我，"我怎么从来没听你说过？""有这回事儿。"我说，"那时我上初中，他也在初中上学，我们刚转学到县城不久。""是哪一年的事儿来着？"母亲问，她有些焦急，不知道准确的时间可不行，她的脑子，会被这个疑问给坠坏的。我说："我得算一算，我初三，他初一……是一九八六年。一九八六年夏天。"

"不对！你骗我！"母亲骤然变得恼怒，"不是那一年！我想了，不是那一年！你随口说说想混过去……"

我们怎么劝解也不行。最后，还是打了三遍电话叫来了弟弟。他证实，是一九八六年，不过不是夏天而是秋天，他和王勇偷人家西瓜被追了三四里地，两天后，他们俩重新又回到那块西瓜地里，用木棍把所有的西瓜一一砸碎。"那时候就爱使坏。不过也没砸多少，都秋天了，瓜都卖了好几茬了。"

这才有了笑容。"那时候，王勇他爸总和你父亲说，你这孩子，看这坏劲儿，要么长大了是个大人物，要么进监狱。"

弟弟接过我妻子手上的梳子，理着母亲头上的三缕乱发："你儿子没成为大人物也没进监狱，看来还是坏得不够啊。"

她登台演出扮演李铁梅的时间也是一九六七年，那时，她还在生产队里担任妇女主任。我母亲的嗓子不好，扮相也不好，可是，大队排演《红灯记》，演李奶奶的赵四婶婶提出条件：大队干部得带头，我母亲必须要扮演其中一个角色，不然她就不演，无论多么光荣多么难得她也不演。母亲说："你赵四婶婶就是想出我洋相，她恨我。我刚当妇女主任的时候，她不服，总是找茬，最后让我母亲寻得了机会，把她吊在大队的房梁上，一天一夜，尿了一裤子。别看她嘴上服了，心里恨着呢。""可要是她不演，这出戏就排不了，别人也跟着起哄……没办法……"那是我母亲唯一一次登台演出，病中的母亲又把它想了起来："我演李铁梅……当然，还是你姑姑演得好。"

我知道的是另一个版本。在我母亲讲述之前，我妻子知道的，也是另一个版本。那个版本是我姥姥活着的时候讲的。她说，我母亲一上台，就木了，就走不动路了，简直是一个木偶——不开口还好，一开口，台下边一片大笑，指指点点，我母亲再顾不上继续，匆匆就跑下去，还跑丢了一只鞋。姥姥说，当时，她真恨不得有个老鼠洞钻进去，满身的鸡皮疙瘩，两天都没全下去……愿我的母亲安息。这个版本真是我姥姥提供的，她肯定没有丝毫恶意。

中煤气的那年是一九七一年，不会有错，因为那年我只有一岁，确切地说，只有十几天。母亲说，我在她怀里就像一只瘫软的兔子，或者老鼠。当时，所有的人都以为我已经死了，尤其是我的奶奶。"我就没见过像你奶奶那么心狠的人。"说这句话的时候我母亲的舌头比平日要利落些，她的表情中还带有小小的愤恨。她说，我奶奶把我从她的怀里夺下来，"一个死孩子你还护着干什么，哭什么哭，它本来就是路过的野鬼，是害人精……"奶奶在我母亲面前晃来晃去，用夸张的手势驱赶看不见的鬼魂，根本不顾她的悲伤，不顾她因为煤气中毒，头就像裂开了一样。"要不是你姥姥"——要不是我姥姥，我肯定早就死了，被扔到河滩上喂狗了……我四叔和果叔被我奶奶叫来，准备用旧席子把我裹了，扔得越远越好，这样，总是骗人的害人的鬼魂就不会再找到这家人。可我奶奶舍不得我身下的旧苇席，它看上去还较为完整，另外，她竟然也找不到麻绳——平日里它到处都是，塞满了各个角落。小脚的姥姥跑过来了，她盯着我，突然发现我的鼻翼动了一下，像是呼吸。"嫂子，你看，他还活着……"

　　"我就没见过像你奶奶那么心狠的人，"姥姥把我塞进她的裤筒，那时的棉衣都有宽大的裤腰，"那么冷的天，你奶奶，就是不让你姥姥进屋。"四叔曾说过那日的情景，确是如此，我姥姥在院子里坐了两个小时，脸都冻紫了，那么冷的正月。四叔说，你奶奶迷信，她觉得把这么小就死掉的孩子再带到屋里去会带进去晦气，那时，我们的日子过得……人越穷越怕，也越信。四叔说，你奶奶是骂了半天，其实这也可以理解，按照我们的老风俗，早夭的孩子必须要骂，要打，不然那个鬼魂还会回来，之后的孩子也留不住……"我就没见过像你奶奶那么心狠的人。"重复到第三遍，我母亲偏着头，睡着了，脸上的表情却还在抖动。她和我奶奶，疙疙瘩瘩了一辈子，明争暗斗，从不相让。说这话的时候我奶奶已经去世，而距离我母亲离开，也只有不到半年的时间。

她越来越嗜睡。我的母亲，大多数的时间都在睡眠中度过，可她还是困，还是倦，她的体内布满了瞌睡的虫子，那么多的虫子把她都快掏空了。早上叫她起来吃饭，她显得异常饥饿，仿佛不曾吃饱，仿佛吃过这顿饭就不会再有下一顿……可往往是，她吃着吃着，头一沉，就沉在自己的鼾声里，坐在那里摇晃。

太阳晒或不晒，下雨还是阴天，于我的母亲都没有影响，她的眼皮很沉很重。她让自己陷在床上，偶然，被父亲和保姆半拖半架来到沙发上，半仰着或半卧着，鼾声就起了，肥胖的母亲在鼾声中软下去，别忘了，她还有哮喘。那时候，她已不再穿裤子，只有两件由我妻子用被单改做的宽大睡衣，上面沾有斑斑点点，我母亲的气味越来越重。有时候我父亲会想办法捅醒她，"喂，你看——"母亲架起眼皮，这个动作木讷而迟缓，似乎很用力气："你说什么？"

不等他说完，困倦会再次把我母亲按倒，让她半仰或半卧于沙发里，半张着嘴。因为哮喘的缘故，仅靠鼻孔是不够的，何况它们还得用来打鼾。那真是些丑岁月，我若是母亲，也不愿意它会被谁记下来，标明真实的时间或其他印迹。我愿意它从不存在，像从来没有这样的日子一样。

只有傍晚时分，我的母亲才会有些好精神，她才会把自己变成一个话多的女人，以"是哪一年的事儿来着，看我这脑子"开始。她的时间不多了，屈指可数。就让我们尽量拿出更多的精力、耐心、笑脸、温情，来陪她。

我弟弟也是这么说的。他总是这么说，只不过，他的门市有些忙，离不开人。

　　就那样，我的弟妹胡燕还说他懒、笨、呆，不说不动，天天就赖在柜台前的电脑旁打游戏，也不管进货查货，也不管招呼客人，也不管那些两面三刀、嘴勤屁股懒的服务员……

　　半年的时间，不算太长，的确屈指可数。但，这半年，是从五年的时间里延续下来的、伸展出来的，它和之前的日子没有明显的界线。不可否认，某种的倦怠还是来了，它在我们之间传染，虽然对此，我们几个都保持着心照不宣。

　　我和妻子，过去的时候少了，当然这个减少显得比较自然，并非是对母亲的忽略：我正在办理去石家庄的调动，来往于北京、沧州、海兴，然后石家庄。我会往家里打个电话，父亲那边声音平静："知道了，行，没事儿。"只有一次，他突然提高了音调："把你妈这块废物丢给我就行了，你们都忙，忙好啊！"

　　连夜，我从北京赶回老家。那是一个风雨交加的夜晚，车行在路上就如同船行在海上，窗外的黑暗不时会被闪电撕裂，那种短暂的明亮并不能使我们这些乘客感觉安心，恰恰相反，它，增添了些许的恐惧。我想我会永远记住那个夜晚，尤其是，坠在心口的那块巨大的石头。

　　回到家里已是黎明，妻子告诉我说，老两口，打架了。

　　"为什么打架？"

　　"因为保姆。"

　　我当然不会是一个称职的裁判，尤其是，当我母亲哭成了一个泪人儿。她那么委屈。

在父亲那里有同样多的委屈，都什么年纪了，她还疑心这儿疑心那儿。"当初我也想找个男保姆的，不是感觉她不方便嘛。"我急忙关上门，把我母亲和妻子的声音隔在外面。"你就让她听听，我又没做什么见不得人的事儿。"父亲还是愤愤。

"不就是，我对人家态度好点儿了？你不能把自己当成是旧地主，把人家当成是奴隶……我不知道这么多年的教育，她都消化到哪里去了。还当过妇女主任、积极分子……在旧社会，地主也不能这么待人，你爷爷是长工，你问问当年杨家是怎么待他的。"

"她是有毛病，我也的确睁一眼闭一眼……她是不勤快，拿我的烟也没跟我说……找个服侍病人的保姆不容易，何况像你母亲这么胖，事儿又这么多……我不哄着，不让人家舒心点儿，人家怎么待得下去？"

"我怎么动手动脚啦？我怎么动手动脚啦？"父亲突然从床上弹起来，打开门，冲到我母亲的房间，"守着孩子们，你说话得有根据！"

父亲指着母亲的鼻子："要不是你病着，要不是你这个样子……我忍了你太久了，我，我……"

要不是我弟弟和弟媳进来，我们还真不知道能如何收场。在我们的位置上，根本劝不住。见到我的弟弟，母亲哭得更厉害了。

辞退了保姆，这个插曲也就画上了休止符。后来保姆找到我弟弟的门市，她说了一箩筐的坏话。我弟弟悄悄加了二百元钱，她才悻悻离开："我还从来没遇到过这么不说理这么没好心眼的人家。"在我母亲去世之后，一个偶然，弟媳胡燕说起此事，我父亲马上拿出二百元钱给她："这个钱，不能让你们出。不行，绝对不行。""你母亲待人……唉。"

愿她安息。

辞退了保姆，照顾我母亲的责任就完全地落在我父亲的身上。他没有再雇人的打算，我母亲也没有。好在，我母亲多数时候都在睡眠，不会影响到他——父亲在家里设了个牌局，几个邻居天天过来打麻将。这样也好。

母亲的气味越来越重，当然也越来越混杂。我和妻子过去，给她清洗，但一天之后，半天之后，某种难闻的气味就又弥漫出来，好在，母亲已经没有了鼻子——准确一点儿，她的鼻子已经失去了嗅觉，至少从我们的角度看来，应是如此。她从来没对此有过任何抱怨，不只是在那半年里，三年之前，更长一点……她没有抱怨过，关于气味，来自她身体的气味。

"看她那一摊肥肉。"我父亲说，不止一次。

"不就是胖嘛！"母亲竟然嘿嘿地笑了，露着三颗牙齿。

"是哪一年的事儿来着？"母亲又找不到具体的日子了，这让她很难受，它们就像一大团撕咬着她大脑的虫子，"看我这脑子……"

她说的是我爷爷的死。"我们正在地里干活，听到了锣声，当时谁也没在意，赵瘸巴家的还和刘珂开玩笑，说大队长新立的规矩吧，上级来了指示不敲鼓改成敲锣了……后来你四叔跑过来，阴着脸对我说，咱爹出事了，快去看看吧。"

在我们家，这是一个最为禁忌的话题，从很小的时候我就知道对它必须小心翼翼。我爷爷死于自杀，在此之前，他或真或假地自杀过多次，在此之前，他被风湿、胃病和关节炎折磨，痛苦像跟随在他身后的影子。或真或假，就是最后那次自杀也应当如此：我爷爷敲响铜锣之后，再向树上的绳索伸出了脖子——他也许还想再敲，唤来众人，把他从死亡的紧扼中救下来，可是，在慌乱中他偶然地提前踢倒了脚下的凳子。

这是一个最为禁忌的话题，关于我爷爷的死，我是从邻居们、从我的同学那里听来的，我的父亲母亲、奶奶，包括四叔四婶，从来没谁向我谈起——我偷偷看了父亲两眼，他，竟然出乎意料地平静。

"一九六九年，一九六九年六月十二号。"一向好面子的父亲竟然那样平静，"我刚从四川回来，顺便来看看你爷爷奶奶，结果我还没到家，他就……"父亲接上另一支烟，屋子里，已经满是呛人的烟味儿，"那时，因为你爷爷的死……我就被免职了，靠边站了。""咱爹的死算是救了你。"母亲抬抬眼皮，"后来，你们那一派的头儿还不是都被抓了……"

我母亲说，那些人被抓起来之后，我父亲还去找人辩理……"你都听谁说的？"父亲竟然站起来，"胡说八道，我从来就没……""我听你说的！你不说我怎么知道！"母亲也不退却，"是哪一年的事儿来着，你在无棣教书……"

母亲的右腿肿得厉害，可是不痛不痒。一系列的检查之后也没有任何结论，只是说，保守治疗。母亲突然又想吃桃，可是，季节有些过了。父亲买来的是梨，好在，她并不挑剔，大口大口地吞下去，包括多半的梨核。如果不是我们夺下来，很可能，她也会把剩下的核一起咽下去。"看你那吃相！"父亲有些挂不住脸，另一张病床上是一个中年病人，他正悄悄朝我母亲这边看，"没人

当代中国最具实力中青年作家书系

跟你抢！像八辈子没见过梨似的！上辈子一定是饿死的！"

"是哪一年的事儿来着？"父亲的话让她想起了饥饿，"我饿得啊，走到门口的力气都没有，得扶着墙慢慢走，走两步就歇一会儿，三伏天，还觉得冷，有股冷风总在你背后吹你的脖子。你小姨还一个劲地哼哼：'娘，我饿，我饿。'你姥姥能有什么办法？她就说：'芬啊，别闹了，省些劲吧。'可你小姨不听，还是哼哼。你姥姥急了，把手里的线穗朝你小姨头上砸去：'饿饿饿，饿了就去吃屎！'"说到这儿，母亲突然咯咯咯咯地笑起来，笑得，不像她那个年纪，不像距离自己的死亡只剩下不到两个月的时间。

……

回到家的那个下午母亲出奇地精神，她不困，没有一点儿想要睡觉的意思。"你叫小妮来伺服我两天。"她向我父亲求助，小妮，是我大伯家姐姐的小名。"爸，我看行，你看我妈这个样子……"见父亲没有表示，胡燕揉着我母亲的脚，"大姐一向耐心，我妈也一直喜欢……""人家也是一大堆的事儿，又不是你生的你养的，凭什么叫人家来，看你多大的脸！"父亲瞪了两眼，"我伺服你还不行？有什么不满意，你也说说！"

"行。"母亲的语调也不好听。

"那是哪一年的事儿来着？"我母亲问，她问我父亲，公社那个刘书记刘大烟袋，到咱们村蹲点儿，是哪一年来着？事儿她记得，可时间又想不起来了。"一九七二年。"我父亲笑了，"我还以为你早傻了呢，没想到，还能动心眼。你是提醒我，那年，小妮当上赤脚医生然后转正成为公社干部，是你的功劳，她应当感恩，应当过来伺服你，是不是？"

"我问你是哪一年的事儿！你胡扯别的干什么！"母亲显得异

常委屈，她的身子都在抖："想不起是哪一年的事儿，你知道有多难受……我都快憋死啦！"

大伯家的姐姐还是来了。她还给我母亲做了鞋，尽管，鞋小了些，母亲说，是她的脚肿。"你来看看我就行了。"母亲拉着她的手，又哭起来，"我怕再看不到你了。"她把我姐姐也给惹哭了，"婶婶，没事儿，等我忙过这些天，就天天来看你，住下不走了。婶婶，你也别多想，好好养病，会好起来的，我特别喜欢吃你做的鱼，等你好了再给我做……"

"我是好不了了。"母亲不肯松开她的手，"小妮啊，小妮啊……"

"婶婶，你在咱们家，可是有苦有劳的人啊。里里外外，都靠你啦。你可别这么想，我叔还得你……小浩小恒也都大了，你还得多享几年福呢。"

就在大姐姐来看我母亲的那个晚上，我弟弟出事儿了。他喝醉了酒，来到邻居家里——他和我弟弟是同行，竞争关系，平时交往还算正常，过得去。可那天，我弟弟喝醉了酒。

人家报了110。当着警察的面儿，我弟弟还打出了最后一拳，那人眉骨骨折。

"他们三个打我一个，我根本是正当防卫。再说，我下手也没那么重，我控制着力气呢。"在电话里，弟弟要我找一找人。

略去我在电话里所说的，那些话根本进不了他的耳朵。"哥，我不在家的这些天，你要多找找人……花多少钱我听着，我宁可多花三倍五倍在办事儿的人身上，也不能赔他家一分钱！"最后，他说，"咱妈那儿，我一时不能露面……你就多走走吧。"他在那端，

当代中国最具实力中青年作家书系

声音里面满是水和沙子。

一波不平一波又起。我的调动也出现了问题，这倒不重要，只是一些小小的细节、小小的疏漏，譬如……可它被放大了，没有余地，只好一次次返回，再一次次送达。我在炎热、烦躁和屈辱中穿行，而到达那些门口的时候，还不得不换上另一副虚假表情，真是崩溃。它出现的时机不对，我弟弟的事已经让我焦头烂额，而它又雪上加霜，让人……

在母亲那里，我们还要向她隐瞒，她肯定受不了那样的消息。我向她说，我弟弟出门了，参加一个业务培训，这对他的经营有很大好处。胡燕也是这样说的。我父亲也是这样说的。好在我的母亲并不具备疑心，她一向都粗枝大叶，何况是在持续五年的病中。她只说过一次，要我弟弟在不忙的时候来个电话，她有点想他。说到这里我的母亲眼泪汪汪，医生说，这是血栓后遗症的缘故，患过脑血栓的人，都容易把控不住自己的情绪。

是的，我母亲总是把控不住自己的情绪，她问的"那是哪一年的事儿来着"必须有一个确定的答案，而且还得她接受才行，如果有所敷衍、怠慢，她就会受不了，哭得一塌糊涂，三行鼻涕加两行热泪，像是受了巨大的不公，受了巨大的蒙骗。"看我不把你这摊肥肉扔到沟里去！"父亲的语调确有些生硬和凶恶，不过，话虽如此，但在寻找准确时间的问题上，他可从来没有过敷衍。

或许，我父亲也从中得到了某种的……乐趣？

在母亲酣睡的时候，我会和父亲谈一谈事情的进展，当然不完全是实话，基本按照报喜不报忧的原则。我们的声音很小，隔壁的耳朵绝不可能听见。而我的母亲，在隔壁的隔壁，在最后的那段岁月里，她没有一项器官是灵敏的。

"胡燕一天恨不得三十个电话，不出事的时候从来都不……也不知道她从哪儿打听到的，法院里一个副院长是我的学生。我都不记得了。再说这么多年，没个联系，说了也不起什么作用……"

我说，我一天也能接三十个电话——说着，胡燕的电话就来了。

走到外面，我回过去。"你问咱爸，他找了他的学生没有，人家怎么说？要花多少钱？"我说："这事儿别为难咱爸了，我觉得他说也没用，要是被拒绝多没面子，再说，以咱爸的脾气……"

"我就知道，他什么事儿都不想管，你没听咱妈说他吗，李恒当年打架让人家堵到门口，咱爸都像没他什么事儿似的……他要面子，他要面子，面子值几个钱，他不去找人家人家还以为咱爸瞧不上人家……反正要抓的是他的儿子，要是把李恒抓起来，看他面子多好看！"

"你能不能冷静一点儿，听我说……"

"哥，你不用说了，我也和你透个底，咱妈的日子不多了，要是到时候李恒回不来，不能参加咱妈的葬礼，我和小敬也不去！既然他不要这个儿子……"

"你说的什么话！"冲着手机，我几乎是在吼叫。

"是哪一年的事儿来着？"母亲探着头，一脸期待，"我在坟地里站岗，脚下是刚刚挖出的三大筐银圆和金条，还有金簪子、银簪子，反正都是宝贝。天黑了也没人来接我，天黑了，鬼火就出来了，一片连着一片……可我也不敢走啊，公社的人不来，要是

当代中国最具实力中青年作家书系

丢了东西我的罪可就大了！站在杨家坟地里，我越想越怕，腿都抖得立不住了……我就默念毛主席语录，端着枪，冲着鬼火喊：杨家的牛鬼蛇神们，你们这些地主恶霸，好好想一想，在你们活着的时候侵占了多少贫下中农的财产，逼迫他们卖儿卖女，无家可归……后来赶来的民兵都不敢近前，说我喊得吓人，根本不是人调……"父亲想了半天，不知道是哪年的事儿。这件事，他没有参与。"你再好好想想！"母亲的情绪又有失控的危险。

就在我父亲仔细回想的空白时间里，母亲发出这样的感慨："那个年代，那么多的宝贝，谁也没想拿一件。拿一件两件、十件八件都没人知道。当时的人就是傻。"

父亲插话："按你的财迷劲儿，要放在现在，你恨不得把一筐金条都偷回家来。"

母亲硬硬地晃了晃她的脑袋，嘿嘿嘿地笑了："现在也没有了。"她，竟然没有再追问这是哪一年的事儿。在我的印象中，这是她唯一一次，没有因为缺少答案而发火或哭泣的一次。

"是哪一年的事儿来着？"她想到了另一件，这件事里有我的父亲，还有我大姨——他们两个都在大学。那年假期，他们竟然在我姥姥家遇到了一起……"你姥姥怎么劝也不管用，两个人，像斗鸡似的，也是你大姨坏，从不服软，她从锅台上拿了一把炊帚就抢你父亲，你父亲也不让，拿的是铲子还是蒲扇，反正也拿了什么东西，两个人打在一起，最后，你大姨被打哭了。事后，你大姨越想越气，就叫你成舅去告诉你父亲，说你姥姥气病了，让他过来看看……等你父亲一进门，埋伏在门后的你大姨挥起尿盆就砸过去，盆里有满满的一盆尿……"对于这件事，我父亲给予了部分否认，他承认前面的内容，两个人是吵了，是打了，但过

给母亲的记忆找回时间　135

了就过了，因为第二天他就返回学校，尿盆事件根本没机会发生。"那是哪一年的事儿？"

父亲想了一下："不是一九六七年就是一九六八年……一九六七年，是一九六七年。"

"你记不得尿盆扣你脑袋上的事儿？"我母亲说，我父亲是装记不得了，这件事，太伤他面子了，他当然要记不住。"那天，我就在家里，我在窗户里都看见了。"

"瞎说。"我父亲坚决否认，"绝没有这回事儿，不信，你打电话问问贵芬。"我父亲真的拨出了大姨的号码，不过那边没人接听。

电话打来，弟弟还是被抓住了。他在保定，登记住宿，身份证上的号码泄露他是一名逃犯。"哥，你快想想办法，你救救他！"

我把妻子从单位上唤回，打发到弟弟的门市——胡燕需要安慰，尤其是在这个时候。而我，则赶往母亲那里。希望她一无所知，也希望我的父亲，同样一无所知。

可是，在我进门之前，就听到母亲的哭泣。另一个房间，电视的声音很响，大约是一场怎样的比赛正在胶着，门上的玻璃可能看见，父亲躺在床上，伸着他的腿和脚。难道……

一看到我，母亲哭得更厉害了，上气连不上下气。愿我母亲安息。那个场景真是让人心酸。我走过去，和哭泣的母亲坐在一起："妈，你怎么啦？妈，你别难过啦……事已至此……"

是个误会，差一点儿，我被……母亲的哭泣有另外的内容，她向我告状，说，我父亲打她，"你把我接走吧"。

从另一个屋里，我父亲也过来了："怎么能算打你呢？是打吗？"

"不是打是什么？你打我也不是一次两次了，你恨不得我早

当代中国最具实力中青年作家书系

死，你恨不得我……"母亲哭得无法再说下去。

父亲需要解释，他必须解释："怎么算打呢？就是推了她两下。她那么多肉。"

我说："爸，她的肉再多，也不能打啊。我知道你辛苦，知道你累，要不，就让我妈上我那儿去过两天吧……"那个时刻，我也控制不住自己的百感交集。

"不是打，真不是打。"父亲喃喃，"我，我也没……你问问她，就是没完没了，问这件事是哪一年，那件事是哪一年，有的事儿我也记不清是哪一年的，再说有些她自己的事儿我也不清楚，她就急，就哭，就闹……你问问她，我们告诉她是哪一年的事儿，有什么用？她记得住吗？她有那个脑子吗？……"

"我就是想，在我走之前……"

我母亲，一百七十斤的母亲，咧开嘴，就像一个弱小的孩子："我就是想，在我走之前……"

毫无疑问，那是个多事之秋。在另一篇文字里我也用了这个词，就是多事之秋，没有哪个词能够替代它，比它更加准确。在这个秋天的末尾，在经历了一系列的曲折之后，弟弟被释放出来，而我母亲的岁月，已经寥寥无几。

而这些寥寥无几，还被她用在睡眠中，挥霍掉了。她吃得越来越少，虽然还是那种饥不择食、狼吞虎咽的样子，可往往是，吃上几口，头一斜，鼾就起来了，未经好好咀嚼的食物顺着她微张的口又一点点掉出来。对她来说，早晨和夜晚没什么不同，正午和黄昏没什么不同，春天和秋天也没什么不同，她的世界已经越来越冷、越来越暗。我们叫不醒她。推她、拍她都已不起作用，她被困倦黏住了，那是一种很固执的胶。

可我弟弟的归来……"我的儿啊！"笨拙的母亲有些夸张，她竟然伸出双臂，抱住我弟弟的头。他的头，无法掩饰。母亲抚摸着弟弟的光头："我的儿啊……你可回来啦……"

弟弟的归来使我母亲的脸上有了一层特别的光、特别的润泽感，还不止如此。整整一个下午，我的母亲都没让自己沉入困倦中去，她，又一次成了一个话多的女人，最后一次。

她说，当年，人家组织石油工人学毛选，四个老汉学毛选，自己是妇女主任，就跟在人家后面，搞了个四个老婆儿学毛选，词儿是现成的，把老汉改成老婆儿就行了，刘珂的嫂子、你姥姥、春姥姥，还有一个记不得了……结果还到县里汇报演出过，上了报纸，每人发了一个印着字的搪瓷缸。父亲提供了时间："一九六六年夏，那张报纸在搬到县城之前还在，你母亲很小心地留着，那是她最风光的时候。""不是，"我母亲纠正，"我还参加过全国的农民代表会呢，我还和邢元敏一起照过相呢。"停顿了许久，母亲忽然感慨："也不知道她后来怎么样了。"她说："当年，你父亲想当陈世美，他在大学里又搞了一个，家里都知道了——听到这个消息，我二话没说，坐车去济南，找到你父亲学校……"我父亲急忙纠正，不是，他没有，只是朋友，一般朋友，是那个同学有意思，就给咱爹写了封信……"那是哪一年的事儿来着？""一九六八年。我当时，是学校'革命委员会'副主任。"

我母亲还提到炼钢，提到她去泊头学习，提到她在县供销社当采购员的日子。提到我的出生、我弟弟的出生，一家人去农场，然后搬到县城……父亲和我们，负责为她的记忆提供时间，并尽可能准确。她的日子不多了。

她又忘记了我爷爷去世的时间，我父亲再次提供了一遍。关于我爷爷的自杀，父亲给出的解释是，他受不了病痛的折磨。"不是因为他姑？"母亲进行反驳，"他嫌她丢了脸，让他抬不起头来。当时还有人说，他姑，其实是让爷爷给毒死的……""一派胡言！"我父亲勃然作色，"咱娘去世的时候只有我在场，不是有人也说是我……"

完全出于偶然，我母亲提到大伯家的二姐："她是哪一年死的？那么灵透的孩子，人长得俊，嗓子又好……""是啊，她是哪一年去世的呢？"被母亲如此突然地问到，父亲一时短路，他说："竟然完全没有印象，她死了，也就是三五年吧？"

"不，时间还长，"我给父亲纠正，"时间肯定还长，当时，我在中学，记得很清楚，现在，我的儿子都这么大了……看我这脑子。"父亲也跟了这么一句话。"我就感觉，像前几天的事儿似的，就是想不起来。"

母亲又开始哭泣，看得出，她一直试图控制，可是……"你放心，妈，我们一定给你找到。"弟弟给她擦拭着眼泪，"妈，你别哭，我们这就去找。"

我们一家人，先搜索记忆里的相关事件，把它限定在一个时间段内……"我记得相册里有那个姐姐，不知道有没有注明拍摄时间……它会有用吗？""别管那么多，你先拿来再说。"就在我妻子准备骑车离开的时候，弟弟追了出来："你不用去了。咱留着一手呢，咱有日历！我去拿！"

经他这样一说，我也恍然：那些年，流行过一阵印有明星照片的硬纸年历，可折叠，如同旧式盒带里歌词的卡片——"我不光能找到是哪一年，有可能还能找到是哪一月、哪一天！"

"没想到她会死得那么惨……好好的一个孩子。她要是不去那里……"母亲说。"是啊，没想到她会死得那么惨，几乎被压成了一摊血肉模糊的泥，我大伯大娘，几年的时间都没缓过精神——要知道，在那个年月，车辆并不像现在这么多。可她，偏偏遇上了车祸。"

"她要是还活着……"母亲，又变成了一个多愁善感的泪人儿。

弟弟带来一个旧箱子，上面有着一些莫名的污渍，以及厚厚的尘土。他说，来的时候还擦了一下，结果还是这么脏。

里面都有些什么！锈迹斑斑的钢球儿，被虫蛀过的小人书，众多旧邮票，毛主席纪念章，还算整齐的烟盒，老鼠屎，十几枚"嘉庆通宝""光绪通宝"，朱明瑛、朱小琳的盒带，厚厚的一叠旧信封，上面贴着纪念邮票或特等邮票，有的信封上还用做作的隶书签着我的名字……"这些，多数是我当年的成果，我说怎么后来找不到了，原来都让你弄走啦。"

"你又没问过我。你的就是我的，我的还是我的。咱哥俩，谁跟谁啊。"

母亲笑了："从小你们就这样，弟弟总占便宜。"

"哎，妈，可不能这么说，我是总占便宜的主儿吗？别人给我便宜我还不占呢，占，是瞧得起他！"见到母亲的笑容，弟弟也越发得意，得意地有些心酸。

没错儿，在这个箱子最下边，是有一些明星年历，数量还不少。然而，不知是出于受潮还是被胶水或者蜂蜜之类的黏液浸泡过，它们紧紧地都粘在一起，弟弟试图小心地从中扯开，结果是，

当代中国最具实力中青年作家书系

所有的字迹和图片都形成一块块斑点，面目全非，不可辨认。

"不用找了，过几天再找吧。"看得出，母亲已经累了，她难以再支撑下去那么厚重的眼皮，我和弟弟交换了一下眼神。这，大概是母亲最后的回光，之后的时间，任何一天，都不可能再这样。

"妈，我回去了。"弟弟俯在她的耳边，那样温顺，"你先好好睡觉，我一定想办法给你找到……"

"也不小了，别再犯傻了……"这么突兀的一句，母亲垂下头，垂在哮喘和自己的微微鼾声里。

父亲的沙漏

　　母亲病后的第三年，父亲开始制造他的沙漏。那时，我母亲已经长成了一株有味儿的植物，除了吃饭、大小便，偶尔看两眼戏剧频道之外，就是在床上坐着，躺着，无毒无害。但她绊住了我长腿的父亲，就是出于责任和对自己名声的维护，父亲也不好意思丢下我母亲长时间外出，除非是去买菜、吸烟，理一理院子外面的菜园。父亲的时间被分成了一段一段，他必须在我母亲有所需要之前赶回来，虽然多数时候她没有需要，没有任何需要。那场病抽掉了我母亲的全部精力，使她越来越像一株茁壮的植物的样子，几乎不动，但体积却在生长。

　　她绊住了我长腿的父亲，但是父亲没有抱怨。三年的时间，植物的母亲将我父亲变成了另一个人，之前我们想象不到的一个人。

　　所以，他制造沙漏得到了我和弟弟的一致理解，我们的理解当然心照不宣。我们偶尔过去，看见父亲在院子里哼哧哼哧，他的衬衣上有一圈圈的汗渍。我们和他说些天气、体育或者其他，很快打住，然后去屋里探望植物的母亲。她多数时候会在鼾声里

142 父亲树
当代中国最具实力中青年作家书系

睡着，安详，自然，麻木，散发着一股尿液、汗液和其他霉变物体混合的味道。给母亲洗澡很费力气，至少需要两个人，而在洗过之后的两天，她又会让自己沉在种种的怪味之中。我承认我们也有了懈怠，反正母亲也不要求什么。她要的只是没完没了的睡眠，只要在喂她食物的时候她可以狼吞虎咽。

在母亲醒着的时候，我问她，她说就是困，没做过梦。说着她的鼾声就又起了，我实在想象不出她怎么有那么多的困意。父亲叹口气："她只想她自己啊。"

所以，父亲心血来潮，要制造一个沙漏的想法得到了我和弟弟的一致理解，他总得有点儿自己的事做，借以打发必须打发的时间。家里已有三块记录时间的、大大小小的表，尽管它们指向的时间都不尽相同，但总会比沙漏更准确一些，这点不需要怀疑——父亲制造沙漏的目的也许并不是记住时间，而是忘记，而是用一种更直观的方式看时间的流走，把时间一点点、一粒粒地打发掉。他用这种让我们感觉心酸的方式苦熬。我和弟弟当然知道这份苦，虽然我们一直坚持心照不宣：在父亲做成沙漏之前，我们从未在他面前提过一句"沙漏"，也没对他的行为进行过任何追问，那显得多余。

在手工方面，父亲一直是笨拙的，尽管他有足够的细心。所以他的沙漏做了整整两个多月，好在他并不急。我说过，母亲的病使父亲变了一个人，他的一些性格、习惯都硬生生地折断了，这种折断是内在的，别人看不出来，但可以感觉得到。当然，首先是母亲变了，她不再没完没了，不再埋怨和争吵，不再……她竟然，变成了一株越来越重的植物。我和妻子，和弟弟弟媳来看她，故意叫醒她，她问一句"来啦"之后马上就沉入自己的鼾声里，病中的母亲有自己的世界，那个世界更让人困倦。

我们来的时候父亲并不跟我们进去。他在外面，他继续做他的沙漏，哼哧哼哧，只在我们走出门去时才站一站，然后……我妻子说，他的专心让她心酸。"咱父亲变老了。"是啊，变老了。我想他自己能够更清晰地知道。

某个非常早的早晨，父亲打来了电话，他的电话让我和妻子都心里一惊。"没事，没事，我没事，你母亲也没事，还是老样子。"父亲说。他是想让我过去陪我母亲一天，他有事儿，他要去小山找沙子，他的沙漏基本完成了。小山距离县城有二十几公里，我说："我去吧，找辆车。"父亲拒绝了："不用你们，我自己去。"

我陪着母亲，其实也算不上是陪，她一直鼾睡，不是用力推她她绝不会醒，她是床上的植物，只是外表还保留些动物的样子。我在床边坐一会儿，看一会儿她，然后转向外屋，打开电视，换台，然后回到屋里。时间有你想象不到的黏稠，它不走不动，就像植物身上流出来的胶。关上电视，拿起一本旧书，我在父亲屋里，在他的床上辗转，然后……我说母亲你醒一醒啊，别睡啦，我在，她只是侧了侧身，鼾声没有停下，嘴角流出的唾液挂在枕巾上，刚刚移动一下的身体又回到了原来的位置。我再次走到外屋，打开电视，故意调到戏剧频道，放大音量……母亲还是植物的样子。三块大大小小的钟表，一块指向了上午九点，另一块是九点三分，最后一块则刚刚八点五十。

父亲天黑才回，他带回了一布袋的沙子。我问他吃过了没有，他说吃过了，回来的时候正碰上我于伯伯，他叫去在他家吃的晚饭。"自你母亲病了我就没去过他家。"我说："爸你什么时候想出去走走就告诉我，我来照看母亲，你也歇歇。"他说："不。如果不是做这个沙漏，才不会用你呢。你忙去吧。"

父亲的沙漏做成了，在我记忆里，从未见他对什么事有过这样的精心。母亲没病的时候，她对我父亲这样定义：好吃懒做的人、脾气邪怪的人、虚荣的人、什么事也做不来的人。父亲做沙漏精心也许能够改变一点儿母亲的看法，但她已经看不到了，现在，她对任何人都不再有看法。父亲把他的沙漏放在母亲屋里，我不太清楚是出于怎么样的考虑，虽然，我和妻子、弟弟对此都曾有过种种猜测。我们来探望母亲，自然会看到父亲的沙漏：细沙缓缓，从一端向另一端，不可捉摸的时间在父亲的沙漏里变得具体、真切，具有了沙子的形状。那里面是父亲的时间，它是有重量的。

我们一来，父亲就离开，到院子的外面去，那里有他的荒芜的菜园，有道路、行人和新鲜的空气。有时我觉得，我们一来，父亲才能获得暂时的解脱，他把自己的时间从责任、面子和其他中剪断，把旧时间和母亲甩给我们，自己则在外面使用另一段不黏合的时间，属于自己的时间。那段时间虽然很短，随时会被抽掉，但他十分珍惜。我父亲懂得了珍惜。我从来没把我的感觉说给任何人听，无论是我的妻子、弟弟，还是朋友们。我也没和我父亲说出我的理解，我想他不会承认，他很好面子，很在意别人的评价。

父亲的沙漏做成的时候已经是秋天，大雁向南、草叶枯黄的秋天。对我们家来说那是一个多事之秋，先是母亲住了一周的院，她体内的电解质出现紊乱，医生最终也没给出准确的说法，他们只是说，让我们有个更坏的准备，我母亲也许会更像植物一些，这样的状态也许会延续三四年、五六年或者更长时间。这并不是什么特别惊人的消息，但我们还是不知道该如何回答。父亲用力点点头，他说，他有这样的准备，他想到了。父亲说这话的时候异常平静，可我的弟媳悄悄地哭了起来，我弟弟用狠狠的目光制止了她。接下来是我们遭遇了拆迁，和开发商之间的"斗争"颇为耗神，而且让人生出强烈的挫败感，真的是焦头烂额。当然和我父亲的诉说是种轻描淡写，我不想让他再为此事增添烦恼，我告诉他，事情还没解决，我们在外面租了房子，等等。父亲盯着他的沙漏。"嗯。"他更为轻描淡写，表示他知道了。仅此，而已。不过我妻子过去的时候他倒是说，如果愿意，可回家来住；再买新房可能还需要不少的钱，如果需要他可以给我们一些，虽然不会很多。就在我们忙于房子的事的时候，我弟弟又出事了：打架，和他的邻居。按照弟弟和弟媳的说法，是他的邻居欺人太甚，尽管我弟弟那天也喝了点酒。通过一些手段，他的邻居在沧州拿到了"轻伤"的鉴定，一向硬气的弟媳坐不住了，她反复来找我的父亲，让他想想办法，不然，我弟弟将会被抓去坐牢，这个家可就毁了，以后的日子该怎么过啊。

我父亲曾当过教师，他的部分学生，有的在司法部门工作。我弟媳的意思是，让我父亲去找找他们，或许会有办法，何况我们有理。可是，我父亲拒绝了："不去。丢不起那个人。他敢做，就得敢当。"弟媳说不是敢不敢当的事，而是，他们找人了，他们用尽了手段想害我们，他们……父亲无动于衷，他盯着沙漏，盯着细沙流下的细线。这些是弟媳告诉我们的，她哭得像个泪人，我妻子一边安慰她一边为我父亲辩解，他退休都多少年了，现在

当代中国最具实力中青年作家书系

的人情淡如纸，他去了也未必有用，何况当教师的，好面子——
"他好面子，他好面子，那就让他的儿子坐牢？那样他就有面子
了？！"弟媳打断了我妻子的话，她几乎是，声嘶力竭。

　　我们找过了所有能找到的关系，远的、近的、不远不近的，
包括我父亲的那些，但我弟弟还是被抓了。他们用各种方式表示
爱莫能助，无论是远的、近的、不远不近的都是如此。弟弟被关
在县看守所里，我的朋友、他的朋友都曾前去探望，但我父亲坚
持不去，就是不去。他的固执甚至让我妻子都感到反感，要知道，
之前，她曾为我父亲的行为找过诸多的理由。可以看出，我弟媳
对我父亲的愤怒。有时她去探望我的母亲，却装作对父亲的存在
视而不见，仿佛他是空气。她有些话是说给空气听的，那些话话
里有话，话里藏针。

　　"你应当去看看他。"我说，我对父亲说。那时，他的整个身
子都在黄昏的昏里，天色很暗，他手上的烟却明明灭灭。说完之
后我也不再说话，而是盯着一个远处，因为天色过暗的缘故那个
远处并不算远，并且相当模糊。在我们的沉默之间，母亲的鼾声
从里屋传出来，她还在睡，她有着有始无终的困倦。"你母亲……"
父亲说了半句，然后，然后就没了下文。我们之间的沉默也越来
越暗，院子里的桃树下蚊子聚成一团儿，这几乎是它们所能把握
的最后时间了。

　　我们俩，在院子里坐着，呼吸着。所有的房间都陷在黑暗中，
感觉上，母亲的鼾声也变得遥远了，有些不可信，有种……隔世
感。想到隔世的时候我心里一沉，一酸，某些怨愤的情绪竟然减
少了不少。所以我用另一种语调："你真的应当去看看他。"

父亲在吸着烟。我的话就像一滴水落在水中，就像一粒沙子落进了沙堆。他不说话，不说话的父亲更为陌生。他不再是那个旧"暴君"，不再是那个让我们噤若寒蝉稍有不慎便会遭受暴风骤雨惩罚的父亲了，母亲的病已经改变了他。

蚊子越来越多，它们在黑暗中分散开去，在我们的气味中潜伏，我的手臂上被咬起了三个小小的包，它们生长得很快。我说，爸你回屋去吧，蚊子多了。可他还是坚持，一口口吸着烟，不和我说话。

在我出门的时候父亲说到了沙漏。他说，他严格做过实验，里面的沙子在晚上全部流到下面正好十二个小时，而如果是白天的十二个小时，沙子则会余下一些，不知道是不是热胀冷缩的缘故。我用鼻孔哼了一声，然后骑车远去，把他剩在了院子里。

对弟弟的"营救"颇费周折，那真是一段不堪回首的往事啊。他被放出来的时候是十一月底，天已经冷了，而我们的拆迁问题尚无着落，还在让人绝望的持久战中。光头的弟弟看上去竟然有了不小的苍老，他带着这份苍老来到我租住的地方，然后又带着它来到父亲家里。他同样没理我的父亲，绕过他，跪在母亲的面前大声哭了起来。他哭得那么透彻、委屈，哭得那么激烈、激动，我怎么拉他也拉不住。

一直植物模样的母亲竟然醒了。"我的儿啊，"她伸出手来摸了摸我弟弟的头，"回来过年啊。别再打架了。"——一直植物模样的母亲，竟然知道我弟弟的事儿，竟然能有牵挂，这让我也跟着流下了眼泪。"妈，我不会了，再也不了。"弟弟说着，他拉住母亲的手，可这时，母亲欠着的身子又倒了下去，她又进入了无梦的睡眠，"母亲"的那部分被困倦给拖走了。

我们两个坐着，守在母亲的身边，守着她的睡眠，小声地说着话。我们说近日发生的事，说一些趣事，故意把艰难轻描淡写，仿佛我们说的会被睡眠中的母亲听见，会被她记在心里。弟弟顺手拿起了父亲的沙漏。他盯着里面的沙。沙很细，我想它是被父亲精挑细选过的，父亲在它的上面花费了力气。弟弟将它略略倾斜，细沙的沙流也出现了倾斜，还有小小升腾的烟。看了一会儿，光头的弟弟不知出于怎么样的心思，他将沙漏倒了过来：在这个沙漏里，父亲的部分时间开始倒流，用掉的时间重新回到了原处，他的一天变得更为漫长。"你这样做什么？"我说。我从他的手上拿过沙漏，放回到母亲的床头。但，终有一小段的时间，乱了。

中午，我们把母亲架到外屋，将电视调到戏剧频道，问她："你看这出戏是什么啊？"我和弟弟支起她的头，而她只看了一眼。我们拿她的鼾声没有办法，它过于连绵，缠绕在她的身体里，真的是剪不断、理还乱。父亲端来了一桌的菜，多数是从外面买的，他只做了一份很咸的鱼香肉丝。"你们喝酒吗？"父亲问得小心翼翼，完全没有当年"暴君"的样子。我看了看弟弟，说："不喝。"

一顿饭吃得相当沉闷，空气稀薄。倒是我母亲，在我们叫她，往她嘴里喂下虾仁的时候她相当清楚地说了一句："是《霸王别姬》。"在她病后，很少有这样清楚的语音，病也控制了她的舌头，让她的舌头也有了植物的木质和僵硬。是的，她说，是《霸王别姬》，那是二十分钟前戏剧频道播放的节目。"对对对，妈，你看那个演虞姬的演员是谁，你还记得吗？"我和弟弟一起，然而，母亲又睡着了，她闭着眼，在沙发上摇晃，尽管嘴里还在咀嚼。"妈，你这是怎么啦？"我弟弟又哭了起来。

病中的母亲，成了饭桌上父亲的话题，唯一的话题。他说我母亲每天都在睡，一天至少能睡二十二三个小时，余下的时间是吃饭，或者大小便。他说，我母亲大小便还是知道的，她会叫你，可往往没等自己解完，她就又睡着了。她那么胖，一个人根本弄不动她。他说，用不了多长的时间，她就可能变成植物人，那样，她可就受大罪了。他说："你们吃吧，我，我出去走走。"

是的，父亲没问我们兄弟任何的情况，无论是我房子的拆迁还是弟弟在看守所内的生活，他费力地装作什么都不曾发生。他说的，只有我的母亲、我母亲的病。他说得也简短，轻描淡写。

父亲说出去走走，然后站起了身。他到我母亲的屋里，我看到，他看了两眼沙漏。我不知道他是不是清楚，他的一天已经变长了——我弟弟曾经改变过沙子的流向。

我对弟弟说："你不能这样对待咱父亲，你也得理解他的不易。这几年，母亲绊住他，将他困在家里，他已经没有能力、没有办法和外面的世界打交道了，他不是不想，可他怕。他……"弟弟的脸上挂出少有的郑重："我理解，当然理解。哥，你知道我在看守所里，最想的是什么吗？我没想这么快被放出来，我也不怕牢头，我做的事当然要承担后果，这没什么。可是，可我在里面，天天盼能见到你们，无时无刻。我盼得都要疯掉了。父亲不去，父亲不去，你知道我是什么感觉吗？"他停顿了一下，然后紧咬着牙，"我觉得自己是个孤儿。"

最后，他说："我努力吧。"

时间在一天天过去，一天的时间分为昼夜，共有二十四个小时。转眼，就要到春节了，县城里已经多少有了年的气息。对我来说，这个年不同于往年，我在租住的房子里，房东催促说他在浙江的弟弟今年要回来过年，我们需要搬走，不然，他弟弟一家人租住宾馆的费用这就得我们支付。刚有些眉目的拆迁条款因为一个副县长的调离又得无限期地拖下去，所有的拆迁户都已心力交瘁、各怀心事，看来，年前解决的期待又成泡影。我的妻子也面临下岗，就是不下岗其实也与下岗没太大不同，她已经三个月没有收入了。年，对我来说简直真的像是年关了，我对它的到来充满了厌倦、疲惫和恐惧。

时间，在我们那里，以钟表里的北京时间为准，一小时有六十分，一分钟有六十秒……可那不是我父亲的时间。他的时间以沙漏中的沙子为准，他有自己的时间，有自己的计算方式，或者说是打发的方式。他把时间弄得形象、具体起来，好让自己有个直接的观感，我不知道这样会不会减轻他的煎熬。他被我母亲绊住，就像被绳索套住，只在自己的日常里打转儿，这样日复一日，他身上的暴脾气、指点江山的豪气，或者其他其他，都在这样的打磨中消耗殆尽，我想等我到他这个年龄，我也会成为这个样子。父亲的现在是我的未来，我早就感觉到了。

年关难过，当然还得要过，而且要过得像模像样。好在，那时，我弟弟弟媳已经和父亲和解，虽然和解中还带有"努力"的尾巴。我们给父亲打扫了院子，洗了全部的衣物，收拾了给祖先的供桌，最后，我提议，我和父亲、弟弟一起去浴池洗个澡，也好洗掉一年的晦气，让明年好起来。先是我弟弟拒绝，他说他要给客户送礼去，实在太忙，不等我答话他就走了出去。接下来是父亲的拒绝，他说："算了吧，你洗就自己去洗吧，我照看你母亲，我们烧点热水洗洗就行了。"

在我的坚持下，父亲还是去了。母亲由我妻子守着，她还要继续收拾屋子，打扫尘土。两个沉默的人在水里洗着，洗着，我突然发现，父亲有些驼的背上有一圈圈暗红的痕迹，颜色略重于平常的皮肤，看上去，就像是蜗牛背上的壳，不过它是柔软的，比父亲其他的皮肤显得更薄更嫩。我用手指碰了碰它，父亲马上跳开了。他没有洗完就穿上衣服，走了出去。在回家的路上，父亲说，没什么事，不是病，早就这样了，别和他们说。

说这些话的时候父亲的脸抬着，他没有看我。

除夕夜，我们中规中矩地热闹着，把电视的声音开到几乎最大，母亲由此翻了个身："闹死啦。"说完她就又昏昏睡去，以至于后来鞭炮的声响都无法将她惊醒。为了把热闹和欢乐进行下去，我们一家人都喝了些酒，包括我的父亲、妻子和弟媳。电视上一片没由头、没内容的欢乐，他们的笑容里没有真正的烟火，弟弟说，这些人都是傻笑。弟弟喝得有点多，随后他的话也多了起来，手舞足蹈，弟媳和我按他不住。不过这样也好，毕竟，欢乐延续下去了，足够长了，沙漏的下面已存了不少的沙子。它们不是今天的欢乐堆起的，在我看来，欢乐远比沙子的分量要轻。

我的弟弟一边反反复复大声说话，一边手舞足蹈，他竟然把父亲的沙漏打了下来，沙漏被摔在地上，发出沉重的闷响。我和妻子赶过去，沙漏没有摔坏。"只是出现了一道裂痕，似乎对沙子的流速没有什么影响。"我们是这样对父亲说的，就在我们将沙漏端着让父亲看时，有一块不知什么东西从沙漏的外壁上掉了下来。妻子说："没关系，没关系，用胶将它粘上就好了，我明天就把胶

152 父亲树

当代中国最具实力中青年作家书系

带过来，一定。"

父亲看也没看："放一边吧。"他用力地盯着电视，黄宏的小品让他乐不可支。

沙漏的被摔是一个转折。不过，我们的欢乐维持得够长了，足够了，我们都得回去了。我们和父亲说些过年的话，他站起来："你们都走吧，我没事，她也没事。"说这些的时候父亲的眼睛始终没离开电视。那么乏味的节目竟对他有如此的吸引力。

我和弟弟一家在路口分开，突然，我发现自己的钥匙没带，它应当丢在母亲那屋了，没有钥匙，我们进不了租来的家里。妻子抱怨了两句，然后说她在路口等我，让我回去拿。我只得匆匆赶回父亲的家。

大门没关，透过玻璃，我看见，父亲正紧紧抱着他的沙漏，哭得，泪流满面。

将军的部队

　　我老了，现在已经足够老了，白内障正在逐渐地蒙住我的眼睛，我眼前的这些桌子、房子、树木，都在变成一团团的灰色的雾。眼前的这些，它们已在我的眼睛里逐渐地退了出去，我对它们的认识都必须依靠触摸来完成——有时我看见一只只蝴蝶在我的面前晃动，飞舞，它就在我的眼前，可我伸出手去，它们却分别变成了另外的事物：它们是悬挂着的灯、一团棉花、一面小镜子，或者是垂在风里的树枝。

　　因为白内障的缘故，我把自己的生活处理得混乱不堪：几乎所有的物品都不在它应该的位置，水杯和暖水瓶在我的床上，拐杖则在床的右侧竖着，而饭勺，它应当在我的床对面的茶几上……我依靠自己在白内障后手的习惯来安排它们，所以我房间里的布置肯定有些……有许多本来应该放在屋里的东西，因为我的手不习惯，它们就被挪到了屋外。就是这样，我的屋子里还不时会叮叮当当，我老了，自己刚刚放下的东西马上就可能遗忘。我说我的生活被处理得混乱不堪还有其他的意思，现在就不提它

当代中国最具实力中青年作家书系

了。好在，这种混乱随着我走出屋去而有所改变，我离开了它们，我就不再去想它们了，我觉得自己还有许多的事情可想。我坐在屋檐下。别看我的眼睛已被白内障笼罩了，但我对热的感觉变得特别敏感，我能感觉热从早晨是如何一点点地升到中午的，它们增加了多大的厚度和宽度。

我坐着的姿势有点像眺望。

我坐着的姿势有点像眺望，是的，我是在眺望，别看我看不清眼前的东西了，可旧日的那些人和事却越来越清晰，我能看清三十年前某个人脸上的每一条皱纹，我能看清四十年前我曾用过的那张桌子上被蜡烛烧焦的黑黑的痕迹——我坐在蜡烛的旁边打瞌睡，蜡烛慢慢地烧到了尽头可我一无所知，我甚至没有闻到桌子烧着后焦煳的气味。

我坐在屋檐下。

我坐在屋檐下，低着头，低上一会儿，然后就向一个很远的远处眺望。当然，白内障已不可能让我望见远处的什么了，我做这样的姿势却从来都显得非常认真。我的这个动作是模仿一个人的，一个去世多年的将军的，这种模仿根本是无意的，只到三个月前我才突然地发觉，我的这个动作和将军是那么相像。

我越来越多地想到他了。

想到他，我感觉脚下的土地，悄悄晃动一下，然后空气穿过了我，我不见了，我回到了将军的身边，我重新成了干休所里那个二十一岁的勤务员。

想到他，我的患有白内障的双眼就不自觉地灌满了泪水。我已经足够老了，我知道我的时间已经不多了，我能听到死神在我身边有些笨拙和粗重地喘息。我没什么可惧怕的，更多地我把他当作自己的亲人，一个伴儿，有些话，想起了什么人、什么事，就跟他说说。想起将军来的时候，我就跟他谈我们的将军，谈将军的"部队"。别看他是死神他也不可能比我知道得更多。

　　将军的"部队"被装在两个巨大的木箱里。向昔日进行眺望的时候，我再次看见了那两个木箱上面已经斑驳的绿漆、生锈的锁，闻见了生锈的气味和木质的淡淡的霉味。

　　对住在干休所里已经离休的将军来说，每日把箱子从房间里搬出来，打开，然后把刻着名字的一块块木牌从箱子里拿出来，傍晚时再把这些木牌一块块放进去，就是生活的核心、全部的核心。直到他去世，这项工作从未有过间断。

　　那些原本白色的、现在已成为暗灰色的木牌就是将军的部队。直到现在，我仍然无法说清这些木牌的来历。我跟身边的伴儿说的时候，他只给了我粗重的喘息，并未做任何的回答。我跟他说，我猜测这些木牌上的名字也许是当年跟随将军南征北战的那些阵亡将士们的名字吧，我的猜测是有道理的，可后来，我在整理这些木牌的时候，却发现，上面有的写着"白马""黑花马""手枪"，而有一些木牌是无字的，很不规则地画了一些"O"。也许，将军根本不知道那些阵亡战士的名字？

　　我用这种眺望的姿势，望见在槐树底下的将军打开了箱子上的锁。他非常缓慢地把其中的一块木牌拿出来，看上一会儿，摸了摸，然后放在自己的脚下。一块块木牌排了出去，它们排出了槐树的树荫，排到了阳光的下面，几乎排满了整个院子。那些木牌大约有上千个吧，很多的，把它们全部摆开可得花些时间。将军把两个木箱的木牌全部摆完之后，就站起身来，晃晃自己的脖

当代中国最具实力中青年作家书系

子、胳膊、腰和腿，然后走到这支"部队"的前面。

阳光和树叶的阴影使将军的脸有些斑驳，有些沧桑。站在这支"部队"的前面，将军一块块一排排地看过去，然后把目光伸向远处——我仍然坚持我当年的那种印象，将军只有站在这支"部队"前面的时候才像一个将军，其他的时候，他只能算是一个老人，有些和善、有些孤独的老人。将军从他的"部队"的前面走过去他就又变成一个老人了，将军变成一个老人首先开始的是他的腰。他的腰略略地弯下去，然后坐在屋檐下的一把椅子上，向远处眺望。他可以把这种眺望的姿势保持整整一个上午或一个下午，我不知道他在想什么。现在我也老了，我也学会了这种眺望的姿势，可我依然猜不透将军会用一天天的时间来想些什么。可能是因为白内障的缘故，我眺望的时间总不能那么长久，而我有时可以什么都不想，只是坐着，呆着，用模糊的眼睛去看。我想将军肯定和我不一样，他经历了那么多的战争、那么多的生生死死，他肯定是有所想的。

我老了。尽管我不明白将军在向远处望时想的是什么，但我明白了将军的那些自言自语。他根本不是自言自语，绝对不是！他是在跟身边的伴儿说话，跟自己想到的那个人，或者那些人说话，跟过去说话。就像我有时和将军说会儿话，和我死去的老伴，和死神说话。当年和将军我可不是这样说的，尽管他对我非常和蔼，可我总是有些拘束，和他说话的时候用了很多的心思。现在，我觉得他就像一个多年的朋友似的，我和他都是一样老的老人了。

帮将军把两个木箱搬出来，我就退到某一处的阴影里，余下的是将军自己的事了。将军摆弄他的那些木牌的时候，我就开始胡思乱想。这种胡思乱想能让时间加快一些。在没有胡思乱想时，我就用根竹棍逗逗路过的虫子和蚂蚁，或者看一只蝉怎样通过它的声音使自己从稠密的树叶中显现出来。将军的那种自言自语一片一片地传入我耳朵，其中，因为胡思乱想或别的什么，不知自己丢掉了其中的多少片。我耳朵所听到的那一片一片的自言自语，它们都是散开的，也没有任何的联系。

将军说："你去吧。"

将军说："我记得你，当然。我记得你的手被冻成了紫色。是左手吧？"

将军说："你这小鬼，可得听话呀。"

将军说："我不是叫你下来吗？"

将军说："马也该喂了。"

将军说："……"

在我回忆的时候，在我采用眺望的姿势向过去眺望的时候，我没能记住将军说这些话时的表情，但记下了他的声音。他的声音会很突然地响起来，然后又同样突然地消失。我常在他的声音里不自觉地颤一下，突然地放下我的胡思乱想和手中的竹棍，我不明白这是因为什么。

有两次将军指着木牌上的名字问我：赵某某知道吗？王某某呢？清楚刘某的情况吗？……我只得老实地回答："我不知道，将军。"

"哟。"将军有些恍然和茫然的样子。那两次问话之后我都能明显地觉察出将军的衰老。"看我这记性。"将军一边望着他所说过的名字一边摇头，"人真是老了。我怎么想也记不起他们来。可我总觉得还挺熟的。真是老了。"

他用手使劲地按着眼角上的两道皱纹。

当代中国最具实力中青年作家书系

有时将军也和我聊一些和他这支"部队"相关的陈年旧事，他选取的不是战争而是一些非常微小的细节。譬如某某爱吹笛子，吹得很好，有点行云流水的意思，只要不打仗了停下来修整的时候他就吹。后来在一次战斗中他的右手被炸掉了，笛子也丢了，某某很长时间都不吃不喝，闷闷不乐。他被送往后方医院。两个月后将军又偶然地见到了某某，他正在吹笛。因为没有右手的帮助，他的笛子吹得很不成调。他对将军说笛子就是原来的笛子，他用了三天才把它找回来。譬如一个战士特别能睡，打完一场战斗，将军一发出休息的命令，即使他站着也会马上鼾声如雷。他脚还特别臭。将军说原本想让他当我的警卫员来着，可受不了他的臭脚。说到这里时将军的声音很细，并且有种笑意。他笑得有些诡秘，他笑起来的样子让他年轻了很多。当时我是想对将军这么说的，我有点冲动，可最终我没有把它说出来。现在想起来我是应该说的，我在向旧日的时光眺望中望到这一细节的时候，我就跟他说了。将军愣了愣，然后粗犷地笑起来："你这小鬼。"我不是小鬼了，我已经老了。

将军还跟我说过逗蛐蛐、抓毒蛇、吃草根一类的小事，说过某某和某某的一点琐事，他很少跟我谈什么战争。我不知道他为什么不谈。要知道将军一生戎马经历了无数次大大小小的战争，要知道将军在这无数次的战争中很少失败，要知道他现在指挥的这支木牌上的"部队"，很可能是在战争中牺牲的将士啊。

在将军去世之后我搜集了不少和将军有关的资料，只要是哪本书上提到将军的名字，我就毫不犹豫地把它买下来。原本我还想把将军的两个木箱也留下来的，后来我想将军比我更需要这支"部队"。那些木牌，燃烧的木牌，在将军的墓前变成了一缕缕的烟。它们升腾的样子就像一支远征的部队，我甚至听见了人喊马嘶，听见脚踩在泥泞中的声音，子弹穿过身体的声音。将军会把他的部队带向哪里呢？他重新见到自己的这支部队时，端出的会是怎样的一副表情？

我悄悄地留下了两块木牌，那是两块没有写字的木牌，上面画的是"O"。原来我留下的木牌是三块，那一块木牌上写的是"白马"。对我这样一个从农村里出来的孩子来说，白马让我感到亲切。不过后来我把白马给将军送了过去，我看见那匹白马从浓烟中站起来，回头望了一眼，似乎还有一声嘶鸣，然后甩下一路嗒嗒的马蹄声绝尘而去。白马是属于将军的。

在我的眼睛还没有被白内障蒙住之前，我时常会翻翻我所留存的资料，找出那两块木牌。那些书上或详尽或简略地描述了将军一生的戎马，在那些书上，列出的是战争的残酷、将军作战的英勇和谋略，以及在艰苦生活中将军所表现的种种美德。书上没有将军和我所讲的那些人和事。说实话，读书上面的将军时我总是无法和我所接触的将军联系在一起，我总觉得，他们不是一个人，至少不完全是。我所知道的将军是一个离休的老人，有些古怪，但几乎完全没有什么英勇和谋略。这也许是时间所消磨掉的吧。时间要想改变什么东西是非常容易的，就像我从二十一岁走向了现在的衰老。

如果下雨，下雪，外面的天气过热或者过于寒冷，将军就会叫我到他的书房里把木箱打开，他把那些木牌一块块拿出来，从某个墙角排到书桌上，然后又排到椅子上，再放在地上。两箱子的木牌摆完，将军就把自己摆出了书房，那些密密麻麻的木牌在房间里那么排着，它们带有一种让人不敢呼吸的肃穆。将军在摆完后站起身来，晃晃自己的脖子、胳膊、腰和腿，走到这支部队的前面看上一会儿，随后就是叫我搬来椅子，坐下来，把目光伸向窗外。他所看的绝对不是窗外的树枝、雨打在树枝上的颤动或者树枝上沉沉的雾。不是。现在我也老了，我也有了这种眺望的习惯，我已经明白将军是在眺望过去的岁月。就像我现在，透过我的白内障，清晰地看见将军在那把红褐色的椅子上侧坐着，他的眼睛紧紧地盯着窗棂，只是窗棂。空气中有股潮潮的气味，有一些灰白色的光。昏暗如同一层层潮水，漫过了将军和他的椅子，向着书房的方向漫去。书房的门敞开着，里面的光线昏暗，那些或高或低的木牌在昏暗中静静地待着，一言不发。

对于将军那些木牌名字的来历，我曾经做过调查，当然这种调查是随意性的，我只是偶然地向有关的人提及，他们对我的问题都只能是摇头。似乎没人曾向将军提供过什么阵亡将士的名单，至少将军离休后没有。

那么木牌上的名字是如何得来的呢？它们是在什么时间成了木牌，装满了整整的两个木箱？……

倒是干休所的王参谋向我提供了一个细节。他说他见过一次将军发火，那时我还没有来到干休所。他看见将军紧紧抓住一块木牌，对着它大声说："你就是再活一次，我还得毙了你！"当时王参谋吓得大气都不敢出。将军把那块木牌扔出了很远，木牌划过地板时发出了一阵很脆的声响。过了很久，将军突然对王参谋说："你把木牌给我捡回来。"将军接过了木牌，用手擦了擦上面的尘土，然后小心地把它放回了那些木牌之间。王参谋说他记不太清了，他记得好像他把木牌递到将军手上时，将军的眼红红的。

对于将军的晚年，对于他每日里摆放他的这支"部队"，在我搜集的资料中，没有记载。曾有一个宣传干事向我了解过将军的晚年，我向他叙述了将军在晚年的种种显得怪异的举动，尤其向他讲了将军每日如何摆放"部队"。"他是不是怀念自己的戎马生涯？是不是想继续战斗，消灭敌人？"

我用很长的时间来思考如何回答："不，好像都不是，将军在晚年基本上没想到战争，他好像只是，只是……怎么说呢？他好像就是把木牌摆出来，想一想过去的事，就这样，就是这样。"

那个干事对我的回答很失望："我该怎样来写这件事？你想想还有没有别的？"

人一老了就爱回忆过去的事，就爱胡思乱想。其实我年轻的时候就爱胡思乱想，老了，没什么事了，就更爱胡思乱想了。我坐在屋檐下，头低上一会儿就抬起来，向一个很远的远处进行眺望。当然，白内障已经不可能让我望见远处的什么了，可我把这个姿势做得异常认真。我越来越多地想到将军，我觉得他的某些部分正在我身体内的某些部分里得到复活，有时候，一个生命是会成为另一个生命的，可我毕竟老了。

我在自己的晚年想通了将军当年的很多事，但也有不少，我可能一生都不会理解的，直到我死去。我想到了死。我不知道我的死亡会在一个什么样的时间，会在一个什么样的环境中，但我对死亡多少是有点期盼的。我时常想我的死亡肯定会是一个窗外下着小雨的早晨，就像将军死时的那样。我越来越像他了。

经过近两天的昏迷，将军在那个窗外下着小雨的早晨醒来了。他对医院里的一切都好像有些陌生，甚至是恐惧，他紧紧地抓住了我的手。他的手在颤，他的手很烫。"你是叫某某吧？"我不知

当代中国最具实力中青年作家书系

道他叫出的是不是他的那支"部队"中的一个名字。我犹豫了一下，我说不是。"那么你是某某？"我再次对将军说："不是，我是您的勤务员，我叫某某。"

他放开了我的手，他的脸侧向了一边。他手上的力气一点点地消失了。

"你帮我，把箱子，箱子，拿来。"

在将军的面前我打开了他的那两个箱子，在他昏迷的时候我早已把箱子给拉到医院里来了，我知道将军少不了它。我把那些木牌依次摆开。将军欠了欠身子，他望着那些原本白色、现在已变成暗灰色的木牌，突然淡淡地笑了：

"哈，看你这小鬼，真是，真是……"

将军的手伸得相当缓慢。他的手指向了排在地上、茶几上的木牌，但我未能看清他手指确切的指向。现在我想，在一个人最后的时间里，他指向了谁，他想到的是谁都不算重要了。

将军带着那种淡淡的笑意，他走了。

在屋檐下静静地坐着，我听见蜜蜂采蜜时的嗡嗡声，我听见又一树槐花劈开花蕾长出小花时的声音，我听见阳光的热从树上落下时的声音，我还听见了许多我没有听过的声音。可能我听过，只是我忽略了它们，我记不起是什么东西可以发出这样的声音了。不一会儿，我就不再想它们了。我越过了它们，向一个远处眺望。

我的手指，抚摸着我一直收藏的那两块木牌。在我混乱的生活里它的位置却是一直都没变过。而现在，我抚摸着它们，感觉它们变小了，但比以前更重了。

买一具尸骨和表弟葬在一起

　　我的表弟郭象死了，死于普遍的车祸。乡下的道路没有红绿灯，开着电动车的他和另一方向的机动车都属于"正常行驶"，只是同时速度过快；尽管他人高马大，但毕竟不是钢铁，他撞过去的时候就像鸡蛋碰到了石头。

　　我母亲说："你小姨啊。你小姨啊。"说着，她就说不出话来了，眼泪就涌出来了——那时，母亲已经卧床多年，病将她按在了床上。"你小姨啊……"我母亲接着重复，不过，说完这句，她竟然打起了鼾，泪水还在眼皮的下面悬着，她已经睡熟。我妻子说："小姨这些天……变了一个样子。完全变了一个人。也难怪，好好的一个人就没了。老年丧子，真是可怜。"

　　话音未落，变了样子的小姨就来了，她在门外叫了声"姐姐"，然后就开始抽泣，我和妻子急忙把她迎进屋里，然而我的母亲还在睡着，我们叫她推她，都无法让她醒来。"刚才还说你呢，"我妻子说，她擦去母亲眼角的泪珠，"你看她哭的。"

　　"姐姐，"小姨拉着我母亲的手，"我这命啊……"她拖着嘶哑的声音。

我们陪着她，听她说郭象，说自己的不易，说那次车祸，说那天上午她叫表弟到地里看看玉米地里的豆角，摘点来晚上蒸一蒸，可他一个劲儿地玩游戏一拖再拖就是不去。下午了，她再催，表弟说他先把回娘家的媳妇接回来，然后一起摘豆角，谁知道这一去……"都是命啊，那个小蹄子就是催命的鬼！你们看她那张脸！要不是要接她，怎么会……"妻子说："小姨你别这样说，出这事儿谁也不愿意，你得想开些，她要是知道会出事儿肯定也不会让表弟去接她。""她怎么不知道！"小姨竟有些愤然，"她从进这个门，就没安过好心！我儿子一死，她就闹着要走，人家给的赔偿她都装起来了，一分钱都没让我们见到！"

"这当然不行，"我说，"小姨，赔偿款的分配在法律上是有规定的，应当是你们的我一定会给你要过来，不过，应属于弟媳的，也必须给她。""那不行！她回娘家了，已经不是这家的人了，一分钱也不能给她！"小姨更加愤怒，"她从一进这个门，就怨这怨那，懒得屁股里生蛆，要不是你表弟……"

"改啊，你来啦，"母亲睁开了眼，"看看你，看看你……"

小姨坐到很晚才走，她坚持不留下吃饭，我们羁不过她。望着她的背影，我和妻子都沉默着，直到她消失在街角。"一下子老了十岁，"妻子说，"你看她的腿。"

我的表弟郭象死了，在他死后，小姨来我们家变得勤了，之前，曾有一段时间，她和我母亲的关系并不好，几乎没什么来往。"你小姨那个人，简直是一块木头，笨得锥子都扎不透。"母亲说。她还说："你小姨那个人，光想着自己。你小姨那个人，心是冷的，你给她再多也暖不过来。"当然，这都是表弟郭象去世之前的评价。表弟的死亡让我母亲和小姨又成了亲姐妹，尽管，那时我母亲病着，她把自己的大部分时间都用在了睡觉上。

赔偿款的问题并不难解决，但周折是费了的，我和妻子分别去了三次，最后一次，是我和在法院的同学周克一起去的。"没见过这么不要脸的人家！根本就不是人，也就是披了张人皮！"弟媳的母亲追着扬起的尘土大喊，在她喊过之后，她和小姨家的一切关系也就结束了，我相信两家从此将不再往来。在车上，我问同学周克，遇到这类的情况多不多，他显得有些倦怠："你要是在我这个位子上，就知道什么叫见怪不怪啦！什么人、什么情况都可能遇到。这算什么？""一个人一条命，就值六千块钱？真的就这么点儿？""你想要多少？主要是，那家也穷得叮当响，老人老，孩子小，车刚买了不到两月，买车的钱还没还上呢。"同学说，他要是被宝马撞的，一定会帮我们多要些赔偿，可惜不是。"不过在咱这个穷地方，能让宝马撞的机会太少了，和天上掉馅饼的概率差不多。""既然家里穷，那非买车干吗？就是为了显摆一下？"周克嘿嘿地笑了两声，闭上眼，不再和我说话。

我和妻子把钱给小姨送去，开门的是姨夫，他说小姨下地了，种麦子，时令不等人。"我胃疼，"姨夫说，昏暗的房间里的确有草药的味道，"这两天疼得厉害，你们坐。"我说："不了，我是送赔偿款的，钱，要回来了，你数一数。""不了，不了，"姨夫斜着眼望着我放在桌上的钱，"数什么数，给多少算多少吧。"姨夫说，本来他是不主张向儿媳妇要回这钱的，可是我姨不干。"你也知道你姨那脾气，谁能犟得过。再说，她也有点太欺侮咱家人老实了，和我们招呼也不打就自己揣起来，怎么说，那也是我们家小象的

当代中国最具实力中青年作家书系

命换来的。我们倒不是稀罕这点钱。"姨夫到外屋冲了杯茶，他的手抖得厉害："我们就不该给他起这个名字。前天你三舅来，说小象的名字不好，凶得很，一般人根本压不住。"

"你怎么还信这？"我妻子说。我也跟着附和："这个不用信，事出了说法就多，许多事都这样，要都信，那什么事儿也不用做了。"

"不可不信，不可全信。"姨夫端来杯子，他竟然还沏上了花茶，"要不是，怎么偏偏就撞上他呢？早一分钟晚一分钟，不都过去了？"姨夫说，我三舅还告诉他，必须给小象表弟说一身"骨身"，否则，像我表弟这种凶死的，没有伴儿的，一定会给家里带来不少的灾祸。他不会安稳。

"骨身？什么是骨身？"我妻子颇为惊讶。我告诉她，这是我们当地的方言，大概的意思是，另一具尸体。而就我表弟的情况，这骨身应当为女性。所谓一身骨身，就是说，把她和我表弟的尸体，像夫妻那样葬在一起。

"连这你都不知道啊，还大学生呢！"姨夫露着他暗黄的牙，笑了，完全忘记了自己的胃。

挤在红薯和玉米中间，小姨来了，两边的重量让她几乎撑不住自己的自行车。"带这个干吗，"我父亲看了一眼，"你姐姐睡着呢。"

"我不是找我姐，"小姨说，"我要找小浩家。"

"她不在。"我给我妻子打了电话，她说她在开会，会开完了就回。"小姨有什么事？"我转向小姨，她盯着我的母亲，完全没顾及我的询问。"你回来再说吧，小姨没说。"我对电话里说。

没想到那是个漫长的会。小姨呆呆地坐在床上，她揉着我母亲的手，可我母亲，丝毫不曾察觉，依旧努力地打着鼾。"你说小姨这命。"小姨抬起她没有神采的眼睛来，转向了我。"你小姨当年……要是……"没想到我母亲竟然在这时醒了，她含着沙子说，"你小姨当年可是十里八村有名的美人儿，她唱铁梅。"

两个人一起回忆着往事，不过两人的回忆多少有些出入，我母亲纠正她或者小姨纠正我的母亲，互不相让一会儿，小姨只得妥协，转向另一个话题。"你这个人，真犟。可随你爹了。"母亲说，她嘴里的沙子反而更多了。她们俩有同一个母亲，而小姨，是姥姥改嫁过来生的，我母亲一向对这个姥爷瞧不起。

她们又回忆起了好多往事，样板戏、小姨的表演、她那当过公社副书记的婆婆、姨夫、小姨的第一个孩子……"孩子刚生了两天，她就摔摔打打，不给我好脸色。他也一样。她们不喜欢丫头，怕断了郭家的香火。你们可不知道，那滋味……""我也不知道她到底吃什么啦，吐得脸煞黄，送到医院就没气了。我都抱不动她。她的眼珠子一直盯着我，死了以后还这样。我都不敢看她。"说着，小姨眼眶红了，眼珠红了，而直着半个身子的母亲又打起了有节奏的鼾。"家里，没一个人待见这个丫头。"小姨垂着头，单薄地摇晃着，"我们娘俩是一个命的。"停顿一下，小姨说，"她在家里，就跟一只老鼠差不多，见了人就躲。"

"小姨还在吧？"妻子停下自行车，对着屋里问，她应当看到了小姨。"小姨，有什么事找我？"她转向我，"今天的会，没什么内容，可你不能不听。""我们也这样。"

"咱，上那屋吧？"小姨一副可怜的样子望着我的妻子，她又说了一遍。

和小姨夫那天的表达一样，她们想给死去的表弟说一身骨身。

当代中国最具实力中青年作家书系

之所以找我妻子商量是因为她在妇联工作，小姨以为，她可能知道哪里有新死的单身女人。"我拒绝了，"妻子说，"一是我不知道，哪有死了女人就报妇联的。再说，这种事儿，我也不能以妇联的名义做人家工作。要让领导知道我做这事……哼，真不知道小姨是怎么想的。"妻子说，小姨真缠人，好说歹说她都听不进去，她怎么那么迷信。

我知道小姨，她是不会放下这根长到心里的草的。"反正我帮不上什么。"

在遭受拒绝之后，小姨很长时间没有再来。她不来，我母亲就会时常地想起她。"你小姨家怎么样了？""你小姨……""你问问她，你去她那里看看……"

我把打听来的消息说给母亲，告诉她，小姨还好，现在已经平静了，日子反正还得过下去。今年的收成还可以。前些日子，姨夫的胃病又犯一次，还住了院，不，早就出院啦。她们现在最最牵挂的事就是，给我表弟说一身骨身。我姨夫，甚至还在村头、桥上和县城的电线杆上贴出广告，直接的后果是，警察找上门来。没事儿，没事儿了，又没有既成事实。不过，小姨和姨夫还不死心，他们看来是想一定要办成这件事。当然没那么好办，现在，到年龄不嫁的女孩极少，单身死去的女孩实在难找，听说，程村有一患病的女孩，在病危前各家就在医院里盯着了，她的尸体最后卖了八万。是我姨夫说的，当时他在，但他没那么多钱。

"怎么还要钱？"母亲眯着眼，似乎眼前有一团厚厚的雾，"我在公社干的时候，也有人说骨身，也就是两家商量一下，买几张红纸，一包点心，两家等于是当亲戚走了……八万块！"母亲把愤怒放在口里沙哑地含着，就又睡了过去。"你们甭管！"我父亲也保持着愤怒，他走过来给我母亲将被子掖好，颇用了些力气——不知道，他这句话针对的是睡着的母亲还是小姨，"和旧社会卖儿卖女有什么区别？"

"区别是，那时卖的人是活的，现在卖的是死的。"我的这句话并不幽默，因为父亲的脸色依然阴沉，他把烟头狠狠摁进了烟缸，"你小姨也是。"父亲在一侧哗哗哗哗地翻起报纸，"她的事儿，你们以后少掺和。"

"我不掺和谁掺和？"母亲还在鼾声里，还有一小段没有打完，但这不妨碍她的听力，"她是我妹妹，我要是不管……"母亲哭泣起来，自从病了之后她的情绪就一直不够稳定。为此，我的父母可没少拌嘴。

"你管，你管！"父亲把报纸翻得更响，"谁说不让你管啦？你现在就去管，给她找骨身去！当了这么多年媒婆还没当够是不是？让人骂得轻是不是？"

母亲还在哭泣着："我要是能下去床，我早就下去了，我家的事儿……"

"哼，"父亲使用着鼻孔，"现在是姐妹了，不是两个人……"我和妻子制止了父亲，不然，他们的争吵会一直持续下去，直到我母亲睡熟为止。

"小浩，明天，去你小姨家看看吧。"母亲的哭泣还没有停止，"她要需要钱，一头二百的，你先给，回来我给你。"

"真是大舍财，"父亲阴着脸插话，"人家要八万。你要是真想帮，就让你儿子带六万过去！听听，一头二百。"

"我哪有那么多钱！"母亲变了声调，"再说，别的人家，也不能这么卖！真是不要脸，这哪里还是父母！"

"妈，你别生气，这样，明天我也去，"我妻子擦着她的眼泪，"妈，我觉得，我们首先是要劝她，别买什么骨身了。没什么意义也没什么好处。家里日子这么难，收一个秋才两千多。"

"你劝不动她。"

父亲说得没错，我们根本劝不动她，就连我的姨夫也跟着坚持。"前天小象给我托梦，说他冷，没有人给他做厚衣服。我看到他的时候，就像从水里捞出来的一样。"小姨向我们描述，她描述得唾液飞溅，"我说我知道，我知道你心里苦。"她把刚刚做好的小棉衣给我们看："是他一件旧衣服改的。"

"小姨，"我妻子说，"托梦这事，其实不太……也不能全信就是真的，可能是你平时想得太多了。人说日有所思夜有所梦，就是这个道理，前几天，我梦见自己被煮在锅里，出了一身的汗，其实就是感冒、发烧，一出汗也就好了。再说，就是真有那边的世界，他要是冷你就给他做棉衣就行啦，说一身骨身……他们又不认识，脾气能不能合得来也不知道，你也不能保证，她一定会为表弟做衣服是不是……"

"主要是，对这边的人不好。"姨夫插话。他又倒来了水。

"看你姨夫，从他走了胃就一直疼，去医院都看了几回了，就是看不好。而我的膝盖也一直难受，去地里干活，还没干呢它就麻了木了，根本拖不动。小象活着的时候，从来没有这样过。"

姨夫说："坟地里人不全，会有灾，不信不行。前几年，村东王四从拖拉机上掉下来摔断了腿，人家就说，他家坟地里有不全的人。一家人都想不起来，就问老人们，老人们说，是，他有个爷爷，是个光棍儿，死在解放前，所以没人记得。后来买了一身骨身，合葬了，家里日子红红火火的，再没出事。"

"前几天，我去赶集，竟然在平地上摔了一跤！摔得我半天都没起来！村里当时就有人说，柱嫂子，你怎么在这里摔啊，不是有什么外灾吧？"

姨夫说："前些年平坟，后来村会计家老出事儿，先后有三个人摔断了肋骨，这也太巧了吧！看风水的人说，他们家平坟后，不是又新挪了坟吗，在挪坟时没弄好，把别的骨头都挪了，可就是把肋骨给丢下了。后来又去找，还真是，他们就挖出了肋骨！这不，重新把肋骨填进新坟，再没出事儿。"

"他二姑前天来我们家，在门口竟让狗给咬了！咱家又没养狗！说是条大黑狗，可整个村都没找到。本来我也不太信，可这事儿，总这么出……"

姨夫说："……"

"你们都是大学生，识字的，又是出门人，见识多，那你们说，人死了有没有魂儿？这些日子，我怎么总梦见他？夏天的时候还不呢！"

"甭问他们。"姨夫说，"他们不懂。他们见再多，也没我们见得多。这十里八村，这种事太多了，他们光懂得看书，不会往心里去。"

"也许有罢，我想。"我拉拉妻子的衣襟，不希望她说出别的话来，"那，小姨、姨夫，你们买到——找到骨身了吗？"

一下子让他们变得黯然。"没有，一直没有。""东王村有个，我叫人去问，晚了，人家卖了；前习村，我比别人知道得都早，一大早就和你姨夫去了，好说歹说，人家答应了，让我们交三万块。我们哪有那么多钱？第二天去，找中间人，人家说少了七万不卖！七万块，真要命啊！"

当代中国最具实力中青年作家书系

"现在都是这个价。后程村有身骨身，'文革'前死的，说是作风问题……都三十多年了，我去打听，人家说刚卖，七万六。""要说媳妇给我们钱我们也不说这样的人！说身骨身，比娶个新媳妇花得都多。到哪里说理去？""小象结婚，我们也就花了两万，后来回来了点。""前几年……要是放在前几年……""卖骨身也就是这两年的事儿。突然就涨起来了。""我们就是不吃不喝，把房子卖了，也凑不上这钱。"

我妻子抓住机会赶紧插话："小姨、姨夫，你们说得太对了，你们当然不能不吃不喝，不能把房子卖了，如果那样，你们的日子也就毁了，如果那样，我表弟地下有灵，也会觉得过意不去是不是？再说，我知道你们对我表弟很好，表弟也是有名的孝子，我觉得他不会因为自己没人陪就和家里人过不去，他不会，肯定不会，就是到了那边，他也不能改了性格不是？"

"不行，会招灾呢，老人们都这么说。再说，人家都说骨身，就我们家不说，别人也觉得我们……"

"小浩家，你别说了。事儿就在那里摆着，我听你的肯定不行。不管怎么说，我们一定要给小象说上骨身。"小姨哭了起来，"要不是那个丧气的儿媳妇走了，我们也不至于，我们还要动那心思干吗！"

我再次拉拉妻子的衣襟："我妈让我们过来看看，她也放心不下。"

"对了小浩，你再找找你在法院的同学，让他再去要！他要是肯帮咱，一定能多要些！我们小象的命也太便宜啦！"

母亲越来越嗜睡，她的一天，二十四个小时，至少有二十个小时都用在了睡眠上面，即使不睡的三四个小时，她也不够清楚，始终处在一种混沌的状态，往往说着话，鼾声就起了，而下一句，则是另外的话题。"总这样不行，我们还是去大医院看看去吧。"我妻子提议，随后这事就定了下来，我们将母亲抬进租来的车里。穿衣，下床，出屋，上车，这让我们颇费周折，要知道她有一百七十斤的身躯，而且不知道配合。整个过程，大约用了半个多小时，有味儿的母亲终于被塞进了车里，我关上车门。

"停一下，"妻子说，她擦着脸上的汗，"小姨来了。"

是的，小姨来了，不过她并不是来看我母亲的，她没有得到消息。"是应当去大医院查查，"小姨说，"大医院条件好，也许能查出到底是什么病。"她朝车里看了两眼："小浩，你下来，姨有两句话，说完了你再走。"

"要钱，要向肇事者继续要钱。刚收了秋不久，他们家有钱。我们没答应那个数，那个数是那个没良心的小婊子应下的，她和我们没关系，我们要我们的。"

"小姨也真是，"妻子给我母亲拢拢头发，而母亲则沉沉地睡着，道路的颠簸对她反而是催眠，让她睡得更重，"都不讲理了。真是眼里只有自己。咱妈在车上，她连过来看看都没有。"

我盯着窗外，小姨的身影已经不见。

"你说，小姨说的梦，总是梦见表弟，是不是真的？我觉得她很可能是在说谎。"

"你小姨就爱说谎。"是我母亲，她竟然醒了，"这是去哪儿？"

我们告诉她，去医院，石家庄，已经找人联系了医生。我们告诉她，要好好坚持，她的病，是能够好起来的。"好什么好。"母亲嘟囔一句，再次低下头，困意将她又淹没了。

当代中国最具实力中青年作家书系

"姨夫说，小姨扎了个纸人儿。她天天拿针扎纸人儿，咒她早死。想想真是可笑。"

"小姨就是，什么都信。前几年拜佛，信大仙，她就是这样。不过，'文革'时，拆土地庙、观音庙的也是她，她和我妈都是积极分子。谁有用她就信谁，谁厉害她就信谁，也不管真的假的。她让我找同学，可这话我怎么说？我说我小姨又嫌少了？签的字不算了？她觉得不合适？"

"你要是办不成，她肯定会认为你不使劲儿。"前面，充当司机的周亮插进话来，"我二姑也这样。屁大的事儿，有理没理，都想让我群哥给办办。"

"赔给你小姨的就是少。"有味儿的母亲直了直身子，"他们就是欺侮她，要是小象活着，他们绝对不敢！"她推开我的手，"你们根本指不上！"情绪无常的母亲又哭了起来。

一路无话。我们将母亲挪进第二医院，医生看了母亲的病历，"没大病，就是得调养。在我们这里住，会花很多钱，而且不一定有床位。这样吧，我给你们介绍一家医院，你去找这个大夫，说是我安排的。没事，没事，和我们的条件差不多，但至少能省一半儿的钱。"我和妻子商量，然后给父亲打过电话，便将母亲转向了那家距离很近的医院。一系列检查之后，大夫会诊："没大事儿，在这里调养吧，会好的，一定会好。"大夫的声音很大很响，一直低着头的母亲也听得清楚。"你说好就好。"她笑得极为年轻。

然而情况却是，第三天，我母亲就开始昏迷。好在大夫并不慌张，他们认定，只是暂时，只要静等就会好转，他们要求患者和家属能够配合。第四天，第五天，我们找的医生来了，他看了看："转院吧，到二院，快。"在路上，母亲终于又醒了一次，她对我妻子说："帮帮你小姨。"这，竟然是她的遗言。

在转回家的路上母亲去了。一路上，她都在努力坚持，然而在即将到家的时候，她已经没有力气。路上，小姨打来电话，大约是怕信号不好，她在电话里直着嗓子喊："小浩，叫你办的事你办了没有，你可得上点心啊，就黏住他赖住他，不然他不会办的。我们不能这样便宜了他们，小姨可全靠你啦。你也知道小姨家的情况，我们也打点不起……""小姨，"我也直着嗓子冲着电话喊，"我妈不行啦！她是你姐姐，小姨！你还记得吧！"

"你怎么，跟小姨这样说话！"我妻子还没说完就哭了起来。

给母亲下葬，小姨一直都在，她的整个话题都围绕着我死去的母亲，因此我有了一个不一样的母亲，也有了一个不一样的小姨。她不再提小象、骨身、肇事者、我的同学，不过我同学们来吊唁的时候小姨跟了过去。"我是小浩的小姨，亲姨。你们谁是周克？""没有，周克没来，他在外地出差呢。"他们带来的消息显然让我的小姨失望，她挂起脸转身就走，"姐姐啊……苦命的姐姐啊，我那不容易的姐姐啊……"

头七，二七，小姨也都跟着，她来得比任何人都早，二七的时候她还叫来了我姨夫。她哭得伤心、悲痛，鼻涕都哭出来了。"她那点心思。"我父亲背着她们，摇摇头。一向，我父亲对小姨一家很是不满、不屑，他甚至时常摆在明处。

"我们就帮帮小姨吧，她也够可怜的。"

"何况，咱妈最后……她可能不知道那是最后一句话，但毕竟……是。"

"你要不，真找找你那同学……"

当代中国最具实力中青年作家书系

"没用，"我转向另一个方向躺着，屋外的月光已经很冷，像一层冒着白气的霜，"我那同学，也不是多办事的人，再说，这事儿……也无法开口。感觉没理。"我问背后的妻子，"小姨和你说什么了？"

"没有。就是一个劲儿说她和咱妈小时候多好多好，再就是，夸你，仁义，憨厚，从小就知道让人。别的没说。她都憋着呢。那天，你冲她嚷……唉。"

"我们怎么帮？再去找人要钱这事儿，不能，怎么想也不能。"

"我们想办法给你表弟找一具尸骨吧。能不花钱就不花，能省一点儿是一点儿。"

"要做你做。"我对着黑暗说。

"你难道看不出来，小姨对给表弟说骨身这事儿太在意啦，现在她满脑子就没别的！她已经走火入魔了！要是有了骨身，需要钱，找你来借，你给不给？还你是不可能的，可你也不能不借！"

我翻过身子，把月光丢在后面："等等再说吧。要是小姨非要，要是她找我们，我们也真不能不帮。"

留给我等的时间并不长，也就三五天吧，父亲打来电话，告诉我一个坏消息：小姨夫的手，被磨面粉的机器打伤了，已经拉进了医院，正准备手术。"你直接去医院吧，看能不能找一下李宪金？"

"小浩啊，小浩家，你们总不信，总觉得我是……你姨夫怎么伤的？你们问问他，他平时推磨不？向加工厂送粮食从来都是我做！二十多年了，你问问他他去过加工厂不？也不知道着了哪门子魔，今天非要他去。去就去吧，机器可不是闹着玩的，人家给你推磨给你加工你干什么？你姨夫看人家忙不过来非要去帮忙，这不……"

瘦小的小姨滔滔不绝，她根本不顾及周围的目光，根本不顾及进进出出的大夫护士与病人家属，根本不顾及手术不久的姨夫："这是灾，这份灾你左绕右绕还得绕到它身边去，没办法，它会连绵不绝地到来，一而再再而三地将你按倒在地。除非……你姨夫这事儿，还有他的胃病，从小象走了就没好的时候；还有我的腿；咱们家从来没招过贼，可前几天竟然有人偷！也不多，四十多块钱，但我掖得那么紧你姨夫都不知道在哪儿他竟然知道；他大伯，前些日子在学校门口让砖头给砸了，缝了四针，哪来的砖头、谁扔的砖头到现在都不知道；还有你母亲，本来好好的，要是在家里床上躺着躺三年五年也没事儿……我不是说我们家小象如何，他不会，可这事儿他没办法，单身的坟，就是犯病！出邪祟！你躲不过去！"

　　"你们觉得那些花钱买骨身的人傻啊？不是，是不做不行！我也想通啦，就是卖房卖地，我们睡大街上，也要给小象说一身骨身！"小姨口里河水汹涌，她不朝我的方向看，她朝着病房的墙。

　　"小姨，"我妻子已经是第九次插话，"小姨，表弟的事儿就是我们的事儿，他活着的时候我们也没帮上什么，这样，这事儿，我们和你一起想办法。"

　　没错儿，事后，我妻子为自己连续九次的插话追悔莫及：她绝没想到，我的小姨有那么强的黏度和韧性，让她再无法甩掉。"你这个小姨……"

　　"我早说别让你们管她的事儿，一粘一层皮。"父亲翻着报纸，他看的是医药的广告，上面说冠心病、牛皮癣、阳痿早泄、肺癌、胃癌以及各种疑难杂症都有家传秘方，服够足够的疗程都可以保证治愈。"完全胡扯！"他下完了断语然后继续仔细阅读，看得津津有味。

"我也烦呢！"妻子一边说着一边拿起手机，没错，电话是小姨打来的，她们之间的热线已经使我的妻子略显神经质了。"我知道了，我马上去。"

"真是能耐。外地车，在黄骅出的车祸，死了一个十三四岁的小姑娘。小姨已经赶去啦。"她披上大衣，"你小姨现在既有千里眼也有顺风耳。午饭别等我。"

不用等的不只是午饭，竟然还连上了晚饭。十点多，电视里播放着《甄嬛传》，小皇子的血滴进碗里，宫女们一片尖叫，我妻子满脸疲惫地走进来："没成。还有饭没有，饿坏我啦。"小姨眼巴巴地等我招呼她去吃饭，我故意装作没看出来。就没见过她这样的！

我妻子的一天足够曲折，波澜。当她赶过去，人已经离开了现场，小姨在电话里说，大人在医院，死去的孩子已送到太平间。她又打车赶到医院，小姨蹲在医院的门口——她是被人家给骂出来的。"人家遭遇这么大的变故，心里正不是滋味的时候，她过去说买孩子的尸体，和她死去的儿子合葬，人家不骂她才怪呢！"

不能强攻，智取自然要费更多周折：我妻子装作探视者进入病房，而她探视的那个人不在。医生护士忙碌着，女孩的父亲伤得不重但情绪难控，自然而然，我妻子的热心派上了用场，她成了安徽大哥的亲属、监护者、护工、心理疏导师……我妻子说，为了让这位安徽大哥不起疑，她努力拿捏着分寸，说服了两个护士和她一起演戏，偶尔还要打个电话离开一下，而且不让小姨在病房里出现。

转机出现在傍晚，女孩的母亲也赶过来之后。这时，在妇联工作的我的妻子已经成为他们家庭的编外成员，和他们一起参与后事的料理，包括录口供，和交警一起察看车损情况，然后，谈到了女孩的尸体，怎么处理，能不能带回去。我妻子还得欲擒故纵，顾左右而言其他，直到，女孩的父母向她征求意见。"不火化带回去的可能性不大，再说，等大哥的伤好了，孩子总停在……还是讲个入土为安吧。大嫂你不能把大哥丢在这里你自己带孩子回吧。母子连心，你要一个人带孩子回去，这一路，到家，我想想都受不了。大嫂，想开些。这也是孩子的命，是你的命，你们的日子不能不过了是不是？"

　　那两个护士，也跟着搭腔："也不是我们迷信，在这里，都是这样的风俗。"

　　我妻子说，她绕啊绕，终于说服女孩的父母，同意为女儿找个"好主儿"把她葬在当地，终于同意将后事交给在妇联工作的"妹妹"，由她想办法。我妻子突然想到："我在中午吃饭的时候看见一个女人，说想给在车祸中去世的儿子说一身骨身，她说尽管结的是阴亲也一定要当真正的亲家走，她说一定要善待……对了，你们家要不要些钱？可以多少要点儿。"我妻子说，女孩的母亲听了很生气说："要什么钱，我们又不是做买卖！"

　　眼看就要水到渠成。我妻子还在继续："也不知道那个老太太还在不在。我去看看。"她迅速地找到我小姨，如此这般这般——"唉，小姨真笨。也怪我，太相信那两个护士了。"

　　我小姨出现的时候情况已经急转直下，那个受伤的男人竟然认出了小姨，他坚决不同意，女儿不能进这家的门。"从出事不久她就来了！这就是个人贩子！"我妻子急忙收拾，她一边劝激动起来的男人，一边用一种居高的姿态询问小姨："你是哪儿的？什么时候来的？你为什么要女孩的尸骨？你打算怎么办？"也许是被那个男人的激动乱了阵脚，小姨竟没看到我妻子丢给她的眼色，也跟着发起火来："小浩家，你怎么问起我来啦？我们不是……"

即使如此也许还有救，至少我妻子这样认为。然而，就在他们相对平静下来的时候，一个胖些的护士领着个中年人进了病房——他，是得到胖护士的消息来买骨身的。我的妻子再输一层。"人家一下子拿了六万。说孩子安葬的时候请父母都来，严格按照娶媳妇的标准风光大葬，绝不让孩子受半点委屈。"

"小姨最终，还是输在了钱上。"

冬天来得有些骤然，我们还没有做好准备。应当说，刚下雪的时候还不属于冬天，因为不算太冷，还可以穿着单鞋在路上走，而雪后，冷就突然地堵住了门口。"丰年好大雪啊！"父亲在院子里喊，他的本意应是：叫我起床到外面扫雪。

雪很厚，很少有第一场雪就如此厚的冬天。我使用水桶，将扫好的雪收进桶里，提着出门，在巷口远远看见我的小姨。她蜷缩着，踢踢踏踏地移动着，朝我的方向走来。"小姨，你怎么这么早？冷不冷？"她的头发上满是被风吹落的雪和霜。"你怎么这么……"

守着炉火，小姨依然在颤抖，十几里路，她竟然是步行走来的，寒冷已经钻进了她的骨头，在里面结起了冰。结在里面的冰需要慢慢融化，这时，小姨的脸和手都还是僵硬的。"有了，有骨身了。"接着，她又重复一遍，"有了，有骨身了。"她盯着我妻子的眼，就像一只幼兽盯着母亲——我的确是这样感觉的，小姨的眼里，闪着带冰的泪花。

"在哪儿？拉回来没有？要多少钱？"

小姨说："还没有，也不是没有，有，可还没有去找。可能还有。"

"小姨，你慢点说，到底有没有？"我妻子问。这时父亲在外面向我催促："去扫雪！盐里有你，醋里也有你，什么事都少不了你！"

早饭时小姨走了，留不住她，我和妻子硬拉她她也不肯。她说，不饿，一点儿都不饿。我父亲在门外吸着烟，见到匆匆走出来的小姨："冷不冷？让孩子找辆车送你回去吧！""不用啦！"

吃饭的时候妻子给我们解释：小姨说，前几天，姨夫参加一个侄子的婚礼，遇到他一个盐场工作的叔伯哥哥，因为很久没见，两人谈得热络，并喝了不少的酒。两人说着，话题就到了我表弟的身上，姨夫说了他的车祸和说骨身的事儿。姨夫的那个哥哥随口说了句，说他前几年，在一个私人盐场上班，冬天的时候整个盐场就他一个人，时常半个多月见不到一个人影。这天早上他没事儿出去转转，在距离他房子不远的墙角发现了一个死人，女疯子，四十多岁的光景，穿着破破烂烂的单衣，应当是冻死的。他没有报警，觉得报警也没用还给自己和老板找麻烦，于是，他就把这具尸体找了个角落的盐堆，将她埋了起来。要是万一她的家人来找，也好有个交代。第二年，第三年，一直没人找，他也就把这事放下了。

听者有心，晚上一回来，我姨夫就和小姨说起了这事儿。小姨给那个哥哥打去电话，那边竟有了悔意，说是喝多了瞎吹，根本没这事儿。小姨和姨夫反复哀求，那边也只是说，就算有，也找不到了，至少五六年了，再说他早不在那家盐场上班了，过去到盐堆里挖尸骨，得惹多大的麻烦啊。不行，不能。

当代中国最具实力中青年作家书系

他们再无办法。小姨想起了我的妻子。

"这事儿，不明不白的，"我父亲阴着脸，"再说，说个疯子，就好？要不是疯子，是被人杀的……这事儿不能办。"

"小姨不在乎。爸，你也知道她家的情况，要再放过这个机会，很可能就再没机会，小姨都快神经病了！我觉得没大问题，不会是凶杀，不然那个人也不可能说出来。现在的问题是，如何说服他，让他肯去找尸骨。"

"小浩家，你们就这么做妇女工作？我发现，一有谈判的事儿，你就特别兴奋。"父亲的脸色变得更冷，"你这个小姨，哼，在你妈活着的时候，我就想不认这门亲戚！"

我妻子不再说话，她把头低进碗里。"爸，她就是有再多的不是，也是我姨，这点儿，我否认不了也改变不了。再说，我妈最后的一句话，就是叮嘱我们帮她。我想我妈有她的道理，我这个做儿子的，也得把她的话放在心上，你也不希望我们不听你的吧？"我说，"小姨的事儿，我们要帮，至少，我们帮她这一次。"

"爸，你们吃着，我走啦。"妻子站起来，"我去小姨家。"

其实父亲说得也没错，我妻子的确有谈判的才能，遇到这样的事儿她也确实小有兴奋。她使用威逼利诱，终于使姨父的哥哥答应，他先去踩一下点儿，然后找个晚上，姨夫他们带人去挖，一旦遇到什么意外情况，他不用负任何责任，如果找不到他也不负责任；终于使他答应，把寻找尸骨的价格降到两万块，姨夫先拿五千，另外的一万五打个欠条，半年内还清；终于使他答应，不会反悔，不会再往外说出，不会再将挖出的尸骨卖给别人。

"我其实也没想那么用心，可咱爸说的那话！我真气不过！"

就在前往盐场的那夜，事情又有了变故，小姨打来电话，姨夫的那个哥哥说，要再加一万才行，因为，他需要打点盐场工人，让他们"看不见"——这样兴师动众地前去，出一点儿差错，都可能造成大麻烦。"你先答应他！先打欠条，等找到了尸骨告诉我，我去你们家等着！"

半小时，一小时，电话又打了过来。是姨夫，他说："他怕我们黄了他的钱，说，打点工人的钱，必须马上给他，可我们拿不出来。"接下来是小姨，她说："小浩家，你们能不能先帮帮小姨，给小姨凑一点儿……三千就行，我把全部家当都扫净了，能借的也借了，还差三千块。小浩家，我们就指望你啦。"

"这么大晚上，我上哪儿去取钱？"妻子把她和我的钱包拢在一起，"小姨，我们这里有一千二百七，这样，我一会给你送家去。你让那个大伯接电话。"挂断电话，妻子转向我："你不会怪我吧？这可是你的姨啊。"

妻子收拾一下，打开门，父亲的出现让她极为惊讶："爸，你，你在干什么？"

"你拿着。"父亲递过来几百块钱，然后转回自己的屋去。"爸，你都听见啦？""你打电话那么大声！"

月黑风高，门一开，飕飕的冷风便灌进来，让你不禁打寒战。好在事情还算顺利，妻子回来说，他们在盐堆的下面找到了人，都被腌成了肉干儿，瘦小得很，衣服都糟了，一动就成了碎片。"小姨嘟囔，那个旧盐场大概是倒闭了的，他们找了三个盐堆才找到，一个多小时，没有一个人过来。再说又那么冷，就是有守夜的也不肯出来。小姨说，那个哥哥就是想多要钱，想钱想疯了，

当代中国最具实力中青年作家书系

这个借口可不高明。"

一家人感慨一番，妻子说明天取钱还我父亲，父亲摆摆手："去，去，去！"终于，为表弟买身尸骨合葬的事情告一段落。一家人，把《甄嬛传》看到最后一集，再次感慨一番，我父亲不愿多谈："都睡去吧！"

明天安葬，姨夫连夜买了一个小棺材，漆都没上好，底下还是白的。"也不知道是不是真有那边，你说小姨和姨夫这么折腾干什么？没儿没女的，要说是为了孩子倒还说得过去。姨夫想领养个孩子，小姨死活不同意，说没有血缘不一心。那个人也真是，你是没看那副嘴脸，得了钱后，小姨话里含话地那么说他，他就是装着听不出来。唉，小表弟其实也是个挺不错的人，每次见我都笑得腼腆，就是懒。你说，他这么一个腼腆的人，和一个不认识的疯子住在一起，会怎样？想不出来。"

我说："睡吧，看你兴奋的，明天我们考核，光准备汇报材料了，那些题根本没时间看。"

"我就是想不明白，又觉得可笑、可怜。你说，一个人死了之后，究竟有没有灵魂呢？"妻子支着她的身子，在黑暗里望着我。

"不知道。我只知道明天考核！"

我的表弟郭象死了，死于普通的车祸，小姨一家费尽千辛，终于买到了一具无主的尸骨和他葬在了一起，算是他在"那边"新娶的老婆——本来，这事应当已经结束，在我看来应当如此……

可是，没有。小姨又来了电话，关于姨夫打下的那个欠条，"他又来催了。你们也帮帮小姨，怎么办？"

"拖。"妻子斩钉截铁，"反正你们也还不起。这么近的亲戚，他也不至于让你卖房卖地吧！"

没多久，小姨找上门来："不行啊，他倒没说什么，他老婆就是不干，这不，昨天来我们家了，非要把小象的电脑拉走。我死活没让。她说人家盐场的人知道了，要报官，她们家为了摆平这事儿都花了一万多了。这个滚刀肉，撒谎连眼都不眨。"

"你就让她把电脑拉走！你们俩又不会，摆着有什么用？"我父亲移开面前的报纸。

"买的时候三千多呢！她说要我就给她？我就是砸碎了给小象送那边去也不给！你没看见她们，她们……"小姨抽泣着，她完全无法再控制自己的情绪，"要是我姐姐在……"

"谁让你们打欠条了？这事儿要交给法院，你们还是得输。"

"她说了，要我们就是赖着不还，就让法院判！"

"小姨，你别哭，你不用急，"我说，"我马上给法院的周克打电话，看他有什么办法。"我拿着手机走到院子里。

"说清楚点。有欠条，真不好办，你只能还钱，这事儿不好商量。老同学，你不懂法律，总想着靠关系办，我也想，但办不了。什么？你再仔细点？在哪里？什么时间的事儿？尸体身上有伤没有？你怎么没注意？不行，报警，你们这是违法，而且，是不是凶杀奸杀都不清楚，你们的胆子也太大了。我可以帮你把钱省下来，但，你们得把尸体交出来……这事儿不好商量，你不懂法律，我可不能……"

"别打啦！"我妻子冲出来喊，"快，叫辆车，上医院，小姨不行啦！"

"怎么啦？怎么回事？"

"她不能动啦。可能是血栓，或者中风。"

当代中国最具实力中青年作家书系

我在海边等一本书

我在海边等一本书（一）

"你知道，你知道我为什么来这里吗？"显然，老 K 已经喝醉了，他挥动着干枯的手臂碰倒了面前的酒杯，剩在杯子里的液体洒在了桌面上，充满了复杂的气味。

在邻桌，画家阿肯和乔健醉得更为严重：他们扭打在一起，滚倒在地上，像两块可笑的土豆。

他喝醉了。即使没有喝醉，我也对他为什么来这里没有丝毫的兴趣，半毫米也没有，半微米也没有。来到这里的原因各不相同，当然，也可以说，来到这里的原因基本相同。在这个被称为"失意者乐园"的简陋酒吧，大家的面孔太过相似，甚至显得有些荒芜。"我不听，我不想听——"在老 K 面前，我直接表现了我的厌倦和不屑，将脸偏向别处，喝着一杯被叫作"贝特儿"的苦酒。

可他还在纠缠，他把干枯的手臂伸向我，抓住我的手臂："你不知道。你绝对不会知道。"

阿肯的鼻子破了，然而，他却笑着，和乔健紧紧拥在一起，仿佛其中涂抹了特殊的黏合剂。酒吧的店员，我们叫他"格二"，因为他有着和格瓦拉极为相似的鼻子。他端着打开的酒，从乔健的腿上跳了过去，头也不回：在这个失意者乐园，格二见惯了这样的戏剧。他的这一动作赢得了尖锐的口哨，口哨声是从萧干和布雅那边发出的，他们在阴暗中。

"我不是为了画画，我知道自己没那个能力。我来……"老 K 吐出一口浓重的酒气，他努力让后面的内容显得神秘，"我来，是为了等一本书，我在海边等一本书。"

醉后的老 K 更加矮小、陌生，他模仿着好莱坞电影中惯用的语调："我知道这很……荒诞、不可思议，是不是？"我看见在他牙齿上，挂着一块扭曲的花生米皮。

他来画家村时间不久，我和他并不很熟。

诗人简史

醒来的时候已是黄昏，它让我对时间有某种小小的错觉，一瞬间，我对自己所处的位置、周围的环境和气味，包括这个自己，都有着突然的错觉，用不了多久，这份错觉便像吐出的肥皂泡一样碎裂，我被摔入所谓的"现实"当中。我的现实：狭小的房间，它是租来的，据说最初它曾是一间渔民用来贮存渔具的房子，因此空气里至今还有泛起的鱼腥，它和床下的霉味、散乱袜子的臭味、精液或什么欲望的气味混在一起，显得黏稠，有着细细的丝。堆积的书和稿纸，它们的上面有些小灰尘，不过一吹就散；乔健的画，是他在莫名的兴奋状态中给我送来的，他说，这幅画里有

当代中国最具实力中青年作家书系

大麻的味道、精子和松节油的味道——乔健要我必须好好收藏，之后，它会很值钱。空酒瓶、可口可乐、风味豆豉酱、盘子里的萝卜丝……这是我的现实。我的现实是：我是居住于画家村的一个诗人。

来到此地已经三年。我没想在这里居住这么久，没有，作为诗人，我原想来此散散心，将自己从那些累积的挫败和绝望中挣脱出来，并写一组有关海洋、有关生命的诗。我的朋友、画家冉建良说可以提供相应的体验，他说来吧来吧，这里是最后有梦的地方——他说得异常真切，不由你不信。当时，他居住在这个初建的画家村，当时，这里还没有那么多的人。我在他热情的召唤下来到这里，而他，早在两年前就离开了，而我则被遗留在这里。离开的时候，冉建良烧毁了自己的全部画作，谁也无法真正地劝阻他。他盯着升起的火焰和灰烬，泪流满面。"什么艺术，什么理想，什么诗歌梦想，统统都是狗屎！都是屁！没有一件是真的！什么艺术家，什么什么……你们，都是功利主义者！你们统统都是屁，都是狗屎！……"

三年里，我"见证着"许多所谓画家的离开，"见证着"一批批新人的到来，包括这个老K。太阳下面无新事，何况是这样一个黄昏。是的，这些年来，有许多画家"复制"过冉建良的话，他们把所有艺术都统统称为狗屎，把所有过去的理想、幻想和梦都统统称为狗屎……反正，我也越来越倦怠，对什么事都提不起精神。

三年之前，我曾是一个诗人，尤其是在二十世纪的八十年代——那是一段我不愿再次提及的隐秘历史，此时，已没有谁还记得我，除了痛恨我的前妻和已死去的母亲。在这里，这个被称为画家村的僻远渔村，我打发着如此的一天一天，诗歌和我已经俱老。

我在黄昏暗淡的光中坐着，那一刻，竟然有种隔世感，仿佛我和我的这间小屋漂浮在海上，与这个人世渐行渐远。我把它想象成一个囚牢，我的全部时间都被囚禁在里面，包括余生和未来，包括来世……这时，囚牢的外面响起了敲门声。"是老K。"他说。

啤酒泡沫和露水

认识达芙儿是在失意者酒吧，我到达的时候老K已经在座，当时，小小的达芙儿被拥在阿波的怀里，她远比后者更为绵软。"坐坐坐。"见我到来，老K马上站起来，他向达芙儿介绍，"奇磊，诗人。他很有名，还曾……坐过牢。"老K的殷勤让我小有反感，我将屁股陷在沙发中，然后把目光转向角落。那里空空荡荡，只有一些看不出颜色的污痕。

认识达芙儿是在失意者酒吧，当然，酒吧并不叫这个名字，这个名字是来往于此处的画家们起的，我们早已习惯用它来代替旧有的名字，对此，就连酒吧的老板也默认了，他也曾是一个诗人。那一夜，我并没对达芙儿有过多的注意，只是，后来她突然大叫，从阿波的怀里钻出来："给我来一杯贝特儿，要，要加冰，加点露水儿！"——喊过之后，她又缩进阿波的怀里，咯咯咯咯地笑起来。

达芙儿，就是露水的意思。老K有些自作聪明，他频频和阿波干杯，不停夸赞阿波的绘画，然而他能够使用的词语实在贫乏，阿波并不买账。"艺术，就是让积累下来的财富消耗出去，没别的，仅此而已。艺术没有秘密，半点儿也没有，也别扯什么高下。"老K盯着面前的杯子喃喃自语，看得出他有些受挫，他的受挫当然也进入阿波的眼里。"别跟我提什么毕加索、莫奈或达达主义，都是老掉牙的风格，在这个时代已经没有任何意义。眼球是一种经济，也左右着艺术审美，你看你们这些还住在画家村的画家，"阿波伸出一根手指，朝着酒吧里的人头一一优雅地点下去，"都过的是什么日子哟。大家为什么来这里？是淘金来的，是想出名来的，别跟我胡扯什么艺术，少在我面前装蒜。"阿波绕过老K，转向我："是吧，诗人？"这时达芙儿又一声低低的尖叫，显然，阿波的手指弄痛了她。

"我觉得，我觉得……"老K呼吸粗重，阿波的话让他尴尬、紊乱，如同一盆冷水浇在他烧热的火苗上，形成一团模糊而纷乱的水气，"我觉得，艺术还是艺术，它，它……"

"你大点声说啊。你也让周围的人听听。你问问他们，谁还在那里执迷不悟？"阿波再进一步，他凑得更近了些，"这个时代，赚钱是硬道理。你也别给我贴金，我的画肯定狗屎不如，但，我就是能赚钱，特别是外国人的钱。不服你也来啊。"

老K的样子很让人同情，他似乎在寻找一条通到地下的地缝，他计划从这条缝中钻出去，永远不再出现——他显得那样手足无措，整张脸，都变了颜色。"奇磊，你，你说……"

我不想加入他们的争论，三年或更长的时间里，我参与得太多了，这很无聊、无趣，何况我也愿意教训一下这个总不知趣的老K。我盯着空空荡荡的墙壁，故意像一块木头，故意充当一个木头人，但一杯一杯喝着有回味的苦酒。

"我们的诗人好像情绪不高啊。"阿波的脸上带着一种暧昧的笑意，"忧郁的诗人更像是伟大的诗人，我发现你的确越来越像了。"他轻轻碰了一下我的酒杯，"我觉得你需要一次爱情，轰轰烈烈的爱情，那样你才能感觉自己的燃烧，不然，你只能忧郁下去，越来越呆板、无趣，也不可能写出什么好诗——要不，这样，我将我的达芙儿让给你，让这个可人儿恢复你的活力，她很会……前提是，你给我的达芙儿写一首赞美诗。"

"就写……啤酒泡沫和露水！"达芙儿从阿波的腰间直起身子，她的脸色潮红，"诗人，你写一首吧。"

苍蝇和老K的如影随形

其实只有一只苍蝇，但它有奇怪的分身术，仿佛可以在任何我不注意的时候出现，让我在对一切的厌倦中更增加一点儿。别小瞧这个小点儿，我无法忽略它的存在，嗡嗡嗡嗡，并落在我的手臂、脚趾或腿上，我无法忽略它的存在。

所以老K来得不是时候。当时我正对这只苍蝇表达我的愤怒，而老K的出现更让我愤怒。"你这时来干什么？"我故意拉了拉自己的短裤，把手伸到裆部的里边。

没脑子的老K还是挤了进来，他说有点儿小事，小事儿。他告诉我，昨夜，就在昨夜，我们和阿波喝酒的那个时间，阿波的车被人砸了，好在并不重。

我哼了一声，把手上那本策兰的诗集丢在桌上。小小的尘土也是尘土，它们飞扬。

"阿波说他能猜到是谁干的。那个人，对他，完全是羡慕妒恨，因为他永远获得不了自己那样的成功，永远得待在这个破地方直到晚景凄凉⋯⋯"我制止住老K："对不起，我对这事毫无兴趣，它不是我干的。"

"我知道不是你，当时我们在一起⋯⋯我想问你，你能猜到是谁吗？"

我说我没有兴趣猜，一点儿都没有，半点儿都没有，我现在的兴趣是睡觉，睡觉前把那只可恶的苍蝇消灭，让它不能来烦我。至于是谁砸了他的车，在画家村，至少有一半儿的人值得怀疑，都有作案的动机。

"我，我⋯⋯"

我还得找那只苍蝇，它有奇怪的分身术，现在，它竟然消失不见了。屋子狭小，它并没有太多的去处，尤其是在这样一个炎热的正午。这时，老K又在敲门，他对我说，他的心胸太小，装不下太多的事，所以就找我来了。在画家村，只有和我，还能说得上话。对此，我用了一个很不耐烦的表示，然而老K并不在意。

这次的话题是达芙儿，老K说，看上去她年龄不大，也不知道阿波是如何将她骗到手的。阿波，根本不是真心，这点他可以肯定。老K携带着他的话跟在我的屁股后面，而我，在努力寻找那只具体的却又突然消失掉的苍蝇。老K感慨，这么好的女孩子，这下可惨了。

"屁话。"我当然生硬。三年里，我和这个阿波打过不止一次交道，了解不少关于他的事儿。"他的血液里有比我多出三倍的魔鬼。"

"可他，他的画卖得那么好。有那么多的人都⋯⋯说得天花乱坠，说得⋯⋯他们这么说应当也是有道理的。像他那样的画，我就不敢画，想不到要画。他，怎么说也是个天才。是不是？"

那一刻，我再也控制不住自己的愤怒，瘦小的老K被我推到了外面。我告诉他："你马上走，到海边的礁石上好好倒一倒脑子里的水。今天，至少今天别再来烦我了好不好，我已经足够烦了！"

被推到门外的老K一脸委屈："我，我一直当你是朋友，我……"

我没有午睡，不只是老K，也不只是苍蝇，他们简直是一个混合体，他们之间有密约或者商量过的阴谋，我被苍蝇和老K弄得极为疲惫，肚子里灌满了绿油油的怨恨的毒汁。傍晚时分我来到海边，在一块礁石上面坐下来的时候老K从后面绕了过来，似乎我之前的态度于他毫无影响："你想不到，绝对想不到！我听见达芙儿和阿波发生了争吵，现在，阿波开车离开了这里，也不知道，他会去哪里。"

继续着正午时的冷，我告诉老K："我来画家村的时候阿波还只是一个默默无闻的小画家，他画得很一般，但却很有女人缘，很能讨女人的欢心，他能有今天的境遇，有一部分是因为他曾经的一个女友……"老K插话："我知道，我听他们说过。""成名之后的阿波很少再来画家村，他回来，一是拉一些画商尤其是国外的画商来看画，二是甩掉他已经厌倦的女友。你放心，下一周，至少下一周，你不会再见到阿波，剩在这里的女孩要么选择离开，要么成为某个画家的女友，住上一段时间……"老K再次插话："我知道，我知道。我也见过阿波的上个女友，可是，这个达芙儿……和那些女人不同，她不是，那样的人。"老K凑向我："她还那么小，就经历，经历……"我拍拍老K的肩膀："你可以去安慰她，帮助她疗伤。"老K，搓着自己的手，竟然显出丝丝的羞涩来。

……

当代中国最具实力中青年作家书系

其实只有一只苍蝇，但它有奇怪的分身术，甚至会进入我的心里去，让我感觉纷乱。嗡嗡嗡嗡，我无法将它驱逐到外面、远处。我只好丢下翻了不到两页的布莱希特的作品，关上灯，把苍蝇关闭在黑暗里，赶往酒吧。我正和乔健、安秋雯几个人闲聊，那个多余的老K如影随形，他在后面拉拉我的衣襟，那么神秘，悄悄凑近我的耳朵："阿波真的走了，他没回来，到现在还没有……"安秋雯突然插到我们中间："别在我们面前提那个无赖，脏耳朵。"

"去，苍蝇！去，滚开！"我表演得相当夸张，表演得装模作样，像一个小丑对着空气挥动手臂。乔健他们，肆无忌惮地笑了起来。

梦见

我竟然梦见了达芙儿。在梦中，她只是模糊的一团儿，没有面孔，但可以呼吸。

我梦见她坐在礁石上，面朝大海。大海那边黑暗一片，像一道深渊。

从梦中醒来，我看到的依然是无边无际的黑暗：凌晨，三点二十，当我把荧光的钟表扣在床边，那些黑暗便挤走了所有的光，只剩下弥散的、浑浊的、肉体的气味。余下的时间已经无法入睡，我只得盯着黑暗的天花板，那里，混乱地悬浮着一些莫名的诗句、一些场景、一些词。悬浮着乔健的画、阿波的画、莫奈的画、康定斯基的画，悬浮着一些旧事儿。悬浮着一个牢房、飞过窗口的蝙蝠、潮湿的鱼，悬浮着旧事里那些特定的人的表情。悬浮着性爱、不同的女人、不同或者相似的欲望、挣扎与呻吟、被碰碎的玻璃。那里，也许还悬挂着一只苍蝇。它已经隐藏四天了，但应该还在，除非饥饿已将它消灭。如果是饥饿消灭了它，那可真是抱歉。饥饿可不是我的主意，我想的主意原本是：用策兰的诗集将它拍成肉酱。

在梦中，我走近了达芙儿：在坚硬的礁石上她突然消失，就像，她名字里包含着的露水。

是不是应该写一首，关于啤酒泡沫和露水的诗？

我在海边等一本书（二）

"我在海边等一本书。真的，这是我来这个海滨渔村的首要目的，我知道自己不会是一个好画家，永远不会，我还是认识自己的。虽然对此有些不甘，但没办法，不行就是不行。我在海边等一本书，它应当从海上漂来，装在一个旧瓶子里。它在海上已经漂荡很多年，经历了许多时间、漫长的路程。"

老 K 故意滔滔不绝，岔开话题，转移着视线，他试图，把蜷成一团儿的达芙儿从她的沉默里引出来，尽管脸冲着我，但我明白他所有的话都试图说给另外的耳朵。

"我希望你能将它写成诗或者别的什么。每次讲这个故事，我都会被感动，真的。我说的是真的。"老 K 说，为了这本可能出现在海边的书，他沿着海岸线已走过不少的村落，向那里的人仔细询问是否见到过这样一个漂流瓶，里面，装着一本献给乔雨娜的书。老 K 说，这个乔雨娜是他的姑姑，她已于去年过世。等这本书，是他姑姑一直没有放下的心事，是一份遗愿。虽然，对能否等到这本书并不抱什么希望，但他还是给自己两年的时间来寻找，这本说好从海上漂来的书让姑姑整整等了一辈子。

"说来话长。"老 K 卖了个关子，他的眼，悄悄瞟了一下达芙儿的脸，她还沉浸在自己的情绪里，把自己缩成一只蜗牛的形状。"我姑姑，我姑姑……"老 K 的停顿让自己有些慌乱，显然，他并没有说书人的才能。"我姑姑，当年是 K 城有名的美人。她曾在一所基督教学校上学，那所学校后来出过不少的名人。当年，我姑姑身后有不少的追求者，然而没有谁能让她动心思，她显得那么高傲，所有漂亮的女人都高傲……"我打断他："你还是抓重点来说吧。""好好，我马上就要说到重要的了，我姑姑拒绝了众多的追求者，而看了一个美国兵，当年，正是抗战最紧要的时期，那个美国兵曾作为战斗英雄到姑姑的学校里演讲，他，同时还是一个诗人。据说当年，于我们家来说这可是一个大事件，就在 K 城也是，她的恋爱遭到我爷爷奶奶的坚决反对，然而无济于事，姑姑总能从家里逃跑，她和那个美国兵出现在树林里、田野中、山崖边。""这很平常，我听过太多的这样的故事。"我说。"我的姑姑，为那个美国人着了魔。她陪着他，一起搜索写诗的素材，一起推敲其中的诗句，一起……她的事，在 K 城闹得沸沸扬扬，为此我爷爷奶奶还曾把我姑姑关起来，找到美国人所在的部队——但都太晚了，根本无济于事。"

我用鼻孔重重地哼了一声。这时，达芙儿抬起她略显苍白的脸："后来呢？"

那简直是种鼓励，老 K 的呼吸再次变得不畅，他的鼻孔上方出现了突然的光。"后来，后来……"他盯着达达芙儿的眼，"我说过这是一个哀婉无比的故事，有心有肺的人肯定会被感动。后来，前方战事吃紧，美国兵奉命离开 K 城，但他一直给我姑姑写信，寄他新写的诗作。再后来，内战爆发，那个美国兵回国。他给我姑姑最后一封信是在美国寄来的，信上说，他已经完成了那部献给我姑姑的诗集，正在筹备出版。姑姑说，信的最后一句是：假如因为战争或别的什么，这本书我无法寄给你的话，我会将它放置在一个美丽的瓶子里，小心地放进太平洋。洋流终有一天会将它推到你的国家，你会在海边得到它。"

老 K 站起来："我的姑姑，为了这句话等了整整一生。"这个老 K，用出和平日大大不同的表情和庄重，虽然这份庄重显得异常可笑。他竟然拍了拍达芙儿的肩膀，此时的语调几乎像是学生的背诵："你知不知道这一生有多长？你可能并不知道。"

达芙儿侧了侧身子，她毫无表情："后来呢？你讲完啦？"

"没，没有。"老 K 摇头，"后面还有。在送走那个美国人后，姑姑也毕业回家，她基本就是做些针线活儿，读书，写一些从来都不示人的诗。她就像那个叫什么，叫什么的美国诗人……""艾金森？艾米利·狄金森？"我提示给老 K。"是的，就是她，这么熟悉的名字，真是。当时我们的家境还好，但经过战乱，政府军、溃败下来的兵痞、当地流氓的一次次洗劫，也越来越入不敷出，而我父亲，出于对政府的不满在十二岁的时候就参加了地下党……有一次警察来抓我父亲，而姑姑急中生智，竟然骗过警察，把他救了下来。她还救了一个叫老毕的人，当时，他是我父亲的上司，解放后当了 K 城的警察局长、副市长。我父亲恨死他了，'文革'时姑姑因为和美国兵的关系被当成是国民党潜伏的特务，天天游街，差一点儿被打死，父亲去求他为我姑姑作证，他竟然不见，还叫秘书把我父亲推走……当然，他也没得什么好下场。

当代中国最具实力中青年作家书系

我姑姑……"

达芙儿突然站起来，她伸了伸腰："真累。你们说吧，我出去走走。"

还没说完她就飘了出去，把我们——我和老K关在了房间里。老K看看我，把我当成他掩盖尴尬的一根稻草："我说这个故事其实是……你要没别的事，你就听我讲完。"

我说："你已经讲过了，我知道了后面的内容。你姑姑为了这个美国兵受尽了侮辱，后来她也得知这个浪漫的诗人不只有她一个女人，那些人的境况也比她好不了多少，其中有一个后来离了婚，上吊自杀了。你父亲也受到牵连，被当成是隐藏在内部的敌人，一直得不到重用甚至还曾遭受监视，为此，你父亲有很长一段时间与你姑姑互不往来。'文革'中，美国人写给你姑姑的信都被抄走了，她没能留下任何一件旧东西，在她活着的最后几年，突然想起那个美国人的承诺，会给她从海上送来一本献给她的书。""你都已经讲过了，老K，在失意者酒吧，你喝醉的时候。"我对他说，"如果没有别的事，我就回去了，你最好还是追你的露水去吧。"

"别，别，别走。"老K拉住我，他的动作生硬而笨拙。"走，我们去酒吧。"他挥挥手："我只是看她可怜。算了，爱怎样就怎样吧，又不是我的女人，又不是我对不起她。"

失意者酒吧（一）

还是那些大致相仿的人，还是那些大致相仿的曲子，还是那些大致相仿的话题，我专注于那种叫"贝特儿"的苦酒，它的颜色有些深，有些混浊。这很好，很有意味。我和前来的乔健干杯，和拉菲干杯，和安秋雯干杯，和老K干杯，和两个古板的陌生人干杯，我的到来甚至让他们惊惧。我喜欢这样的效果，我故意说些莫名其妙的话，故意似是而非。只有很短的时间，那两个古板的人就不见了，他们不属于这个酒吧。失意者，不是这副模样。失意者有着大致相同的气息，我的鼻子能嗅得出来。

最先喝醉的当然不会是我，是克瑞尔，这并不是他的本名，他姓肖，没有一丝的国外血统。他总是在巨大的画布上画那种艳丽而巨大的花儿，而它们，多少又会让人联想到女性的一些器官。他站到高处，拿着麦克：女士们先生们，在这个美妙的、充满诱惑的夜晚，我，由我，克瑞尔给大家……朗诵一首超级棒的诗，你们，你们在听吗？

"不听不听！""下去下去！"所有人都起哄，他早就习惯了。

　　我们将在钟声里寻求庇护，在摇荡的钟里

　　在轰隆隆的钟声里，在空气里，在嗡嗡之声的……中心（有人大喊："中心！"然后是一波的哄笑）

　　我们将在钟里寻求庇护，我们将漂浮（又有人喊："我们将漂浮。"又一波哄笑）

　　在地球之上，在它们沉重的外壳里（一个女声，尖锐而高亢："球！什么球？"众男声插入："混球！蛋球！"再起的哄笑几乎震倒了失意者酒吧）

　　在地球之上，在田野之上，朝向草地（啊，草地！我暧昧的爱情啊！乔健站起来，他冒充着乐队的指挥，在他后面的正万用力抛掉了他的帽子，露出他的裸露的光头）

　　……

当代中国最具实力中青年作家书系

是的，这里是失意者酒吧，但天天在这里上演的戏剧并不总是失意，还有喜剧和闹剧，有趣和无聊的荒诞剧。失意是经不起表演的，失意是不能用来表演的，它过于无趣、伤神，而且易传染，所以大家尽量控制它的出现，尽量在它刚刚冒出火苗的时候集体朝它的上面撒尿。对待女人要像鼻涕虫一样贴紧——这是酒吧老板的一句名言，也常常被我们挂在嘴上。

酒醉之后的朗诵本来就是克瑞尔的保留节目，他也总能搜罗到一些我们从来没有读过的诗，有时好，有时则特臭，这没关系，反正没有人仔细听诗歌的内容，包括我这个所谓的诗人。然而那天，那天出现了一个小小的意外，一个瘦小的女孩冲到他的身侧，竟然抢过了他手中的麦克。"这叫什么诗啊，这叫什么诗啊！你丢不丢人，丢不丢人！"

显然，这没有经历事先的安排，克瑞尔愣了一下，然后发疯似的抢过那个女孩的麦克。显然，这没有经历事先的安排，在我身侧的老K跟着跳了过去。透过混乱的身影，我看清了那个女孩：她是达芙儿，她在地上哭得热烈。

我，也跟着跳了过去。

消息和耳朵

来自布拉格：据说，画家乔之页和他妻子、美国女画家帕斯坦的"非"观念艺术展在布拉格某画廊举行，引起巨大轰动。同样是据说，开幕式当天，扛着一块巨大空白画布的乔之页匆匆挤入画廊，"不小心"撞坏了自己的一个作品：挂着各种安全套和听诊器的圆形玻璃柜，它由一面面镜子组成。乔之页的莽撞致使镜子纷纷破碎，甚至引发了爆炸：当然这是艺术展的组成部分，它经历了设计，令人狐疑的爆炸完全由雇佣的工人控制。玻璃碎后，人们发现，在这个玻璃柜的里面有个躺卧在可乐塑料瓶中间的裸女，也就是画家的妻子，她的腿，被碎镜子的玻璃划伤了一点儿，有一道"优美的血迹"。这个乔之页，曾是画家村最早的元老之一，他在得到帕斯坦的爱慕之后飞黄腾达。

来自于A城晚报：一个德国的神秘画商，用高价买走了高野鲁的一个系列，即《灵66，生命和种子》。它使用的是综合材料：高野鲁收集了玉米、大豆、黄豆及油菜花、辣椒、西红柿、草莓或一些叫不上名字的草的种子，将它们粘在画布上，看上去像一个初生的婴儿、初生的牛犊、初生的昆虫或鳄鱼。A城晚报还配发了《圣艺术——以性灵的艺术唤醒世人性灵的存在》的专访，专访中，高野鲁没有透露这组作品的具体价格，只是含蓄地同时又不无得意地宣称，这是他目前所见的最大一笔钱，足以改变他之后的生活。"钱并不是重要的。重要的是，对艺术的承认。艺术当然也是生产力。"

在某个拍卖会上，鬼岛的一幅题为《洪流——红》的油画作品以七百万的价格被某境外公司买走，而他的另一幅作品《笼子、叶子和信》，则拍出了四百二十万的价格。这个鬼岛，曾是安秋雯的前夫，曾在画家村居住过半年，直到和乔之页一起离开此地。据说他傍上了一个大使，那个人购买了他大量的绘画，拍出的这两幅作品均属于那位前大使。

画家阿肯被警察带去询问，据说同时被带走的还有付劳和卡卡，他们涉嫌吸毒和诈骗；留着长发、具有艺术家气质的夏波醉酒骑车撞在树上，造成了一条腿的骨折，这是他个人的说法。此

当代中国最具实力中青年作家书系

外还有另一种流传更广也更为可信的说法：夏波竟然引诱一位渔民的女儿，并致使她怀孕。她的家人打上门来，打断了他的那条腿——这事并不算完，远不是最终的结局。据说，回去不久的王之浩竟然谋得了一个图书馆的差事，而刘冠华则远没有这份幸运：他在挫败和饥寒中自杀，他使用电线勒住自己的脖子，在踢倒椅子的同时还接通了电源——要知道，这一"同时"要做到非常不易，乔健说，他的这一死亡行为很有艺术的性质。

据说，费尽心思的老K终于赢得了美人：那个达芙儿，终于和他开始了同居。

尽管我很少参与什么，但种种消息还是不断灌入我的耳朵。我的耳朵，有时需要不停地水洗：用清净的瓶装水。它也许能够做到。假如，它不是什么防不胜防的假货。

我在海边等一本书（三）

我躺在床上一边读耶利内克的《钢琴教师》一边抚摸自己的身体，它的上面有着同样的划痕，我清楚，有些划痕是完全向内的。在第八十七页时，敲门声突然打断了我的阅读，是达芙儿，我不知道她为什么会来，怎么找到了这里。"看什么书？"明显，她并不需要我的回答。

她的问题是，你怎么来到这里？为什么来到这里？

如果她不问，我想我是明白的，然而经她一问，我还真不知道如何回答。它真的成了问题。

"对了，你为什么会坐牢？"

我说你换个问题吧，这个问题我不想回答。不过我可以告诉你，答案，是你所想不到的。我不愿意回忆过去的事儿。

"那好，你就说，你为什么来这里？"

再次的沉吟之后，我郑重回答了她的问题："我在这里，是为了等一本书。我，是一个诗人。"

我工作的房间

我工作的房间是方形的
犹如半副骰子
一张木桌
一幅农夫的侧面肖像
一把松松垮垮的扶手椅，一只茶壶
撅着哈布斯堡王朝时代的嘴
从窗口我看见几棵枯瘦的树
几丝云彩，几个总是
快乐而喧闹的儿童……

"这是你写的诗？"我说不，不是。它是一个波兰诗人写的，我总是记不住他的名字。之所以我抄录了它，将它挂在墙上，是因为喜欢其中的句子：

我工作的房间是一只照相机的暗盒
而我的工作是什么——
静静等待
翻翻书本，耐心地沉思

当代中国最具实力中青年作家书系

我对她说，这首诗，仿佛就是我写的，写给我的，我并没有对你进行欺骗：我来海边，的确是在等一本书。虽然我不知道它什么时候能够完成。达芙儿的出现拔开了我喉咙里的一个塞子，那一刻，我完全是一个话多的男人。这个男人也让我意外，我应当照一下房间里的镜子，看他是"我"的哪一面，哪一张脸。

"这就是你工作的房间？"她来来回回，皱着眉头，夸张地用手在鼻子的前面扇动，"你闻一下，都什么气味！你看你的袜子，还有这些酒瓶，这些破布，这些烂纸！"

她突然停住脚步，盯着我的眼："你答应过我，给我写一首关于啤酒泡沫和露水的诗。别以为我忘记了。要抓紧时间。"

她那刻的天真让我慌乱。

达芙儿，达芙儿

老 K 说，达芙儿很危险。虽然她现在不哭不闹仿佛毫不在意，其实，她的一只脚已经搭在悬崖的边缘。他了解这种状态，他姑姑也曾如此，外表的平静恰是因为波涛汹涌。

老 K 说，达芙儿刚刚毕业，刚刚进入这个社会。刚刚进入，她就遇到了阿波。她根本不了解阿波！老 K 有些激动。她也不了解爱情！老 K 感慨，这个世界上骗子太多了，让人无法相信。在来这里之前，他从未想过所谓的画家村是这个样子。

老 K 说，没有，他没有和达芙儿同居，他没和她做什么，他不能……再说，达芙儿也没有放下阿波。她之所以留在这里，是因为还心存幻想。如果她死心了，肯定会突然地离开，再不出现。老K说，虽然她不说，但他清楚她在想什么。

老K说，几乎每天夜里，达芙儿都会悄悄到海边去。在那里一坐就是半天——这是她自己说的，他并没有跟踪她，他还有许多自己的事，何况，她此时的境遇和自己没有任何关系。老K说，这个达芙儿其实也颇刁蛮、任性、口是心非，她……老K，他说——他突然停止了话题，他停止话题是因为达芙儿的出现：她穿着一件半透明的纱质长裙，上面，是一些琐碎的花。

"你们继续。"达芙儿异常平静，她坐下来，拿起一本叶玉莆的画集随手翻着。那里边玉体横陈，叶玉莆使用的几乎是原色却把画面弄得很脏。

那一刻，时间被突然拉长，它几乎凝滞……

打断僵局的是我，我递给紧张的老K一些空气："说说你姑姑的故事吧。我觉得，她的经历足够写一部长篇小说。"我推推老K，故意轻佻："没见过美女啊，看你的色鬼模样。"

终于，老K收聚起离开身体的小魂魄，尽管他磕磕绊绊，那些小魂魄还不能完全地附体。他说，他姑姑平日里尽量让自己缩小，不在别人面前出现，无论别人怎么待她。他说，他从小就跟着这个姑姑，他几乎就是姑姑的儿子，他的父母整天忙于工作拼命表现自己，根本没时间管他，他的存在于他们来说完全是种累赘。在父母那里，他一直都是一个外人，他也这么看，自己是个外人，父母也是自己的外人……很长一段时间，他都很少跟自己的父母坐在一起吃饭，而坐在一起，于他于他们都像是煎熬。他和姑姑更为亲近，可是，也总是亲近不起来——姑姑是封闭的，她没有温度。

当代中国最具实力中青年作家书系

"在'文革'后期，我父母才和姑姑有些来往，之前他们……他们可能根本不希望有这个姐姐，前几年，我母亲还说，如果不是有我姑姑，我父亲可能早当大官了，不至于还是这个样子。他们一直觉得，这个姐姐，不仅让他们丢人，还损害了他们的生活。"

"道貌岸然！"达芙儿丢下手里的书同时丢下这句莫名其妙的话，摔门而去。

老K大张着嘴巴，一副木讷而委屈的表情。"她，她怎么啦？"

我猜测，她，可能听到了我们的对话，只是当时没有发作而已。"小心你的露水。"

夜太黑（一）

"这些天，你干什么去了？"

我没有想到达芙儿会在这么晚的时间到来，似乎还带着微微的醉意。"没什么，只是出去走走。""哼，"她把脸凑向我的脖颈，"躲什么躲，别告诉我你没有接触过女人。"她的手，搭在我的脖子上，朝我哈着淡淡酒气。

我抱住她的柔软。本质上，她还是个孩子，本质上，她是水做的，达芙儿，会被晒化的露水。我抱着她，轻轻吻了一下她的耳垂。屋外的夜晚太黑，似乎还有风声呼啸。

"把我抱过去。"她吩咐我。

"给。"她伸过来左腿。我帮助她褪掉那条丝袜。她扑过来，紧紧黏着我的身体，本质上，柔软的达芙儿也是欲念之火……

突然，她的手机响了起来，彩铃用的竟然是那首老歌:《夜太黑》。铃声只响了半句，达芙儿便伸出了手。

"霓虹里人影如鬼魅，这城市隐约有种堕落的美。如果谁看来颓废，他……"铃声竟然再次响起，它有些不舍，有些固执。达芙儿推开我的手，关掉了手机。"甭理它。我叫你甭理它。"达芙儿的声音竟有些沙哑。

夜太黑（二）

她在挣扎，用着全身的力气。她说"不不不"，然后突然直起了上身，手臂那么滑，全是汗水。"我在做一个梦。"她说，"没吓到你吧。"

"没有。"我抚摸着她的背，其实是在抚摸上面的汗水，"没有。你可以继续睡。"

她转过身子，蜷进我的怀里。"我怎么这样？我怎么会这样？"小小的达芙儿轻轻抽泣起来，"我毁了，我的一切都毁了。"

"对不起。"我拍拍她的肩，夜还很黑，黑暗如同有些发霉的绒布，有些闷。但风已经安静了下来。

"能不能和我说说你的梦？"

"没什么好说的，就是一个梦。"达芙儿长长出了口气，"老K骗了你，他那个姑姑的故事是从一本书上看来的，他讲得也远不如书上写得好。"

"无所谓。"我对达芙儿的头发说，"我倒希望自己能够相信。我现在很怕，自己不会信了，不会信了。"我的气息吹过达芙儿的头发，"老K，可能喜欢上你了。"

达芙儿那里再无声息。她没睡着，我知道。

我也无法入睡。我只得睁大眼睛盯着上面的黑暗。夜太黑，真

当代中国最具实力中青年作家书系

的太黑，我看不到自己的手臂和腿，也看不到达芙儿，虽然她在。

"你为什么坐牢？"黑暗里，她问，"是为了钱，还是为了女人？"

来到这里的人都没有前史

所以你最好别问。

失意者只有现在时，他们的未来也缩小了。

他们的面容多么相似：疑惧，忐忑，怨愤，夸张，
神经质——并且，努力让自己扮演一只怀有敌意的刺猬。

——安秋生：《钟的第三颗心脏——题于画家村》

毁掉

"我知道昨晚她在你那儿。"老 K 高昂着头，一种斗鸡的神态。他不看我。这应当是他设计过的姿势。

"你知道她……你会毁掉她的，你知不知道？"

"你就是想毁掉她，你根本不在意别人的死活，你只有自己。我算看清你这个人了。"老 K 咬牙，切齿，但依然不朝我的方向看。

"没那么夸张，"我说，"一个人总要长大，无论是用什么样的方式，有些方式可能你不理解，不认同。但它就是那么回事儿。"我伸出手，老 K 突然翻过了脸："无耻！把你的脏手拿开！"

这个瘦小的人，他点着我的鼻子："你也毁掉了我们的友谊！"

他那副张牙舞爪的样子……不知从哪里窜起的火气，它在我腹内成形，一下子将我变成另一只怒火燃烧的斗鸡——我的拳头，重重打向老 K 的下巴……

失意者酒吧（二）

"你知道，你知道我为什么来这里吗？"显然，老 K 已经喝醉了，他挥动干枯的手臂碰倒了面前的酒杯，剩在杯子里的液体洒在了桌面上，充满了复杂的气味。他冲我笑着，可是，他的脸上已尽是泪水。

"你是来找一本书，一本从海上漂来的书。"这句话里竟然有着复杂的意味，有着百感交集，是之前我所没有意识到的。我也跟着哭了起来。我抱住了老 K。

"你知道，根本没有书，根本没有。傻瓜……才信。"老 K 摇晃着他的头，"你信了不是？你信了不是？"

我说我信，我信了。我哭得那么失意。老 K，我信了，我信，你有一个等得很苦的姑姑，她自己也清楚……

"算了吧。你不信。我知道你不信。"老 K 的神色一下子转向黯然，就连达芙儿也不信。"那个傻 ×，那个朝三暮四的臭婊子，那个……"老 K 用出那么多的脏字儿，他甚至用酒瓶捶打着桌子，把众多的目光吸引过来。邻桌，布雅吹出一声响亮的口哨，他冲我抬了抬酒杯：一个干杯的表示。我看到，在他身侧，一个有些年纪的外国老人在和旁边的女孩认真交谈，女孩手上拿着一款漂亮的手机。

"她走了。跟阿波。阿波把她接走了。"

这真是个意外的结果。

"她走得，很欢乐。"

当代中国最具实力中青年作家书系

等，一本书

直到今天，我才写下这个多年之前的故事，它也许算不上是什么故事——只是一些旧事而已。我甚至找不出它有什么意义。本来，我想集中书写老 K 的姑姑，无论它是真实还是老 K 的虚构。然而从一开始，"另外的故事"就加入了进来：在记忆里的记忆总是沉渣泛起，它们像泥沙，像枯木和落叶，像水草和潜在水中的鱼群……后来，我干脆不做剔除，于是它变成了现在的样子。

多年之后，我还在画家村过着已经很旧很旧的旧生活，天天如此，月月如此，然而仔细想想其实还是有许许多多的物是人非，或者物非人非：乔健的一个系列组画意外卖了个大价钱，他有了固定而合法的女人，开上了宝马；画家布雅被抓走了，之后再未在画家村出现，有人猜测他可能转行在做生意。有精明的画家曾试图在画家村一隅打造"艳遇旅游"，建起了三家古色的旅馆但最后不了了之。失意者酒吧的一侧有人又开了一家更大也更为豪华的新酒吧，它挤走了失意者酒吧一半以上的生意，现在，集中于旧酒吧的人就显得更加失意：这里，很少有美女，很少有外国画商，自然也就很少有意外和商机。被阿波接走的达芙儿再无消息，她真的就像是露水，后来有几次我又遇到阿波，他怀中的"小鸟儿"早就换成了新人。我没有提及达芙儿，他也没有提及，来到这里的人都没有前史。倒是有一次，他提到了老 K："那个憨豆先生又去了哪里？"

我不知道，真的不知道，在他离开后我们再无联系。不过，我记得他离开时的情景：他烧毁了自己的书和画作，虽然它们并不很多。什么艺术，什么理想，统统都是狗屎！都是屁！没有一件是真的！你们，都是功利主义者！你们统统都是屁，都是狗屎！……是的，一切都是似曾相识。

多年之后，我写下这个故事，写到这里的时候已是深夜。停下来，伸一下腰，点上烟——我忽然想起达芙儿问我的一个老问题：你为什么来这里？

是为了等一本书。我在海边等一本书。

是为了等一本书吗？那，它在哪儿？

顺便说一句，那首关于啤酒泡沫和露水的诗也没有完成。尽管，我曾有过不下三十次的开头，它还少点什么，它还，无法聚在一起。也许，诗就在那里，它还没有长成，我挖掘不到，也不想过早地挖出它没有长大的根须。

我缓慢地写作，仿佛我能活上二百年……

也许，只有鬼才相信。

当代中国最具实力中青年作家书系

国王 G 和他的疆土

　　相较于其他的国王，国王 G 的帝王生涯可谓顺风顺水、波澜不惊——六岁那年他成了王储，十一岁登基，等他到二十五岁的时候已经在位十四年，甚至生出了不少的倦怠来。其间他签署了各种的命令，调换了身边和远处的官员，还发动了两场规模不大的战争。一次是针对邻近的小国，等国王 G 的军队到达边境时对方的求和声明被送到了京城。按照之前各国之间的战争协定，那个小国的国王赔付了布匹和粮食，至于数量则同样按照之前的战争规定严格换算，那个数字国王 G 没能记住，负责军队后勤的大臣在奏折中说大致与军队的花销相等。第二场战争同样发生在边境上，国王 G 的士兵与国王 D 的士兵发生了摩擦然后导致了战争。当然，起因也不过是一件小事：邻国的一个醉酒的士兵跑过了界碑，并在国王 G 的土地上撒了一泡尿。国王 G 的士兵当然不会坐视不理，出于尊严，他们扒掉了这名士兵的裤子然后将他扔过了界碑。同样是出于挽回受损的尊严，国王 D 的士兵们在一个月黑风高的夜晚悄悄溜进了国王 G 的大营，他们抓住了二十多名士兵并将这些人统统绑在树上，脱掉了他们的裤子……这场"裤子保卫战"一共打了两年，当然这场战争也是完全按照之前的战争规定来实施和执行的，最后双方的军队一起凯旋，在决定一起凯旋的前夜两支部队的战士们还进行了一场"对骂"的联欢，好在因为语言不通以及大家都已厌倦了流血，并没有再酿成什么祸端。

国王 G 二十五岁的时候，两场战争都已结束多年，对于国王 G 来说它们不过是一堆公文和数字，和其他的公文没什么两样，只是在归档上有所区别。若不是从获准退休的 C 将军口里得知，他根本想不到两军在凯旋前夜还有一个"对骂"的联欢，这是呈送给他的公文里所没有的。"怎么会这样！实在是太有趣啦！你跟我说他们都骂了什么。"

C 将军有些惶恐。"万能的、尊敬的国王！我怎么敢让那些污言秽语污染到您的耳朵？""不，我要听，我一定要听！"在国王 G 的再三要求下，C 将军进行选择，把沾满了腥臭气味和各种体液的词语先在自己大脑的水流里清洗一下，然后挑挑拣拣转述给国王 G——当然，他不会把对方辱骂国王 G 和已经死去的老国王的漫骂讲给国王 G 听的，不过他保留了国王 G 的部队对国王 D 的咒骂，国王 G 听得兴致勃勃。"我见过国王 D 的使臣。他们的话，我根本听不懂，都督金事 L 做翻译，他曾在 D 国待过三年，他的叔叔还曾在 D 国贩卖过毛驴。即使如此，他的翻译还磕磕绊绊。你说，我们的士兵，又是如何听懂的呢？"C 将军做出解释："我们军内有专门负责翻译的通译，当然对方也有。他们是轻骑队，只携带一些轻便石器，骑几乘弩马，在两支军队之间来回穿梭，把对方的语言大声译成本国的语言。当然这些通译们与都督金事不同，他们的注意力都集中在污言秽语的上面，而对其他的话语

当代中国最具实力中青年作家书系

不甚了了。对骂，根据程度和多少分成五个等级，分别是轻微的、中等的、不能容忍的、血腥的和致命的，一般而言，致命的辱骂不会轻易被使用，它很可能会形成深仇大恨并传递到各自子孙的手上。在国王 G 和国王 D 的部队各自返回之前的那个晚上，他们的对骂最多只到血腥级，有着明显的克制。""他们在双方队伍之间穿梭……我是说，这些通译们，他们会不会有危险？"

"没有，基本没有。"C 将军解释，"双方早已达成默契不杀这些通译，辱骂的话又不是他们说的，他们只是负责了对这些语词的传译，账不能记在他们的头上。再说，他们可以溜得很快。在刀剑的混乱中杀死一个身负重甲、笨重移动的士兵已属不易，这些快速游弋着的通译就像湍急流水中的小鱼儿，让人抓不住也没人想抓住。""即使战争是屠宰场，也总有人会活下来。"

"你说什么？"国王 G 问。获准退休的 C 将军急忙跪下来，他的脸色变得苍白："这，这是那些通译们说的，我只是想把他们的话告知给万能的、尊敬的王，不想有所隐瞒，没有别的意思。我老了，脑袋越来越不灵光，经历了战争的磕磕碰碰嘴里的牙齿已经松动了大半儿，不再有栅栏的样子……""好啦好啦，我没有责怪你的意思。"国王 G 那天兴致很好，心情极佳，当然就丧失了发火的理由："你说，我去边境，听一听战士们的对骂可好？这样有趣的事我还是第一次听说！你知道，在王宫里，我从来就……没完没了的公文，看过前三句话我就知道他们接下来会说什么，不过都是些规规矩矩的废话。他们只让我看我能看的，他们只让我听我想听的。"

……事情并不像国王 G 以为的那么容易，当他把自己的想法向大臣们提出，劝谏便如十一月落在屋檐前的雪，它们各有理由，尽管在措辞上多数极为委婉：历代圣王没有先例，而作为一代名君圣王，国王 G 理当学习古代的圣王们，尽量参照圣王们已有的做法行事；舟车劳顿，对国王的身体不好，请国王为国家着想保重圣体；花销甚大，户部今年的预算已经按规划划拨下去，如果必须出行也请安排在明年并做好充分的预算，否则难以有尽善尽美的保证；路途遥遥，且路途之中山高水险，部分地区有悍匪出没，虽然他们不足以真正威胁到国王的安全，但哪怕被一个小石子惊扰到圣驾也是不好的；国不可一日无君，国王去往边境来回至少三月有余，朝中如果有大事要事请国王定夺可国王远在边地……

都督金事 L 上疏国王 G：我们刚刚和国王 D 达成和解的协议，这张纸的存在还十分脆弱，如果国王 G 贸然出现于边境上，国王 D 会怎么想？他会不会把国王 G 的行为看成是一种挑衅？当然我们可以派出使臣与国王 D 进行协商，顺利的话也可以化解掉误解与误判，但，万能的、尊敬的国王您是要看两军对骂，它需要国王 D 的军队配合——以我对国王 D 性格的了解，他是不会答应的，即使我们为此支付双倍或更多的费用也不行。没有国王 D 的配合两军对骂就是不可能完成的任务，除非万能的、尊敬的国王您试图挑起一场新的战争……"岂有此理！"

太师 H 上疏……"岂有此理！"

知事 J 上疏……"岂有此理！"

知事 K 上疏……"岂有此理！以后，此事不许再议！你们只要按照要求去做就是啦！"

参知政事 L 上疏，员外郎 Z 上疏，鸿胪寺少卿上疏……这时，他们的矛头对准的是退休的 C 将军，一封比一封措辞严厉。随后，C 将军的上疏也来了，在信中他不但反复地痛骂自己，而且承认自己其实是在说谎：根本没有战场上的骂战，根本没有穿梭在两军阵前的通译，这都是他在一本满纸荒唐言的书中读到的，那本书中还说，还有一个完全看不见的人在军队里服役，它只是一股不眠不休的气！在信上，C 将军痛哭涕零地向国王 G 请求：他愿意接受一切处罚，他愿意把自己得到的所有赏赐都交还给国王，只是，恳请国王放过他瞎了一只眼的儿子，他完全不知情。"岂有此理！"国王 G 更加恼火，"你们一个个说我的每句话都会像钉子一样钉在铁板上，能理解的要听，不能理解的也要听！可真到我想做的事上，你们就用种种理由来阻挠！告诉你们，这一次，谁也甭想制止我，就是一个人，我也要自己走到边境上去！你们，你们都死了那条心吧！"

　　没有人会想到国王 G 如此倔强，没有人会想到国王 G 能如此坚持，所有大臣、所有王妃、所有王公都低估了这一点。经历了反复的拉锯，六个月后，获得胜利之后的国王 G 终于得以成行。出发前，国王 G 先按照旧有的惯例在京城的城墙下检阅跟随自己的部队，其规模、参加人员的级别、检阅方式均由负责人事的吏部和负责军事的兵部协商制定，其间的公文往来自然是汗牛充栋，是讨价还价之后的结果。

　　那是一个初夏的午后，浮云布满了天空，有点阴沉，而天气则显得闷热无比。将士们满身都是厚厚的盔甲，一丝不苟地站在闷热的空地上。有一本名叫《搜异广记》的书中借士兵之口说出了他们套在盔甲中的感受：就像焖在一口锅里，而这口锅，又支在了慢慢加热的文火之上，根本没有办法挪开。许久之后（不知道是不是有意，国王 G 的出现比预计的时间晚了大约小半个时辰。在这段实在难熬的时间里，一些体质较弱的士兵因为中暑而倒在地上，他们一一被拖到城门的后面，用旌旗暂时填充住原来的位置），蓦地响起三声军号，它就像骤然吹过的凉风一样，已经昏昏沉沉的士兵们、将军们为之一阵：国王 G 骑着一匹高大的枣红马，在卫士、大臣、仕女们的拱卫之下，来到了队伍的前面。

"这位勇士，你是谁？"国王 G 按照规定的动作在每一位军官的面前勒住马，按照规定的分寸感上下打量着。

"万能的、尊敬的国王，我是 A，御马监右卫，陛下。"

"我的王国需要你，感谢你的付出，勇士。"国王 G 点点头，他拉拉马缰，来到另一位军官的面前，"这位勇士，你是谁？"

"万能的、尊敬的国王，我是 B，都指挥佥事。"

"我的王国需要你，感谢你的付出，勇士。"

"这位勇士，你是谁？"

……略过规则严谨、一成不变的检阅，国王 G 浩浩荡荡的人马终于在傍晚时分得以出发，走了三五里路便安下营来，国王和他的士兵们经过一下午的检阅都已疲惫不堪，何况那些在队伍中倒下去的士兵们还需要救治。一切都是有条不紊，吏部、户部与兵部的准备的确足够充分，走进行宫里的国王 G 对周围的一切没有任何的陌生，就连行宫里的侍卫、宫女也都操着一口流利的京城腔，这让国王 G 竟感觉每个人都似曾相识，就像他当年从太子府搬入皇宫偶尔再回太子府小住。他甚至认得那茶杯，官窑烧造，虽然与他平时用的并不完全一样。一走进房间，国王 G 身体里的力气便消失殆尽，在用过简单的晚餐之后哈欠连连的国王 G 很快就进入一个黏稠的梦里去，他感觉，自己像被包裹在一团胶质的

当代中国最具实力中青年作家书系

东西里面，移动不得，而他竟也没有试图把自己挪出去的念头。

　　早饭，出发，午饭，午休，出发，晚餐……国王 G 前往边境的一路乏善可陈，一切都是规划好的，一切都是按部就班，国王 G 感觉他的这支队伍每走的一步、每一步的步幅大小都是计算过的，就连哪一匹马会在什么时间、什么地点停下拉尿都有精确的准备……仔细想想这也是一件令人恐怖的事儿。国王 G 在出发之后的第五天曾想过改变，然而在他下达命令之后立刻是一阵兵荒马乱，一些跟随他出行的大臣纷纷跪在他的马前，请求他重新调整回到计划中来。"我实在烦透你们的计划了！告诉你们，我不会那么做的！要是我们的敌人，这么说吧，国王 D 知道了计划，他完全可以不费吹灰之力地把我们杀掉……"第六日早晨，刚刚赶到预定住处的国王 G 下令休整一天，然后重新按计划进行："我知道你们也都累了。"

　　国王 G 前往边境的一路乏善可陈，唯一的波澜也已经过去，这一日，国王 G 终于来到了边境。所谓边境，其实就是一条宽阔的河，河的对岸就是国王 D 的队伍，他们看上去与国王 G 的人马没什么两样，除了衣服的颜色。"万能的、尊敬的、至高的国王，我们现在开始吗？"一位穿黑衣的指挥官向国王 G 请示，被隐秘的痔疮折磨着、有些昏沉和丝丝缕缕疼痛的国王 G 没有听清他的名字，也没有听清他的官职。"好吧……勇士。现在，看你们的了。"

　　"浑蛋！"

　　"你们才是浑蛋！"

　　"寄生虫！"

　　"你们才是寄生虫！"

　　"臭狗屎！"

“虫子屎！”

“大粪！没屁眼的狗！奴隶！狗！马！驴！”

“你们才是臭狗屎！你们才是虫子屎！你们才是……”

骂声连成一片，此起彼伏，话语的气流在河流的中间打着旋儿，它们甚至把河水撕开了一道蜿蜒的小口，有几只慌不择路的小鸟竟然把河水当作了天空，直直地扎进去。国王 G 显然有良好的兴致，他的枣红马甚至冲到了河水之中，若不是跑过来的侍卫们拦住马头它也许会选择冲向对岸，和那些穿着国王 D 军服的士兵们站在一起。“你们才是……”国王 G 的马鞭指向对岸，可后面的话却没有骂出口。他停下来，向战战兢兢的一个小个子侍卫询问：“你说，我是该选择轻微的、中等的、不能容忍的、血腥的和致命的哪个等级？既要符合我的身份，又要让我感到痛快，又不引发不必要的战争……你说，我该怎么骂才好！”那个战战兢兢的小个子侍卫站在水流中，他面色苍白，根本没有勇气和脑子对国王 G 做出回答。

在持续了一个时辰之后，相互的漫骂有所升级，有的战士竟然开始向流水中抛掷石块。双方的将领们不得不出面维持秩序，已经感到满足的国王 G 连打了三个哈欠：“好啦，结束吧，都散了吧。感谢我的将士们，你们为国家做出了贡献。国王不会忘记你们的付出。”

回到住处，国王 G 抬头望着天上的月亮，忽然想起了 C 将军：“C 将军呢？很长时间没有他的消息了。他现在怎么样？”

跟在后面的大臣面面相觑，不知道该如何回答。

“算啦，不用管他啦。你们来，我们安排一下明天的行程。”

当代中国最具实力中青年作家书系

回到京城的国王 G 重新开始他的旧有生活，一切重新按部就班，天天如此，月月如此，年年如此，他在那些看了三行字就开始丧失兴致的奏折上批复：知道了。知道了。着令户部去办。着令吏部去办。知道了，知道。知。可行，行，可。行。按规制办理。准。有时他也会玩些小的花样，譬如换一种字体批复：知道了，知道，知，可行，行，可。这些小小的花样竟然让他感觉愉悦，像一个偷偷吃掉母亲藏在暗处的糖果的孩子。"怎么有那么多的规矩，"有一次，他对自己的王妃说，"我觉得我所做的这些我们的孩子都可以做，随便一个什么人都可以做。不过是如此如此……反正都是规定好的。"

　　"怎么会，万能的、尊敬的国王，您怎么可以这样想！这个国家的治理怎么能离开英勇神武、雄才大略、恩泽天下、万民景仰的您呢？……再说，没大事发生，一切都在国王您的掌控之中，一切都可以按照祖先传下的规制完成，恰是国王您的福泽深广……"

　　"我知道你会说什么，"国王 G 打断了她，"我说出这些的时候就已经猜到你会怎么说，包括你所选择的每一个词，如果我把它说给礼部的 C 侍郎，他会怎么说，会使用哪些词，会是怎样的表情，我也一清二楚。我说的，是另外的意思。"国王 G 说，他感觉自己的每一天、每一个时刻都是被打理好的，一天里要做多少事要在什么时间做也都是被精心打理好的，虽然这样并无不适，可他总是有些不甘，这种不甘，每过一段时间就会突然地强烈一些。他说他想了解大臣们的生活、士兵们的生活、贩马商人的生活、京城里市民的生活、流浪汉们的生活，可他了解不到，他知道自己了解不到。无论是什么事、什么人，能到国王面前的一定是经历层层过滤之后的，它们不再是原来的样子，而是希望呈现给国王的样子。貌似，国王无所不能，国王知道天下事，但似乎又完全不是这样。"我有时感觉，自己的眼睛是被封住的，自己的耳朵是被堵住的。"

国王 G 提到一件旧事，那时，他只有八九岁大，还不是太子。一次出门，他忘记了是什么缘故反正他走得匆忙侍卫们没有跟过来。那是他第一次在没有别人陪同护卫的情况下一个人出门。走到京城的街上，挤在熙熙攘攘的人群中间，他的心里是既忐忑又兴奋。他看到有人在卖布，有人在买布，有人在卖大大小小的盆盆罐罐，一些人挤在那里讨价还价。有人在卖马，卖刀或剑，铁匠铺里叮叮当当的声音好听极了，他走到门口，看到烧红的铁，看到了铁匠的击打也看到了四溅的火光，一切都是那么的神奇以至于他心里生出了崇拜。各种各样的鞋，这是他在王宫里看不到的；各种各样的粗线，这也是他在王宫里看不到的。还有那些绿油油的菜，还有那些飘散着诱人香气的水果们……它们和王宫里的不一样。国王 G 说，在街上，他走的每一步都非常小心翼翼，那么多的新鲜和陌生让他在兴奋和忐忑之间来回摆动。这么多年过去了，他还时时会想起那日独自出门时的所见，它们也依然那么新奇。国王 G 说，这个记忆里有至少十只小小的野兽，它们会突然地伸出爪子来，让他心动一下，心痒一下。

"终有一天，我会一个人出门，走到街市上去。我不知道这么多年过去，它们会变成什么样子。"国王 G 说，那天让他至今念念不忘的还有一件事：在一个街口，他听见里面有哭闹声，出于好奇他循声走过去，看到一个大约喝得有些微醺的男子，拖着他妻子的头发在往屋里面拉。他咒骂着，而那个女人则紧闭着嘴

当代中国最具实力中青年作家书系

巴，只有在头皮被扯疼的时候才会喊叫，随后马上又重新闭住嘴巴……国王 G 承认，这个女人尖锐而短促的喊叫一直让他挂念，特别挂念，那声音简直……在挣扎的过程中她的一只鞋子被拖掉了，国王 G 走过去，看到甩在尘土里的那只鞋上绣着一朵已经看不出颜色的莲花。

"后来怎么样？"

"不知道，"国王 G 摇摇头，"恰是因为不知道，我才放不下。我不知道生活还可以这样，他们那些人，竟然是那样的。在我的父母身上看不到这些，在我兄弟姐妹那里也看不到这些，天天读的圣贤书中也没有这些，可原来，还有这个样子，还可以这个样子。我一直在想后来怎样了，后来怎样了，但我想不出来。"那只绣花鞋被国王 G 带回了家，然而在进门的时候就被他母亲抢过去，远远地丢出了墙外，同时被丢出墙外的还有一串看上去颜色鲜亮的冰糖葫芦。那串冰糖葫芦，他只咬了一颗。"王妃，你有我这样的经历吗？"

"没有，当然没有。"从很小的时候她就知道，自己出不得二门，更不用说走出大门了。她只有一片小小的天地，只有一小片天地是她的，很长时间里她觉得在这片天地之外全都是狂风暴雨，全都是毒蛇盘绕……

"我们俩一样。"国王 G 的表情有些黯然，"不止一次，我做过同一个梦，梦见自己被包裹在一个什么东西里面。它很黏稠，也很柔软。终有一天，我会走出去的。一定。"

低眉顺目的王妃没有把国王 G 的"一定"放在心上，她按照作为王妃的礼仪要求平静地表示了一下赞同，然后再按照其他礼仪的规定将它忘却。关于这件事，她不止一次地听国王 G 复述过，而且国王 G 把这个故事也曾复述给不同的王妃，某位心怀叵测的王妃还曾试图模仿那个妇人的喊叫以笼络住国王的心，好在她事与愿违，国王 G 将她打入了冷宫，再也没有让她在面前出现。国王 G 也没有把自己的"一定"放在心上，鱼儿离不开水而雄鹰也不能离开天空的道理他是懂得的，至于向往则完全是另外一回事。不过，随着时间的流逝，国王 G 的懈怠越来越明显，他在奏折上的批复越来越少，字迹也越来越潦草。这一日，暑热难耐，存放在居室里的冰块散发着一股霉变着的气息，即使在夜里，即使在没有灯光的情况下，翻过身来的国王 G 也看到水缸上方白影绰绰、融化着的冰块几乎已经沸腾。抹掉身上层层的汗水，睡不着的国王走到院子里，他顺着弯曲的走廊一路向外面走去。院门外，他听见了女孩们的哭泣之声。两个人，是 N 王妃院子里的宫女。"怎么啦？你们为什么要哭？为什么大半夜的在这里哭？"

两个宫女来自遥远的江南。今年水患，家中受灾严重，已经断了炊烟，其中一个女孩的父亲还下落不明。

"哦……"国王 G 想起，来自 Z 巡抚的奏报中是谈到过江南的水灾，上面只有轻描淡写的十几个字，但渲染皇恩浩荡、衙门积极、救助得力的文字倒有四百多，而且，奏报上说尽管无情的水灾让 V 河两岸损失惨重然而现在已经得到有效控制，民心安定，重建工作已经开始。"不是说，已经安置好了吗？"

"没有……"个头高大些的宫女向前挪了半步，刚才哭得痛彻的也是她，"万能的、尊敬的国王，没有，他们没说实情。您高高在上，他们不会让您听到真实消息的。事实是，雨还在下，当地的民众已经流离失所、饿殍遍野……"

"没那么夸张吧！"国王 G 有些不高兴，"我很难相信你所说的，当然特例会有，有一户两户断米断粮救济不上也是有的……他们吃不到米、面，总有些肉末可以暂时充一下饥，也可摘些能够缓解饥渴的瓜果。"

个头高大些的宫女眼泪又下来了，她仿佛没有看到另一个宫女的阻拦："万能的、尊敬的国王啊，我们两个人，两家的距离有四十余里，当地的人也都知我们是跟着王妃的宫女……我们两家都已经这样，属于特例实在说不过去啊，万能的、尊敬的、仁慈的国王！吃不到米、面，当然也就吃不到肉末了，据说他们现在只能到处寻找草根和树皮……万能的、尊敬的、仁慈的、睿智的国王，他们怕您惩罚才没有和您说出实情，他们堵住了您的耳朵……万能的、尊敬的、仁慈的、睿智的国王，我知道我今天向您说这些会有怎样的后果，可我也不能不说了……"

"岂有此理！"国王 G 突然感到恼怒，"我告诉你，如果证明你在诽谤我的官员，我将会重重地责罚你，不光要责罚你，我还要……来人，先把这两个宫女押进女监。另外，告诉 Z 巡抚，马上进京，我要听一下真实的情况。"

……事情最终得到了解决，它在庞大的帝国运行中只是微小的一环，微小得像一粒被风吹来吹去的沙子。然而，这粒沙子却落进了国王 G 的眼里。国王 G 关心的不是沙子，而是自己的不适：他越来越不能容忍这份不适的存在。

"你们其实一直在骗我。你们让我看到的，都是假象。别以为我真的就看不出来，我只是不愿意说破罢了。"国王 G 又一次爆发了，他告诉那些表现得战战兢兢的大臣们，他将在某一日微服私访，不和任何人打招呼也不让任何人跟随，他就一个人出门："我要看看真正的生活是什么，而不是你们安排好让我看的。我要走到我的子民中间，这，不是你们一直想要的吗？你们不都在说，伟大的国王应当了解他的子民，应当能悲伤他们的悲伤、痛苦他们的痛苦吗？你们不都在说，我应当向伟大的国王们看齐……你们，还有什么好说的？"

大臣们纷纷过来劝阻。"停！你们不要说，我自己说。我知道你们会说什么，我都知道。"

国王G列举了将近七十条理由：安全问题，安全问题又分人身安全和食品安全，就是食品安全也可分为有意下毒、无意下毒、卫生状况问题和蚊蝇的叮落等等。下雨的问题、下雪的问题、天气炎热或寒风刺骨的问题、马车受到惊吓失控的问题、酒徒们惹是生非的问题、被阳光晒得发晕的大汉火气太大的问题、偷盗的问题、被打铁师傅砸出的火花溅在身上的问题、被乞丐或无赖纠缠的问题……"那，为什么别人能行？就我一个人不行？好吧，我是国王，这个国家里不能没有我的存在，但如果我没有危险，或可以杜绝这些危险，是不是就可以到我的子民中间去了呢？"

大臣们继续劝阻："万能的、尊敬的、睿智的国王，当然您是一言九鼎，当然您可以做任何一件您想做的事，只要是您想做的而又利国利民，我们当然是要殚精竭虑、精心安排……""我就是不要你们安排！现在，是我这个国王向你们恳求，我想到我的子民中间去，我想过几天不一样的生活，我想了解他们真正地想什么、怎么评价我这个国王……"

大臣用种种可用的方式劝阻，哪怕国王G动用了恐吓，并真的打烂了三个大臣的屁股也不肯后退半步。"外面真的有那么危险？

要真有那么危险，我建立这个国度又有什么用处？"国王 G 的偏头疼又犯了，这段时间以来它有些频繁，而且有所加重。"我，我该怎么对待你们才好？让你们一直骗下去？"

"我们这些当大臣的，怎么敢欺骗国王您呢？万能的、尊敬的国王，您可不能这样想我们……"

国王 G 头的左半边已经被疼痛缠绕，他感觉那个区域的大脑已经被数量众多的白色虫子吞噬得差不多了，它们在咬他的骨头。"我该怎么想你们？"持续的头痛让国王 G 失掉了遮掩的耐心，"C 将军怎么回事？江南的大水怎么回事？水路运不来的盐又是怎么回事？我知道你们做了什么，我是知道的！"

"万能的、尊敬的国王！我们也许有失察的时候，也许有……因为事情得到控制而尽管将问题化小不敢打扰到国王您的时候，可是，可是说我们欺骗您——我们真的是冤枉。"

"非要我说破是不是？"国王 G 抬起头来，他指着一位跪在后边的大臣，"上次，我去边境的事宜，都是你协调的是不？你告诉我，我们应当两个月才能来回，为什么我们只用了一个月就完成了来回，我还曾耽误了你两天的计划。为什么？你回答不上来了，是吧？那我告诉你！我们根本没有到达边境，我们遇见的也根本不是国王 D 的军队，他们是我国王 G 的士兵们，只不过出于需要穿上了国王 D 的军装！"

"万能的、尊敬的国王……"

"十多年来，我一直配合你们，我也理解你们，可是，我也想，现在应当你们来理解我了！你们早就该理解我了！"看上去，国王 G 很是痛苦，他身边的大臣和太医对此束手无策。"先王在的时候，他一直习惯按照旧制做事，所有的事都循个先例，在这点上我和我的父亲很像。我简直就是一个提线的木偶！现在，我就想做这样一件事，我也不需要你们安排！如果不同意，那，以后的早朝就免了罢！我的太爷爷就这样做过，这也不是没有先例……"

《明园随记》中说，国王 G 和大臣们的"拉锯式争斗"一直持续了两年之久，三任吏部尚书被革职，两任礼部侍郎被打得半月下不了床，还有十一位官员上疏请辞，国王 G 都给予了应允，并且在给他们的回执上统一写下：永不得回京。有些地方的官员也给国王 G 上疏，劝国王 G 能够体谅大臣们的苦心，当臣民的怎么能看着国王犯险而不冒死相谏呢？他们都是为了国家着想，国王 G 作为有史以来最英勇神武、雄才大略、恩泽天下、万民景仰的国王，不但不应责罚那些大臣，还应给予奖赏，这样才更能收拢臣民们的心，更感念国王 G 的恩泽……侍卫们加入劝谏的行列，国王 G 的母亲、王妃们，包括儿子们和女儿们也加入劝谏的行列，面对众多的舌头国王 G 实在不厌其烦。"我现在，谁的话也不想听，无论你们要说的是什么，我都不想再听。够了，已经够了！"

《明园随记》说，最后，国王 G 和大臣们达成协议，他们把集市搬进王宫。

在宫殿的一侧，木匠、石匠和砖瓦匠按照真实的比例复制了京城最为繁华的一段街道，街道上的门店也安全按照真实复制了过来，在街道上是米店的那在王宫里也是米店，在街道上是酒肆的那在王宫里也一定是酒肆，在街道上是木器行的在王宫里也是。它们的招牌……国王 G 坚持，绝不能请宫里的画匠们去写，而是要按照街道的原样——总之一切都尽可能地像真实的那样，国王 G

当代中国最具实力中青年作家书系

走到这里，就感觉自己真的出了王宫，走向了他所要的民间。街道上的小桥也被搬入王宫，而桥下的流水并不能照样搬过来，一位木匠向国王 G 进言："是不是可以把护城河的水引进来，让它从王宫里绕一圈然后重新流至城外？"国王 G 采纳了这一建议，于是，王宫里多了一条流经的河。

铁匠铺，并不在最繁华的那条街道上，但聪明的大臣悄悄修改了图纸，将它放进了王宫，为了保险起见它距离新引进来的水流很近。那位大臣还自作主张在铁匠铺的后院里放置了四口硕大的水缸，鉴于国王 G 并没有去铁匠铺后院看过，这一自作主张当然天衣无缝、合情合理。

每日傍晚，国王 G 便会走向宫中的街市，那里早已热闹非凡。卖布的老板是礼部官员，和他讨价还价的那个老人曾是宗人府的主事，而坐在瓷器店的台阶上打盹的是吏部六科的左给事中，打扫着柜台的是他的第二个小妾，她扮演着另一个人，而那种慵懒的气息却和外面的掌柜显得十分相称。钉马掌的是一名御前侍卫，他总黑着脸，以致太仆寺管马也挂出一脸的愤愤，只是苦了刚刚被牵来的马……这当然是协商之后的结果，国王 G 同意宫中街市上的商人和路人、买方与卖方、醉鬼和乞丐均由在京的官员及其家属还有国王的卫队扮演，安全和尊严都必须要考虑周到。偶尔，国王 G 来了兴致，他会走进肉店，推开正在剁馅的中书省知事，而充当卖肉的伙计。国王到来，肉店的生意立刻会变得红火，路人甲、路人乙、药店的老板、米店的伙计都进得门来，偶尔，不知趣的乞丐竟也出现在店里，掏出银子……

国王 G 在王宫的街市上卖肉的故事在《明园随记》《右传》《榆林记史》中均有记载，不过他们对国王 G 割肉卖肉的才能表述则大相径庭。《明园随记》和《右传》说，经过反复的练习，国王 G 割肉卖肉的才能堪称一绝，那些前来买肉的王公大臣、妃子宫女，只要报出想要的重量，但见一道寒光国王 G 手起刀落，一块恰恰好的肉便落进盘子里。《右传》甚至声称哪怕你要买的肉有二十斤重，国王 G 也只要一刀，其实际重量与你要求的重量相差不足半两。《榆林记史》，它所记载的则是，无论你要多重的肉，国王 G 都是一刀：拿去！没人敢去称重，无论它和你想要的重量相差多少，但你要付的银子，一定是按照你报的数量来给。于是，精细的大臣就开始耍滑头，我要一两三钱！拿去！有位翰林院的大臣用一两三钱的价格买了一大块肉，也是他好事，竟然拿回家去仔细称量了一下：那块肉，足有七斤八两……

　　《榆林记史》还提到了铁匠。这是王宫街市上唯一不是由王公大臣和侍卫来扮演的角色——没有任何一位大臣、侍卫懂得如何打铁，这可是一项有技术的力气活儿，不是每个人都可以胜任，哪怕是装作胜任。没办法，这名铁匠就是一位铁匠，他是从另一座城市里被拉来的，由十六名官员联名担保他的可靠。即使如此，把国王的安全看得比什么都重的内务府还是不敢掉以轻心，于是他被套上了脚链，而铁锤也和脚链连在一起，限制着他的挥动。负责安全事务的大臣还专门丈量了距离，在划定的安全区之外站满了貌似在观看铁匠表演的"路人"……然而他们的良苦用心将全然无用。国王 G 始终都没有对铁匠铺多看一眼，而传到耳中的打铁声，他也感觉实在刺耳，就在王宫街市开市的当天，国王 G 就下令关闭铁匠铺：打铁的声音震动了他的脑仁儿，让他难以安宁。

国王 F 和他的疆土

　　国王 F 成为国王完全是个意外，它几乎就是一块从天而降的巨石——当国王 F 得知他将成为新的国王掌管这个国家的时候，他的第一感觉不是兴奋，不是惊喜，不是满足，而是恐惧。这一消息就像一团乌云，里面包含着闪电、冰雹和不可见的魔鬼，他扑到母亲的怀里哭了起来。《稗史搜异》《聊经》中有一段大致相似的记载：他送出传旨太监的时候裤子是湿的，而母亲的哭声跟在后面，尖锐而沙哑。

　　他们母子的哭是有道理的。这个，我们暂时不表。

　　无论如何挣扎、如何拒绝和不甘，国王 F 都不得不接受他将成为国王的事实；他必须要离开自己的父亲、母亲，独自一个人进入王宫之中。这于他和他的家人简直是一种难以避免的生离死别，过不了多久，他的父亲——南怀王就将作为国王使者被派去戍边，直到在那个遥远的地方病死。对此，国王 F 根本无能为力。至于原因，我们也暂时不表。

　　进入王宫的国王 F 还不能算是国王，因为他有太多的事物和礼仪需要学习，何况他还过于年幼，只有九岁，此时的权力主要掌握于几个大臣的手上，他们需要为新国王分忧。好在他们都不坏。他们为国王 F 请了三个老师，他们分别负责为国王讲授治国方略、宫廷礼仪和艺术。负责讲授治国方略的老师叫姜方亭，他曾担任过之前几个短命国王的老师，因为"讲述不够尽责"和"传授偏见、邪恶"而几次被免，甚至被打断过两次肋骨。他在自己的《轻云集》中这般记述自己第一次与这位新国王的相见：九岁的国王显得憨厚、怯懦，如同受惊的小兔。他迎着自己的老师，低着头，一副手足无措的样子。姜方亭问他，读过某某书没？他摇头。再问，读过某某经没？再次摇头。国王 F 窘态十足，似乎极为惶恐。姜方亭有些意外："那你读过什么书？难道南怀王从未找人教过你什么！"国王 F 的脸上有了汗水："也，也读过些书。不过，不过，先生说的那些书，父亲不让读。他说不读更好。"

　　听到这里，姜方亭重重叹了口气。《轻云集》中没有多说，一向以耿直敢言著称的姜方亭在这里惜墨如金，我们无法从被记述的文字中得到更多。但这口气，叹得确实百感交集。

　　九岁的国王 F 进入王宫，十四岁的时候举行亲政大典。大典进行了整整七天。在大臣们、侍卫们、太监们、宫女们的安排下国王 F 遵循那么繁复的礼节终于完成了豪华、隆重的亲政大典，如同一个牵线木偶，看得出，他的全部精力都在如何让自己的行为符合规范、不致疏漏上，有些战战兢兢，却丝毫没有半点儿的兴奋。大典之后，国王 F 便病倒了，这可忙坏了内务府的太医院，好在国王 F 只是精力上的问题并无大碍。他一个人躺在床上，吩咐太监、宫女闭紧门窗，拉好窗帘，都不要来烦他，在病着的时

当代中国最具实力中青年作家书系

候他谁也不见。谁也不见，是的，那时庞大的帝国风起云涌，种种事端甚至叛乱层出不穷，堪称多事之秋——好在，掌握权力的大臣们都不坏，他们尽职尽责，不让烦心劳神的消息进入国王 F 的耳朵。

正午时分，天气晴朗得有些晃人的眼，然而在国王 F 的房间里却是一片黑暗，只有一盏油灯微光如豆，以至前来送膳的小太监不得不立在门边，眯着眼睛，停上好大一会儿以适应房间里的光线。身影模糊的国王 F 终于在一个角落里显露出来，他指点小太监，放那里吧。小太监听得出来，国王 F 的嗓音有些异样，可能是病还没有痊愈的缘故。

小太监退向门边，国王 F 似乎想起什么，突然叫住了他："你今年多大？"

"十一岁。"小太监有些惶恐，因为国王 F 虽然从未处罚过谁，但也始终冷冰冰，还从未有谁能跟他说过多少话。

"那你，为什么进宫？"国王 F 似乎没有听出小太监的惶恐，他竟然有了兴致。

"因为……回您的话，是因为，家里，穷……"小太监的身体也跟着声音一起发颤，他的脑袋里有一股不断回旋着的风，在里面飞沙走石。

"你不用紧张，"国王 F 走过来，他竟然笑了，"你的样子，很像我刚进宫里来的时候。十一岁，我那时，觉得自己活不到十一岁，现在，我都十四了。"国王 F 抓住小太监的手，两个人的手都有些凉，"以后，你要多陪我玩儿，我都快闷死啦。"

国王 F 指指屋子："你看里面多暗。我觉得，这里面，藏着许许多多的鬼魂儿，它们在空气里飘着，伸着手，总想什么时候把你抓走。"

"光线暗下来的时候，你就能看得见。"

国王鞠躬，国王杀人。在位十三年，国王 F 都做了些什么？历史中鲜有描述，许多时候，他只是一个影子，把自己的年号印制在铜钱上，这是他标明自己存在的唯一方式。国王 F 什么都没做，尽管他所在的时代，历史将它记述得跌宕起伏、群雄四起、生机勃勃。许多时候，国王 F 都只是一个影子，一个暗淡的影子，就像摆在酒宴上的觥筹、陶罍、觞、角，以及更后面些的花瓶，花瓶里已见枯萎的花儿，或者没人弹奏的琴。一次，酒后，国王 F 略略有些醉意，他让那个小太监把自己房间里的那些摆设的物品一一搬到屋子中央，然后一一指给这个太监看：

这个玉如意，谁谁谁的，他是国王 C 的儿子，因为谋反被杀。虽然后来国王 C 知道他并无谋反之意但一切都已经晚了。他是我父亲同父异母的兄弟。

这把琴是谁谁谁的，他是国王 C 的儿子，在国王 C 死后继位，但后来染上风寒，死掉了。那风寒来得有些蹊跷。他只当了十七天国王，死时，不过十一岁。

扇子，原归谁谁谁所有，他在十二岁的时候成为国王，但不到一年的时间便成了废君，被关进地牢，据说后来被老鼠咬了一口，病死在牢中。他是我伯父的儿子。伯父在儿子被废之后也被关入狱中，以教唆年幼国王意图杀害功臣、自己篡位而被处以极刑。

谁谁谁，在国王的位置上只待了七个月。他留在宫里的是这个瓷瓶，据说他喜欢剑，不过我叫内务府仔细查过，他并没有为自己铸造任何一把属于自己的剑。谁谁谁，这件衣物是他的，是

当代中国最具实力中青年作家书系

我偷偷藏起来的，他还没有来得及当上国王……后来发生的事你
也知道，是不是？

　　……国王F轻轻拂了两下琴，摇了摇扇子（虽然那已经是初冬，
夜晚的风里浸带着冷，屋外露水沉重），拿起瓷瓶仔细把玩，将
衣服披在自己身上（那件有些旧，而且被虫蛀过的夏衣略显小了
些）……从小太监的方向看去，国王F的脸上笼罩着一团青白色
的光，那团光里似乎包含着某种的不祥。小太监语出谨慎："国王，
您，您不……我觉得您还是将它们放在另外的房间里为好，我知
道它们都是您亲人们的遗物，可，可……现在您是国王，您有至
高无上的权力，有威严有魄力，您可以，可以……"

　　"那你说，我可以什么？我可以做什么？"

　　小太监喃喃，他一时想不出该如何回答。

　　国王F的神态有些黯然。"我和他们没有什么不同。如果说不
同，就是我更软弱，更无用。因此我也活得长些。我可以做什么？
我什么也不可以做。当初，"国王F再次披着被虫蛀过的锦衣，上
面的图案已经相当模糊，"当初，我父亲在家里总是闷闷不乐、心
事重重，至于他忧虑什么从来也不曾跟我母亲和姐姐说。他只是
天天钓鱼、喂鸟，到酒肆里喝酒直到大醉而归，还不许我和弟弟
读什么什么书，倒叫我们画画花鸟、山水……我能做什么？什么
都做不了。什么也做不了。"

　　"他被杀了的时候，我们一家人都提心吊胆、度日如年。因
为……最终，还是落到了我的头上。"

　　国王F醉了。他醉在那些先前国王们的旧物中，醉得糊涂一
片。"我总是能见到他们的鬼魂。我知道他们在哪儿，他们，让我
每天都如履薄冰。"

姜方亭在《轻云集》中记述，国王 F 很不愿意听自己的课，他说那些东西太沉重、太严肃、太宏大了，一听到这些，他的脑子里面就生出许多的虫子，咬得他脑仁生疼。他也不愿意批阅大臣们的奏折，那里面也有快速繁殖的虫子，总在眼前嗡嗡嗡嗡，让他烦乱。这个姜方亭有着自己的天真，他劝告国王 F，你是一国之君，你要胸怀天下，你要思谋大事，何况当今……已经长大的国王 F 已经不像先前那样怯懦、忐忑，他甚至显出一副无赖的模样："姜先生，够了，你来替我掏掏耳朵里的虫子。听我的太监说，南方有一种什么鱼，肉味鲜美，据说放在酒和童女的尿里腌制七天会更美，天下难寻。我已经叫人去弄了，也让内务府准备下酒和尿——等做好了，也送先生两条尝尝……"

　　不止如此，国王 F 还总是借口头痛或其他的什么理由逃学，时间久了，他甚至连理由也懒得更换，那种倦怠让姜方亭感到痛心疾首。他在国王 F 的面前惩罚自己，痛哭，不停叩头，甚至威吓——然而根本无济于事，国王 F 似乎没有带来耳朵，装在他脑袋上的那两只被称为耳朵的东西是假的，是为了应付姜先生而设的。姜方亭给他讲前朝旧事，讲那些无能、昏聩、不学无术的国王，讲他们的荒淫、愚笨、倒行逆施，也讲某某国王如何勤勉，如何遵从礼法，如何仁，如何智，如何从一只三年不鸣叫的鸟一飞而起……那些时候，国王 F 根本没有带来耳朵，他的耳朵应当是假的，里面被他有意地塞满……于是，当姜方亭被自己的讲述感动得全身颤抖、几乎都要痛哭失声的时候，他发现国王 F 哈欠连连，或者是在纸上画一条瘦小的鱼。不止如此，国王 F 还和陪同他读书的王公贵族子弟一起想办法捉弄老师，并在姜方亭的一本心爱的古籍中涂写文理不通的打油诗。他还带进过一只兔子和一只鹌鹑,那两只畜牲先后成为课堂的主角,让这个被称为天下第一大儒的姜方亭气得面色苍白,一股腥腥的气在他口腔里冲撞,几乎将他撞倒在地。

姜方亭向监国大臣们请辞,坚决地请辞。那些大臣真的不坏,尤其是大司马和相国。他们也对国王F的所做颇有微词,颇有不满,但还是努力挽留姜先生:"他还只是个孩子,长大了也许会好。如果姜先生都教不好他,那天下人就无人能教好他了。他对天下,对百姓苍生负有责任啊。"大臣们拉着姜方亭进宫,当着他的面,对国王F的怠学进行劝导、训斥,国王F认真地听着,眼里竟然含着泪水。那一刻,姜方亭也是百感交集。他的两条肋骨在隐隐作痛,也许,即将有一场连绵的阴雨。

《轻云集》里还记述了一件事,关于国王F的头痛病。有一次,国王F称病没去早朝,他说自己头痛得厉害,一切事物由大司马做主就是。早朝之后大司马过来探望,询问了病情,然后告诉国王F,自己有一名医生,来自西域,他或许有什么办法能够治愈国王的头痛。没多久,那名医生真的来了,很快,他给国王F开出了药方:把一只黑蜈蚣捣碎成粉末状,然后加入赤环蛇的胆,少许红枣、鹿血,和他从西域带来的香精一起放在水里煮,煮成粥状即可。一日三次,七天之后就能清除国王F头脑里的全部虫子——可以想象国王F的反应。他当然拒绝,他说自己的病并不重,没什么大事,以后早朝过去就是了,以后……但在太监、宫女们的坚持下,国王F还是咬着牙喝掉了第一碗粥,第二碗则说什么也不肯再喝,甚至威胁,如果再让他喝,他宁可去喝毒药,宁可去死。不过,此药还真的起到了效果,国王F的头痛病很长时间都没有再犯，直到他得知自己的父亲南怀王病重的消息。

　　姜方亭在自己的《轻云集》中记述了自己的教学体会，尤其是在晚年充当国王的老师的日子。看得出，他极为赞赏国王F之前那个未能登基的少年，对他的早夭唏嘘不已。而对国王F，姜先生的书写少有敬意，甚至，带有一种不太合君臣礼仪的鄙视。顺便提一句，后来的史书中记载，那位少年因为与大司马发生争执而被另外的大臣击杀，虽然大司马狠狠处罚了那个杀王的大臣，但人死已难复生，另选国王的事已迫在眉睫。大司马和群臣连夜商议，于是，国王F被选入宫，成了新的国王。《稗史搜异》中记述得则更为详细，它说，随着少年的长大，他对大司马的处事越来越不满，进而有了自己的想法，于是有了一次、两次、三次的冲撞。构成少年"国王"死去的事件本是微不足道，但，少年和大司马，和大司马的心腹大臣们的芥蒂已经日深，小事儿生出了火花，直到引爆。《稗史搜异》说，那日的事情根本是个阴谋，是大司马计划好的，或者说他一直在寻找某个借口，那天，毫不知情的少年"国王"给了他借口，给了他理由。大司马指鹿为马，他当然是故意。问题出在少年"国王"的身上，他悄悄纠正大司马："不是，不是的。你说得不对。""怎么不对？"大司马似乎很委屈，"老臣真心可鉴日月，怎么会不对？尊贵的、至高无上的国王，你问一下你的臣民，我说得有错没错？"

　　"没错。大司马说得完全正确。"几乎是众口一词。

　　只有一个职位低微的小官儿，向身侧的另一位大臣耳语："大司马，真是……"身侧的大臣马上高声说道："他说大司马说得不对。"

　　那个噤若寒蝉的小官儿已经直不起他的身子，他说不，不不不，他没有说什么，当然是大司马说得对，说得正确……

当代中国最具实力中青年作家书系

这番表白已经无法获得大司马的原谅，《稗史搜异》猜测，他的出现其实让大司马感觉窃喜，无足轻重的官吏正好充当威吓猴子的鸡。于是大司马沉下脸："这个无用的东西！你现在把说过的话收回，谁知道以后你不会把说过的话再次收回？这样朝三暮四的人怎么能为国家效力？如果你敢于坚持错误倒还可原谅，现在，你只有去死啦！拉出去！"

少年"国王"站起来，他代那个小官儿向大司马求情："无论对错，他都罪不至死，请大司马看在我的面子上，重重处罚他一下就是了，还是饶过他的死罪吧。"

大司马哼了一声。他问："众位大人，你们说，我们应该不应该饶恕他呢？"

"不能，当然不能。"有人站出来，跪倒在少年面前："国王，此人饶不得啊！如果你饶恕了他，那如何能树王法之信？如果你饶恕了他，那之后臣子和百姓谁还会把国王你和大司马放在眼里？"（少年"国王"的话在沉入水中的那个小官儿听来就像是一把稻草。他伸长脖子向少年"国王"哭喊，有几个大臣冲过去狠狠给他几记耳光，异常响亮）

书中说，少年大怒。他冲着大司马喊道："明明是鹿，你非要说马，可恨的是他们也都跟着说是马，这个人，只是说了句实话，也并非针对大司马，可你们就是不肯饶过他，你们把我放在什么位置上呢？"

大司马并未说话，不过，大殿上已经是一片喧哗，他们向少年表露忠心：在这个国度，只有国王你有至高的位置，没有谁敢不从；但，你也不能践踏大司马的一片苦心，他可是一心为国，再也没有比他更忠于你的人了；我们并不是为大司马说话，而是为道理说话，因为它明明是马，圣人说……

"够了！"少年忍无可忍，"我早看够你们这副嘴脸啦！你们不觉得恶心？"

众人嗡嗡嗡嗡，甚至有人向少年威胁："你的王位是谁给的你应当清楚，如果你如此不顾事实，不顾道理，那就请国王退位，让有贤德的人代替。"

毕竟，他还是个少年。这个冲动的少年一边后退一边拔出身上的佩剑，一直跟随在大司马背后的一个武臣箭步上前，夺下"国王"的剑，然后刺向"国王"的胸膛……

《稗史搜异》把那段故事叙述得充满传奇。考虑到《稗史搜异》属于民间野史，"指鹿为马"也发生于前朝的前朝，所以并不可信。不过，有大臣杀死了即将登基的少年"国王"确有此事，他被杀死在大殿上也确有此事，国王 F 应当很清楚，当时，他父亲南怀王就在众位大臣之中，把事情的经过都看在了眼里。

南怀王病重的消息是一个宫女悄悄告诉国王的，这个平常的消息却似乎是种危险，国王 F 也从中嗅到了危险的气息，他叮嘱这个宫女，千万不可再向外传，就连王妃也不要告诉，否则……

像历史上所有无能、昏聩的国王一样，国王 F 很少关心自己的国土、疆域、边关，这一切一直都由大司马等几位大臣处理，国王 F 日常所做的工作就是，在大司马他们的奏折上添上朱批：知道了，请大司马定夺；或者：由大司马办理。然而南怀王病重的消息让国王 F 想到了边关，想到了疆土。他叫人拿一本王国的地图，然后询问身边的侍卫、太监："你们谁去过那里？"

大司马前来宫中，那天，患有哮喘的大司马有很高的兴致。

当代中国最具实力中青年作家书系

两人下棋。说着说着，两人就说到了边关，他问国王 F："你为什么对边关产生了兴趣？是因为南怀王吗？"

没有什么可隐瞒的，不过，国王 F 还是做了隐瞒。他说，自己最近总是梦见自己的父亲，他在梦中湿淋淋的，很是憔悴，问他怎么了他也不说。国王 F 说："你是我最亲近的人，就像是我的亲生父亲，所以在这许多年里我竟然忘记了他，竟然没有问过他的冷暖……"

在一阵猛烈的咳嗽之后，大司马叹了口气："我得到消息，南怀王病了。很重，可能，可能挺不过这个秋天了。"

仿佛是第一次听到这个消息，国王 F 有着夸张的惊讶和悲痛，眼里的泪水简直可算是汹涌。他倒向大司马的怀中："我想去看看他，行吗？"

大司马没说行，也没说不行。他在棋盘上落下一个无关紧要的子。"我老了。我知道我老了。"他盯着国王 F 的脸，眼里闪过一丝慈祥的光，"人生真是苦短啊。"

大司马没说行，也没说不行。此时，国王 F 已经二十岁，娶了大司马的侄女为王妃，生有两个女儿（国王 F 的王妃是一个极为有名的醋坛子，当然，野史中也说国王 F 一直很不检点，和宫女、另外的王妃偷偷摸摸，又做得拙劣，总是被王妃抓住尾巴）。在得知父亲病重之后，一向怯懦、谨慎的国王 F 竟然未与大臣们商议便下达命令，让侍卫和太监准备，他要去边关探望自己的父亲。这，也许是最后一面。

国王的命令遭到内务府的阻拦，他们向国王陈述自己的理由：国不可一日无君，国王 F 如果要离开王城，必须要安置好各项事务，让大臣们分担职责；边关路途遥远，山高水恶，舟车劳顿，万一国王不小心染上恶疾，他们实在担待不起；同时，边关战事频频，且路上强寇众多，如果走漏风声，中了贼人的埋伏肯定会有凶险，他们万万不敢让国王如此涉险……"不行。这次，我的决心已下。"国王 F 回复得异常坚决，"朝中诸事，尽可由大司马全权处理，我在的时候不也如此吗？"

太监和大臣们也纷纷相劝，他们的理由和内务府的理由大致相同。国王 F 依旧那么坚决："你们说的我都想到了，我必须要去，我一定要去。"争执到最后，国王 F 的声音都有些哽咽："谁不是父母生的养的？你们天天教育我要仁要孝，可我要尽一下孝心的时候你们为什么要阻止我呢？我多带衣物，多带侍卫，多带药品还不行吗？"

"不行。"站出来的是相国。他对国王 F 说："自从你进得宫中，成为国王的那一天起，你就成了国王 C 的儿子，南怀王已与你再非父子，此后你是国王，他是臣民——我想教授你的礼仪的老师早就讲过。本来，我是不准备讲这些的，可是，可是……你现在是一国之王，你不只是你自己的，你还是天下百姓的，是苍生的……"

"我不听！我不想听！我只想做一次儿子，尽一点孝心，之后我保证自己的所做全部符合礼仪！"那天，国王 F 有着特别的固执，显然这经过了深思与熟虑，"我已决定，后天出发。"

后来的事实是，国王 F 并没有成行。他在第三天的清早起来了，然而，走出门口，发现门外空空荡荡：没有侍卫、宫女、太监，也没有放衣物、药品、钱币的箱子，没有车，没有马。除了

当代中国最具实力中青年作家书系

一片二片的落叶，一直到宫门，显得那么空旷，这空旷里有一个隐秘不见的涡流。

国王F愣了一下，他转身，自己披上一件长袍，然后移出一个箱子，将九岁进宫以来自己房间里的一些旧物件一一收好，放进箱子里，锁上，然后一点点将它推出房门。

倚在门口，王妃咯咯地笑着："像你这样，把这个箱子搬出王城怕也得十年。"

国王F没有理她，而是继续。不过，她说的确是事实，国王F缺少移动什么的力气。可是，那时，国王F已经骑在了虎上。

略去国王F赌气的过程，他折腾到临近黄昏也未能走出宫门，侍卫们拦住了他，他们请国王F原谅，奉内务府命令，他们必须冒死留住国王，不能让国王F到外面去涉险。满腔怒火的国王F使用咒骂、拳脚、绳子和青铜如意，都无法令那些侍卫们退让半步，尽管有两个侍卫已经满脸鲜血……这时院子里一阵嘈杂，向后看去，平日跟随国王的太监、宫女被捆绑着，推搡着向后院走去。国王F急忙大喊："你们干什么？出了什么事？凭什么要绑住他们？"没人回答他的话。只有两个老太监跪下来，死死抱住国王F的腿："奴才们求求你，别闹了。事情已经够大了。你放过我们吧，我们不能不……"

怒火难消的国王F坐在一棵银杏树下，坐在秋天的冷中，身上的锦袍也被他弃在一旁。他像一块枯干着的木头，把黄昏里的黄一点点熬尽，昏越来越重，直到这份昏也被黑暗一点点代替。坐在树下，国王F用力拽下一旁的草叶，将它们一一撕成极为微小的碎片。

在国王 F 的一生中，那是他唯一一次被记载下来的"对抗"，尽管虎头蛇尾，尽管很不成功。没多久，就传来他的父亲南怀王去世的消息。和前面的反应不同，当这个消息真的进入他的耳朵，国王 F 完全无动于衷，目光始终追随着乐池里一个跳舞的宫女。他说好，跳得真好。

头痛的病症又回到了他的身上，确切地说，是那些曾经休眠的虫子开始复活，它们比之前更为活跃，有了更锋利的牙齿。国王 F 痛得不能早朝，不过，到下午时分情况就会好转，见识渊博的太医们也无法解释这一病症的成因。在和国王 F 下棋后不久，大司马的病情也越来越重，他没有体力再来王宫探望，国王 F 也就避免再次饮用西域医师的怪药。有人说，如果国王 F 按照西域医师的要求喝足七天，他的病应当早已痊愈；还有人则保持怀疑，他们认为，国王 F 如果喝足七天，也许会严重中毒，成为那个年代第七个早夭的国王——谁知道呢。

那个年代，历史上它被称为多事之秋，似乎坚固无比的王朝在国王 F 在位的时候迅速崩塌，四处燃起不安的小火苗，而它们总能遇到干柴。大司马的病情越来越重，国王 F 过去探望，亲自为大司马煎药、喂食，像他亲生的儿子……临终的时候，大司马已经不能言语，他伸过手，把国王 F 的手抓在自己的手里。国王 F 也在抓着，他感觉，大司马的手一点点变凉，变凉，丧失了最后的温度。

那个被称为多事之秋的年代，国王 F 任命大司马的儿子担任大司马，这一任命遭到相国和一些大臣的反对，甚至爆发了直接的战争，一度，国王 F 不得不跟随大司马的部队四处逃亡，他的一个女儿也在逃亡的路上丢失，再无下落。好在，两个月后大司

当代中国最具实力中青年作家书系

马在血战当中最终获胜，借国王 F 的口谕，相国一家一百七十余口以叛乱罪被处凌迟。某地发生叛乱，某地农夫抗税杀进了官府，某地瘟疫、大旱……国王 F 的头痛病似乎越来越重，越来越频繁，没有大事的时候，不是他必须出现的场合，他就不再出现，而是由大司马负责。尽管累些，大司马似乎也乐得如此，真的，事实上，大臣们都不坏。

国王 F 的头痛病，一过中午，病情就会见轻、消失，总在屋子里待着实在无聊，于是，国王 F 开始醉心于书法、绘画、金石——这个兴趣并没有被坚持多久。后来国王 F 迷恋起养鸟，他请大司马和各地的官员给他搜罗各类鸟蛋，让母鸡孵化——这个兴趣也未能坚持多久，原因自然出于王妃的干涉：鸟们总在房间里拉屎，掉落羽毛，而且有些鸟蛋根本孵不出任何的鸟来，却弄得屋子里、院子里充满了恶臭……国王 F 也曾醉心过一段戏曲、歌舞，但，我们不能忽略掉他身侧那个随时出现的醋坛子。最后，被国王 F 坚持下来的是在王宫花园里的一出游戏，有时，王公大臣们也会参与，包括新任的大司马。游戏如此：

王宫的后花园，建起了两排相对简陋的棚屋，一到下午，厨房里的厨师，药房里的药师，宫女太监们，都换上市井百姓的衣装，模仿贩卖的商人，将自己的物品或刚刚采购来的物品拿出来卖。有时王公大臣会成为这个街市的顾客，如果他们不来，顾客就由国王 F 从太监、宫女和侍卫中选取。这一游戏中，国王 F 极大地表现了他的经商天赋，太监们学来叫卖的吆喝只要当着他的面喊过一遍，国王 F 就会将它记住，有模有样。他最愿意扮演的是屠夫，将一个油渍渍的小褂套在身上，上面还有被虫蛀过的痕迹；你想要多少肉，他眯着眼，一刀下去，分量几乎一点儿不差。

大司马总是来买他的肉，一刀，一刀。大司马总是多给几个赏钱，而屠夫，也俯首致意："谢谢客官关照，请你下次再来。"

"你要是不做这个国王，而当一个屠夫……"大司马感叹。

国王F最终是否真的当上了屠夫不得而知，无论正史野史对此均无记载，似乎无人再关心那些琐事。不过，国王F很快就不做国王了，他的头痛病越来越重，也越来越显得昏庸、无能。第十三年，也就是他二十二岁的时候，在国王F的一再坚持下，大司马虽经多次推辞，最终还是成了新国王。一个庞大过的王朝，坚硬过的王朝由此结束。

姜方亭去世较早，当时国王F还是国王，他甚至还没有经历过那次不成功的"反抗"，所以《轻云集》对之后的事件没有记述——要是他知道国王F后来在王宫里进行商贾游戏，肯定会在死后起来再死一次，他见不得这些。《稗史搜异》对国王F的记述也只到"禅让"止，而据传为"兰陵哭哭客"所著的《聊经》，对国王F的禅让写得相对详尽：

一段时间里，国王F反复接到各地官吏斥责国王不尽职责、昏庸乱国的奏折，这当然是个苗头，不过一向迟钝的国王F并没有将它们放在心上。直到有一天，国王F没去早朝，愤怒的大臣们竟然涌进了王宫，一起跪在台阶下。国王F慌忙问道："怎么办？你们要干什么？"

负责军机的大臣，他走到国王F的面前，用很轻的声音将国王F唤进内室："很不好办。他们的怒气很难平复。你必须要有个交代。"

"怎么交代？"

当代中国最具实力中青年作家书系

那个大臣，直视着国王的脸。他一字，一顿说道："把，王，位，让，给，贤，者。"

随后，他紧接着加上了一句："我这是为你所做的考虑。"

只愣了半秒，对于这个结果，国王 F 仿佛并没有太大的意外："是啊，是啊。我也……我也想到了。我只是一直幻想，它晚点来，晚点来，其实这一天早该来了。"

国王 F 如此痛快，倒是让这位大臣有些意外："你，你不再想想？"

"不用。"国王 F 直起身子，他朝黑压压的头颅看去，大司马并不在他们中间，"请你转告大司马，我今天下午就准备让位的诏书。今晚，还有最后的一个夜市。"

"大司马是不会接受的。他很可能不会接受。这，只是我们的意思。"

国王 F 并没直接回答他的话，而是伸了伸腰："我这辈子，过得提心吊胆，没有一天做过自己。好在，不用了。"